KB000867

SF오디오스토리어워즈
수상작품집

온 세상의 세이지

- 'SF오디오스토리어워즈'는 독서 플랫폼 밀리의 서재와 출판사 다산북스가 오디오 콘텐츠로 확장할 수 있는 중단편 SF 소설을 발굴하기 위해 시작한 공모전입니다. 심사위원의 예심을 통해 당선된 6편의 작품 중 독자 투표와 심사위원 심사를 거쳐「온 세상의 세이지」가 대상으로 선정되었습니다.
  대상 수상작「온 세상의 세이지」와 함께 우수상으로 선정된「사랑의 블랙홀.mov」,「지구의 지구」,「데드, 스투키」,「오래된 미래」,「저장」은 소설의 현장감을 높인 고퀄리티 오디오북으로 제작되었습니다. 본문에 삽입된 QR 코드를 통해 생동감 넘치는 오디오 콘텐츠를 즐기실 수 있습니다.

SF오디오스토리어워즈
수상작품집

온 세상의 세이지

본디소
김채은
배수연
이서도
이중세
홍인표

다산책방

차례

대상

온 세상의 세이지

본디소

• QR 코드를 통해 「온 세상의 세이지」의 오디오 콘텐츠를 밀리의 서재에서 감상하실 수 있습니다.

“꿈 꿨어?”

“으음.”

“잠꼬대하더라.”

“응, 이상한 꿈이었어.”

“어떤 꿈이었는데.”

“모르겠어. 기억이 안 나.”

잠에서 깬 사현은 고개를 들었다. 부스스 흘러내린 긴 머리카락이 시야를 가렸다. 잔뜩 뻗친 검은 머리칼 사이로 갓 퇴근한 세이지가 보였다.

“또 그거야?”

“어. 베타테스트.”

세이지가 들고 있는 택배 상자에 적힌 ‘YOU’라는 글자. 종종 그에게 베타테스트를 맡긴다던 게임 회사의 이름이었다. 사현이 소파에서 몸을 일으키는 사이, 그는 편한 옷으로 갈아입고 방에서 나왔다. 양손에는 게임 장비가 들려 있었다. 사현의 앞에서 세이지는 그것들을 하나씩 착용했다.

센서가 달린 발목 보호대와 반장갑을 끼고, 목과 이마에 동그란 패치 여러 개를 붙였다. 패치와 연결된 VR 헤드기어를 쓰고, 헤드폰의 위치를 조정했다. 헤드기어는 택배 상자에서 꺼낸 게임팩과 연결했다. 구식 외장하드처럼 보이는 게임팩을 탁자에 내려놓고 헤드기어의 전원을 올렸다. 곧이어 바람 소리를 닮은 구동음이 들렸다.

'양팔을 앞으로 쭉 뻗어주세요.'

새하얀 접속 대기 공간에 반투명한 회색 알림창이 떴다. 게임 중 주변 사물에 손발이 부딪히지 않도록 공간을 확보하라는 문구였다. 거실 한복판으로 나간 세이지는 알림을 따라 팔을 앞뒤로 휘젓고 양옆으로 쭉 뻗었다. 그사이 로딩이 끝난 게임이 자동으로 실행되었다.

"바다다."

쏴아아. 파도 소리가 고막을 간지럽혔다. 금방이라도 폭풍이 칠 것처럼 어둑한 하늘 아래 검푸른 바다가 넘실거렸다. 베타테스트용이라 그래픽이 별로였지만, 공간이 주는 압도감은 완벽했다. 소름이 돋은 팔뚝을 문지르며 세이지는 알림창이 시키는 대로 본격적인 베타테스트를 시작했다.

"…… 질까?"

"어? 뭐라고 했어?"

헤드폰 너머로 사현의 목소리가 들린 것 같았다. 세이지는 왼쪽 헤드폰만 살짝 내리고 게임에 열중한 채로 사현의 말을 기다렸다. 파도 소리, 바람 소리, 모래 밟는 소리로 시끄러운 가운데 적막한 반대편에서 나지막이 사현의 목소리가 들렸다.

"우리 헤어지자."

세이지는 왼쪽 헤드폰을 다시 올려 썼다. 사현은 그의 뒤통수를 묵묵히 바라보았다. 아무것도 없는 허공에다 손을 휘저으며 게임에 열중하는 것 같던 세이지는 한참 만에 입을 열었다.

"그러지 뭐."

돌아보지도 않고, 덤덤한 목소리였다.

집 근처 칵테일 바. 홍사현은 그곳에서 이노 세이지를 처음 만났다. 어두운 바 조명 아래, 팔짱을 끼고 한쪽 다리를 덜덜 떠는 세이지는 어느 만화에서 튀어나온 양아치처럼 보였다.

"너도 무슨 말 좀 해봐."

사현에게 세이지를 소개해준 친구, 구은재가 그의 옆구리를 쿡쿡 찔렀다. 탁한 금색으로 탈색해 반은 깎고 반은 길러 묶은 독특한 머리 스타일도 그렇고, 양쪽 귀에 달린 도합 일곱 개의 피어싱과 목덜미를 뒤덮은 뱀 문신은 유달리 튀었다.

"나 죽은 듯이 잘 살아요."

"뭐?"

“죽은 듯이 잘 살아요.”

지금껏 한마디도 하지 않던 세이지는 뜬금없는 말 하나를 던지고 다시 입을 꾹 닫아버렸다. 사나운 눈매에 무표정, 거친 음색까지. 전형적인 반항아였다. 보다 못한 은재가 답답해하며 일본어로 세이지에게 무어라 말을 건넸다. 일본어를 전혀 하지 못하는 사현은 두 사람이 대화하는 동안 잠자코 잔에 담긴 블랙 러시안을 홀짝였다.

사현은 은재가 왜 자신에게 세이지를 소개해줬는지 알 것 같았다. 왼쪽 눈가에 붉은 거미줄 문신, 같은 쪽 입가에 지퍼 문신, 가슴팍과 등을 뒤덮은 뼈 문신, 오른팔을 휘감은 뱀 문신, 양쪽 귀에 주렁주렁 달린 도합 열 개의 피어싱, 오른쪽 눈썹 위 피어싱 하나. 피날레로 시체 같은 무표정까지. 더했으면 더했지 사현도 만만찮게 겉껍질을 무장한 사람이었다.

어린 시절부터 자신이 남들과 다르다는 위화감을 느끼며 살아가는 사람들이 있다. 사현은 그 ‘남들과는 다름’ 때문에 부모 손에 이끌려 병원을 들락거려야 했다. 부모를 포기시키기까지 오랜 시간과 지긋지긋한 수고가 들었다. 지금의 외관은 사현이 그 싸움에서 승리했다는 증거였다.

‘너도 독버섯이구나.’

위화감과 함께 살다 보면 본의 아니게 사람들과의 관계에서 무수한 상처를 입는다. 그럴 때 택할 수 있는 생존 방식이 몇 가지 있는데, 사현은 세이지가 자신처럼 독버섯의 생존법을 택한 사람이라는 걸 직감했다.

독버섯 생존법. 요약하자면, 겉모습으로 경고하는 것이다. 함부로 손대지 마시오. 손을 댈 거면 각오를 하시오. 함께하면서 생긴 피해는 내 소관이 아니외다.

보수적인 이 사회에서 독버섯 생존법을 쓰면 꽤 많은 인간이 걸러진다. 나름대로 '열려 있다'고 자부하는 사람들만이 곁에 남는다. 그들로 인간관계를 구성하면 실패할 확률이 낮았다.

"여기 오기 전에 얘한테 너 시끄러운 거, 귀찮게 하는 거 싫어한다고 알려줬거든? 그랬더니 너희 집에서 조용히 살겠다는 어필을 하고 싶었나 봐. 번역기 돌려서 그대로 외웠대. 이해하지?"

"응."

"그래서. 어떻게 안 될까?"

은재는 별다른 반응이 없는 사현의 손을 덥석 잡고 간절하게 부탁했다. 이 만남을 주최한 목적을 이루기 위해서였다.

예술을 사랑하는 은재는 각종 서비스업 종사자들과 친분이 두터웠다. 평소 존경한다던 디자이너의 헤어 살롱에 세이지를 꽂아준 것도 그였다. 그런데 아뿔싸. 무일푼 유학생이 먹고살 집까지는 미처 구해주지 못했다.

신혼집이라서, 거리가 멀어서, 집이 좁아서……. 줄줄이 퇴짜를 맞은 은재 일행이 돌고 돌아 마지막 지푸라기로 잡은 곳이 사현의 집이었다. 마침 사현은 혼자 살기에는 넓은 집을 가지고 있었다. 문제는 세이지의 불친절한 태도와 사현의 호락호락하지 않은 성격이었다.

"내가 보장하는데, 얘 진짜 안전한 애야. 절대 너한테 손 안 댄다. 겉모습은 이래도 알고 보면 건실한 청년 그 자체라니까."

"알겠어. 방 빌려줄게."

"어, 정말?"

막상 쉽게 허락하자 은재는 믿지 못하겠다는 듯 되물었다. 고개를 끄덕인 사현은 세이지와 눈을 맞췄다. 빤히 바라보는 사현의 시선에도 그는 끝까지 눈길을 돌리지 않았다. 지고는 못 사는 성격이라 이거지.

"술은 은재 네가 사."

"당연히 그래야지."

문제가 해결된 은재는 싱글벙글 웃으며 지갑을 흔들어 보였다.

그날 밤, 얼마 없는 짐을 내려준 은재는 마지막으로 세이지와 대화를 나눴다. 어쩐지 쑥스러워하며 툭툭 말을 던지던 세이지는 가만히 사현을 가리켰다. 까르르 웃은 은재는 현관문을 나서기 직전 사현에게 가서 말했다.

"재가 그러는데, 네가 자기 이상형이랑 꼭 닮았대."

"안전하다며."

"아이, 그런 뜻이 아니잖아. 그리고 재 생각보다 인기 많다?"

"그게 뭐?"

"그냥 그렇다고. 히히, 무슨 일 있으면 연락해!"

찝찝함을 남기고 은재는 떠나갔다. 이제 이 넓은 집에 사현과 세이지 둘뿐이었다. 눈짓으로 화장실 위치를 알려주고 벽장에서 침구를 꺼내 건네준 것이 그날 두 사람의 마지막 상호작용이었다. 그렇게 동거 생활, 시작.

우선 결론부터 얘기하자.

결론, 홍사현은 이노 세이지와 연애를 시작했다.

'다 큰 성인 둘이 한집에서 살 맞대고 살더니 결국 그렇게 되었구나'로 일축하기에는 복잡한 사연이 있었다.

첫째, 의외로 두 사람은 잘 맞았다.

세이지가 현지인처럼 한국어를 잘할 수 있게 되었을 무렵, 그는 자기 방에서 거실로 생활 반경을 넓혔다. 곧 그는 제집처럼 사현의 집을 누비기 시작했다. 거침없는 성격의 그가 오며 가며 사현에게 말을 붙인 탓에 두 사람은 집주인과 하숙인 이상으로 금방 서로에게 익숙해졌다.

독버섯 생존법을 가졌다는 공통점도 있지만, 사실상 사현과 세이지의 성격은 극과 극이었다. 집 안에 있기를 좋아하는 사현과 집 밖으로 나가기를 좋아하는 세이지. 몸 움직이기를 싫어하는 사현과 한시도 몸을 움직이지 않고서는 버티지 못하는 세이지. 저녁형 인간 사현과 아침형 인간 세이지. 분명 충돌하는 지점이 있었다.

그런데도 동거 생활을 유지할 수 있었던 건, 서로의 단점을 상쇄하는 특성이 각자에게 있었기 때문이었다. 제멋대로인 행동파 세이지의 무례함을 사현의 무던함이 받아주었고, 게으르고 무책

임한 사현의 회피성 방어기제를 세이지의 추진력이 받아주었다. 이 얼마나 절묘한 조화인지.

둘째, 세이지는 게임 중독이다.

사현은 세이지를 자신의 견고한 보금자리로 들이면서 그가 어떤 사람인지 알아가기 시작했다. 세이지는 첫인상과 다르게 친구가 많았다. 전방위로 날을 세울 것 같은 이미지와 달리 사람을 좋아하는 사교적인 성격이었다. 시도 때도 없이 약속에 불려가는 세이지를 보고 사현은 인기가 많다던 은재의 말을 인정할 수밖에 없었다.

세상의 모든 유흥을 섭렵할 것처럼 쏘다니며 외박까지 잦던 그는 특이하게도 게임을 할 때만큼은 방구석 폐인이 되었다. 집에 있는 대부분의 시간에 그는 온라인, 콘솔, 모바일을 가리지 않고 게임을 했다. 때때로 한 게임에 꽂히면, 주말 내내 모든 연락을 끊고 칩거 생활에 들어가기도 했다.

어느 날, 사현은 거실 TV에 연결된 콘솔게임을 눈이 벌게지도록 하는 세이지를 구경하다 '손을 가만두지 못해서구나'라는 사실을 문득 깨달았다.

셋째, 사현에게 스토커가 붙었다.

왜 읽고 씹어요? 이렇게 계속 무시하면 서운해요. 저번에 준 향수 써봤어요? 초콜릿 뭐 좋아해요? 주말에 시간 있어요? 대답 계속 안 해줄 거예요? 이렇게 자꾸 무시할 거면 저 사현 씨 집에 확 찾아가버릴래요. 줄줄이 이어지는 메시지의 향연. 그 끝마다 붙은 키읔과 히읗들.

처음엔 그저 사현이 하는 타투 숍의 단골손님이었다. 점점 방문 횟수가 늘어나더니 그는 어떻게 봐도 연애 목적인 선물을 일방적으로 안겨주기 시작했다. 사현의 SNS 계정을 찾아내 올리오는 모든 글에 '좋아요'를 누르질 않나, 개인 메신저로 사적인 대화를 매일같이 보내왔다. 차단해도 어떻게든 새로운 계정을 만들어 메시지 폭탄을 쏘아대기를 여러 차례.

넷째, 여느 때처럼 스토커의 개인 메시지 융단폭격을 받아내던 차, 거실 TV를 차지하고 게임에 열중하고 있는 세이지의 뒤통수가 사현의 눈에 들어왔다.

"세이지."

"왜."

"우리 연애하자."

동시에 TV 화면에서 던전 보스가 괴성을 질렀다. 현란하게 움직이는 플레이어 캐릭터가 던전 보스와 치열한 전투를 펼쳤다. 집중한 뒤통수를 사현은 인내심 있게 기다려주었다. 마침내 던전 보스의 거체가 육중한 소리를 내며 쓰러졌다. 뒤통수가 말했다.

"그러지 뭐."

돌아보지도 않고, 덤덤한 목소리였다.

애인 있어. 동거해. 사현은 잠시 메신저 차단을 풀고 스토커에게 답을 보냈다. 스토커는 즉시 메시지 보내기를 멈췄다. 하책 중의 하책이었지만, 통했으니 된 거라고 방심한 다음 날. 스토커는 정말로 사현의 집을 찾아왔다. 신고를 받고 출동한 경찰이 그를 끌고 나갔다.

그날 이후, 사현은 스토커를 다시는 볼 수 없었다.

두 사람의 연애가 시작된 사연은 이게 다였지만, 덧붙일 것이 하나 있었다.

덧붙임, 두 사람의 연애관은 아마도 일반적이지 못하다.

문신과 피어싱, 무표정, 퇴폐적이고 신비로운 비주류의 분위기, 반항아적 면모에 로망을 가진 사람은 늘 존재해왔다. 그런 부분에 반해 선불리 두 사람에게 고백해오는 사람들도 항상 있었다. 예를 들어, 그 스토커.

하지만 그들이 몰랐던 게 한 가지 있다. 선부른 고백을 선부르게 받아 시작한 연애는 얼마 지나지 않아 관계 파탄으로 끝을 맺는다는 것.

"이건 내가 생각한 연애가 아니야."

"넌 너무 무관심해."

"이 정도로 날 방치하는 건 좀 아니지 않아?"

"잠수를 탈 거면 미리 말이라도 해줘라."

"날 사랑하긴 했니?"

눈앞에 두고 휴대폰만 보기, 특별한 이유 없이 연락 끊기, 데이트 취소하고 친구 만나러 가기 등등. 모두 두 사람이 연애 중 쌓아 올린 업적들이었다. 두 사람이 연애 자체를 싫어하는 건 아니었다. 다만 연애가 인생의 순위에서 하위에 머물러 있다는 것, 그리고 그 사실을 배려 없이 상대방에게 드러낸다는 게 문제였다.

언제나 두 사람은 미련 없이 연애를 종료했다. 헤어지자는 사람에게 "미안하다"는 말만 남기고. 그리고 같은 실수를 반복하는 종족답게 피해자를 몇 명 더 만들어냈다. 그런 문제 많은 두 사람이 연애를 시작했을 때, 주변 사람들은 생각했다. 저거 저러다 금방 또 헤어지지.

그렇게 한 해가 지났다.

"여기야?"

"해후 여관. 맞나 본데?"

보조석에 앉아 있던 세이지가 여관 간판을 가리켰다. 주차장에 차를 세운 사현은 여관 주인에게 키를 받아 2층 숙소로 들어섰다. 문을 열자마자 창문 너머로 짙푸른 동해안의 바다가 보였다. 속초의 겨울 바다.

"좋다."

눈을 떼지 못하는 세이지의 곁에서 사현은 아무 말이 없었다. 그렇게 좋을까. 여름도 아닌 겨울, 사람도 없고 춥기만 한 겨울의 바다를 왜 보고 싶다는 건지. 언제나처럼 사현은 그를 이해할 수 없었다.

첫날이 저물고 다음 날이 되었다. 이른 아침부터 세이지는 외출 준비를 서둘렀다. 전날과 마찬가지로 여관에서 빈둥거릴 생각이었던 사현만 봉변이었다. 세이지는 잠이 덜 깬 사현을 손수 씻기고 입혀 입에 아침 식사까지 물려주었다. 공용 주방에서 만들어 온 검게 탄 계란프라이를 식빵에 끼운, 맛없는 아침이었다.

"나가기 싫어……."

"지금 같이 봐야 좋은 바다야."

"그런 게 어디 있어."

"가자."

'항상 이렇다니까.'

사현은 세이지의 '자기만 아는 배려'가 거슬렸다. 그는 자기 방식대로 사현을 기쁘게 해주고 싶어 했다. 자신이 느끼는 것과 사현이 느끼는 바가 다르다는 건 잘 모르는 것 같았다. 웬만하면 사현은 세이지의 고집을 따라주었다. 이런 부분이 마냥 싫지만은 않았으니까. 평소엔 말하지 않아도 이것저것 챙겨주는 다정함으로 발현되는 성격이었다.

"으, 추워……."

외투를 껴입고 여관을 나서자마자 찬바람이 쌩하고 불었다. 혹독한 겨울 날씨였다. 마른 뺨이 따끔거렸다. 몸을 움츠리며 멈춰 선 사현을 세이지가 잡아당겼다. 킥킥 웃는 그의 입 주변으로 하얗게 입김이 번졌다.

"걷다 보면 덜 추워져."

"아닐 것 같은데."

"정말이야."

잡아끌린 사현은 결국 세이지와 함께 해변으로 들어섰다. 해안가를 따라 펼쳐진 모래사장에 사람은 아무도 없었다. 쌀쌀한 바람을 타고 바다 짠 내가 폐부 깊숙이 밀려들어 왔다. 모래사장에 발자국을 남길 때마다 사박사박 소리가 났다. 두 사람은 말없이 한참을 걸었다.

얼어붙은 뺨이 떨어져 나갈 것처럼 아렸다. 날이 흐렸다. 새하얀 하늘 아래 자욱한 해무가 수평선을 흐려놓았다. 파도가 검푸른색 그림자와 은회색 물거품을 뒤섞으며 자꾸만 이쪽으로 밀려왔다. 두 사람은 목이 좋은 곳에서 걸음을 멈췄다. 둘 다 시린 코끝이 붉었다.

"어때?"

"뭐가?"

"지금 바다 말이야."

"멋지다."

그렇게 말한 뒤 사현은 하품했다. 바다는 멋졌다. 하지만 그것보다 춥고 지치고 졸린 것이 먼저였다. 먼바다를 응시하던 세이지는 그런 사현의 어깨를 가만히 감싸 안았다.

"널 만나서 다행이다."

"그래?"

"응. 너랑 있으면 내가 그냥 나라도 괜찮잖아."

"그렇구나."

사현은 바다에서 눈길을 돌려 세이지를 힐끔 쳐다봤다. 푸른빛이 맺힌 그의 두 눈이 별처럼 빛났다. 발그레한 뺨을 한 그는 따

듯한 숨을 가쁘게 내쉬었다. 어딘가 벅차오른 듯 보였다. 사현은 그런 그를 이해할 수 없었다. 같은 곳에 있으면서도 그가 무엇을 느끼고 있는지 와닿지 않았다.

"내가 생각보다 널 많이 사랑하나 봐."

세이지는 입꼬리를 씩 올렸다. 저렇게 좋을까. 사현은 그가 표현하는 감정들이 신기했다. 숨결이 떨릴 만큼, 표정을 숨기지도 못할 만큼 누군가를 사랑한다는 게 신기했다. 진실된 사랑이 저렇게 강렬한 것이라면, 사현은 평생 누군가를 사랑해본 적 없다고 말할 수 있었다. 그리고 아마 앞으로도 그렇게 사랑할 일은 없을 거라고 직감했다.

그렇다면 지금 자신이 하는 것은 뭘까. 사현은 주말의 늦은 오후 잠에서 깨어나 거실로 나오는 순간을 떠올려보았다. 버터 빛깔로 녹아 내리쬐는 한낮의 햇빛을 받으며 멍하니 앉아 있던 세이지. 그 방심한 듯한 옆모습을 보고 사현은 더할 나위 없이 완벽한 하루의 시작이라고 생각했다.

'하지만 그건 사랑이 아닐지도.'

사현은 한 번 더 하품하고, 겨울 바다로 시선을 돌렸다.

"우리 헤어질까?"

"어? 뭐라고 했어?"

"우리 헤어지자."

연애를 시작했을 때와 마찬가지로 담백한 이별. 사현이 지금의 관계에 대해 어떠한 답을 내린 결과였다.

"그러지 뭐."

세이지는 동요하지 않고 끝까지 베타테스트를 마쳤다. 그리고 헤드기어를 벗어 택배 상자에 던져 넣었다. 그가 게임 장비를 전부 정리하는 동안 사현은 말없이 그를 쳐다보았다. 정리를 마친 세이지는 긴 침묵 끝에 입을 열었다.

"일본으로 돌아가 보려고."

"헤어진 것 때문이라면 그냥 있어. 너 쫓아내려고 헤어진 거 아니야."

"아니. 한국에서 배울 것도 다 배웠고, 돈도 충분히 모였으니까. 슬슬 전에 살던 곳으로 돌아가서 내 미용실을 차릴 때도 됐지."

"그래? 나는 우리가 같이 더 살 줄 알았는데."

"왜. 아쉬워?"

"내가 헤어지자고 하지 않았으면 안 떠났을 거잖아."

"그건 그렇지."

"나는 우리가 연애하는 거랑 같이 사는 건 별개라고 생각했어."

세이지는 갑자기 입을 다물어버렸다. 고개를 돌려 사현을 외면한 그는 눈을 질끈 감았다. 할 말이 많지만, 표현할 방법을 모르겠다는 듯이 답답해하며 씨근덕거렸다. 한참 만에 그는 텁텁하게 가라앉은 목소리를 냈다.

"미안하다. 내가 네…… 음, 기대만큼 잘하지 못한 것 같아서. 차라리 탓을 하면 빰이라도 맞아주겠는데 그것도 아니고. 그래도 떠나기 전까지는 네가 하자는 대로 할게. 너 아쉽지 않게."

"왜 네가 미안해해. 헤어지자고 말한 사람은 난데. 나는 너한테 바라는 거 없어. 그러니 이번 이별은 네가 하고 싶은 걸 해."

사현의 말에 세이지는 목덜미를 문지르며 헛웃음을 지었다.

"내가 헤어지면서 하고 싶은 게 있겠냐."

"나 연락 잘 안 되는 거 알지? 너 일본으로 가면, 난 분명 널 금방 잊어버릴 거야. 그러니 하고 싶은 게 있으면 지금 해야 해."

"어차피 잊을 건데 의미 있겠냐고."

"왜 화를 내는 거야?"

"화는 네가 내고 있지 않아?"

"내가? 아닐 텐데."

그렇게 말하고 사현은 소파에서 일어나 세이지를 거실에 덩그러니 내버려둔 채 침실로 쑥 들어갔다. 이불을 뒤집어쓴 사현은 눈을 감았다. 으레 대화를 피하고 싶을 때면 하는 행동이었다.

포근한 이불 속에 갇히자 솔솔 졸음이 밀려왔다. 방문 너머 거실에서 문을 여닫고 부스럭거리는 인기척이 자꾸 들려왔다. 사현은 일부러 밀려오는 잠에 몸을 내맡겼다. 의식이 흐려질수록 인기척이 멀어졌다.

얼마나 지났을까. 사현이 잠에서 깨어났을 때는 이미 날이 기울어 있었다. 거실에서 울리는 휴대폰의 미약한 진동 소리만 들려왔다. 잠투정을 부리며 뭉그적거리자 결국 진동 소리가 먼저 끊겼다. 갑자기 집이 조용해졌다. 숨 막힐 정도로 이어지는 정적에 서늘한 기분이 들었다.

"세이지?"

아무런 대답이 없었다. 침대에서 벗어난 사현은 침실을 나섰다. 어스름이 내려앉은 거실에는 아무도 없었다. 곧 사현은 현관에 쌓인 상자들을 발견했다. 가지런히 정리된 상자 맨 위에 쪽지가 한 장 놓여 있었다. 삐뚤빼뚤 서툴게 쓴 글자, 세이지의 글씨체였다.

-계좌로 돈 보냈으니까 여기 주소로 해외 배송 부탁. 바이바이 사현.

'여기'에 쳐진 동그라미. 거기서 뻗어 나온 화살표가 하단에 적힌 일본어 주소로 이어졌다. 쪽지를 치우고 연 상자에는 세이지의 물건이 들어 있었다. 이삿짐이었다.

사현은 언짢은 마음이 들었다. 충동적으로 일본행을 결심한 세이지의 치기 어린 행동이 섭섭했다. 분명 이보다 더 좋은 작별을 할 수도 있었는데, 이렇게 갑자기 떠나버리다니.

그때 거실 탁자에 뒀던 휴대폰이 다시 울렸다. 전화를 건 사람은 구은재였다. 이미 부재중 전화가 열 통 가까이 쌓여 있었다. 세이지에게 무슨 소리를 듣고 이렇게 전화해댈까 싶어 한숨부터 나왔다. 싫은 기색으로 전화를 받자 다급한 "여보세요?"가 들렸다.

"왜 이렇게 전화를 안 받아! 너 지금 어디야?"

"잤어. 집."

"당장 옷 챙겨 입고 문자로 보내준 주소로 와."

"무슨 일인데?"

"놀라지 말고 들어."

은재는 말을 잇기 어려워하다 천천히 설명했다. 공항고속도로에서 연쇄추돌사고가 일어났다. 세이지도 거기에 있었다. 그를 태워준 택시 기사가 말하길, 뒷좌석에서 빠져나오려다 옆에서 들이박은 트레일러가 넘어지는 바람에 그대로 깔렸다고 한다.

"상태가 많이 안 좋아. 방금 수술실 들어갔어."

"금방 갈게."

전화를 끊고도 현실감이 들지 않았다. 방금까지만 해도 멀쩡했던 사람이 그렇게 됐다는 게. 세이지가 있을 병원으로 운전해 가는 길, 라디오에서 줄곧 연쇄추돌사고에 관한 속보를 떠들어댔다. 정확한 사상자 수도 채 파악되지 않을 정도로 큰 사고였다.

병원에 도착해 은재를 찾아 발걸음을 재촉하던 사현은 저도 모르게 과거의 기억을 떠올렸다. 부모의 손을 잡고 유백색 병원 복도를 걷던 기억. 스멀스멀 등줄기를 타고 속수무책으로 불쾌감이 치밀었다.

"여기야!"

"어떻게 됐어?"

"나도 잘 모르겠어. 수술이 길어질 것 같아."

"여긴 내가 있을 테니까 일단 가봐. 일하다 온 거지?"

"어, 어? 그래. 세이지 어머님께는 내가 이따 따로 연락해볼게."

경황이 없는 은재를 내보내고 사현은 수술실 앞 의자에 앉았다. 추돌사고 사상자와 그의 가족들로 가득한 병원은 아우성과 신음, 곡소리로 소란스러웠다. 아비규환 속에서도 사현은 금방 마음을 추슬렀다. 사현이 가장 잘하는 일이었다.

꼬박 하루가 지났다. 집에서 입원 생활에 필요할 물건들을 챙겨 온 사현은 병원에 도착하자마자 세이지가 의식을 차렸다는 소식을 전해 들었다. 사현은 면회 허락을 받고 중환자실에 들어섰다. 전신에서 느껴지는 통증에 혼란스러워하던 세이지는 자신에게 벌어진 일을 파악하기 위해 애쓰고 있었다.

"세이지, 나쁜 소식이 있어."

침대 곁에 선 사현은 최대한 그가 놀라지 않게 말을 꺼냈다. 세이지는 충격에 얼어붙었다. 그는 욱신거리는 자신의 양팔을 들어 손이 있어야 할 자리를 바라보았다. 텅 빈 허공뿐이었다. 모니터링 장비가 올라가는 심박수를 알렸다.

"절단 부위의 손상이 너무 심해서 어쩔 수 없었어. 교통사고에서 절단 수술을 하는 게 드문 일은 아니래. 병원비는 걱정하지 마. 내가 내기로 했어. 이렇게 된 데에는 내 책임도 있으니까……."

일그러진 낯으로 현실을 부정하던 세이지는 점점 숨을 헐떡이기 시작했다. 신음하던 그는 결국 상황을 받아들이지 못하고 왈칵 눈물을 쏟았다.

"내 유일한 꿈이, 지금까지 쌓아온 내 앞가림이 전부 다 사라졌어."

눈물을 닦지도 못하고 흐느끼는 그를 보며 사현은 어린 시절 의사가 자신에게 물었던 것들을 떠올렸다. 대부분의 질문에 사현은 "모르겠다"고 답했다. 부모는 그런 사현을 절망스럽게 쳐다보았다.

"자녀분의 편도체 기능에 이상이 있어 정서 발달이 쉽지 않겠습니다."

몇 가지 검사 결과를 확인한 의사가 심각하게 말했다. 어린 사현의 어깨를 꽉 붙든 부모는 벼락 맞은 얼굴을 했다. 크게 하품한 사현은 이 침울하고도 불편한 상황이 끝나기만을 기다렸다.

"미용사 되려고, 난 그거 하나만 보고 살아왔는데."

사현은 손을 잃었다고 인생이 끝난 것처럼 우는 세이지를 이해할 수 없었다. 드러내지 않고는 견딜 수 없는 슬픔이 있다는 게, 그렇게 미용에 목매고 살지도 않았으면서 그깟 꿈 하나 좌절됐다고 내장을 토해낼 것처럼 오열할 수 있다는 게 신기했다. 하지만 그런 일반적이지 못한 감상을 드러내지는 않았고 다만 세이지의 머리를 쓰다듬으며 위로할 뿐이었다.

"괜찮아. 다 괜찮아질 거야."

쨍그랑. 날카로운 소리를 내며 컵이 깨졌다. 쏟아진 물이 발등을 축축하게 적셨다. 소리를 듣고 사현이 급히 세이지를 찾았다.

"물이 마시고 싶었으면 날 부르지 그랬어."

"그런 거 아니야."

컵을 지탱하지 못하고 떨어뜨려버린 뭉툭한 손목. 세이지는 착잡하게 손이 있었던 자리를 바라보았다. 사현은 깨진 유리 파편을 치우고 수건으로 쏟아진 물을 닦아냈다.

"의수 맞출래?"

"그럴 돈까진 없다고 말했잖아."

"내가 낼게. 나중에 갚아."

"무슨 수로."

"살다 보면 무슨 수가 생기겠지."

세이지는 무서운 표정으로 사현을 노려보았다. 사고 이후, 그는 억지 부리듯 아직 혼자서 하기 어려운 일들을 하려 했다.

"집세랑 생활비는 안 내도 돼. 당분간은 나한테 신세 지고 살아."

"낸다니까. 내 앞가림 정도는 할 줄 알아."

퉁명스러운 대답과 함께 그는 상처받은 표정을 지었다.

앞가림. 요즘 들어 부쩍 세이지가 그 말을 쓰는 빈도가 늘어났다.

세이지의 어머니는 그가 어렸을 때부터 입버릇처럼 "자기 앞가림 정도는 할 줄 알아야 해"라고 말했단다. 이번 사고로 사현은 세이지의 가족 관계를 처음으로 알게 되었다. 이혼 후부터 출장이 잦아진 어머니와 새 가정을 꾸린 아버지. 그 사이에서 세이지는 일찍 홀로서기를 배워야 했다.

가족의 도움을 받을 법도 한데, 세이지는 한국에 남아 있기를 택했다. 가족들에게 짐이 되기가 싫은 모양이었다. 다시 사현의 집으로 돌아온 세이지가 자신이 쌓아놓은 상자들을 발견했을 때, 그는 "미안하다"고 했다.

"빨리 회복해서 어떻게든 병원비부터 갚을게."

"괜찮아. 안 갚아도 돼."

그러자 세이지는 얼굴을 사정없이 일그러뜨렸다.

"내가 싫어."

젊어서 그런지 세이지의 뼈는 빨리 붙었다. 기적처럼 큰 후유증 없이 퇴원할 수 있었다. 덕분에 사현은 집에서 그를 돌보는 일이 어렵지 않았다. 다만 문제는 돌봄을 당하는 그의 정신적인 부분에 있었다.

'이렇게까지 우울해할 줄 몰랐는데.'

세이지는 부쩍 말수가 줄었다. 전엔 아무 생각 없이 해내던 일을 사현의 도움을 받아야만 해낼 수 있을 때마다 괴로운 표정을 지었다. 그는 얌전히 있는 시간을 못 견디고 자꾸만 혼자서 무언가를 하려다 사고를 쳤다. 오늘 유리컵을 깬 것도 그런 맥락에서였다.

"역시 의수부터 맞추자. 나중에 갚더라도."

"비싸잖아, 그거."

"그래도 있어야지."

휴대폰을 허벅지 위에 두고 팔 끝으로 액정을 톡톡 두드리던 세이지는 쉽게 결정을 내리지 못했다. 켜졌다 꺼졌다 하는 화면에 게임 이벤트 알림이 쌓여 있었다. 지우지도 않고 쌓아둔 알림들이었다.

"무서워. 지금까지 미용사 일만 잘하자고, 그럼 완전 오케이라고 생각했는데. 갑자기 할 수 있는 게 아무것도 없어. 답답하고 막막해. 나는 이제 뭘 어떻게 해야 할지……."

사현은 알아챘다. 세이지는 가만히 있으면 쉽게 불안해한다. 평소엔 이 불안감을 어떻게 견딘 걸까 생각해보니, 항상 움직이고 있던 그의 두 손이 떠올랐다. 지금껏 사람을 만나러 다니고 게임에 빠져 살았던 것이 전부 불안하게 쌓이는 생각들을 모면하기 위한 생존법이었을까.

답지 않게 초췌해진 안색이 보기 싫어 사현은 자리에서 일어났다. 게임 장비를 들고 온 사현은 의기소침한 그의 머리에 헤드기어부터 씌워주었다. 그리고 익히 봐온 대로 알맞은 자리에 패치를 붙이고 발목 보호대를 신겨주었다. 그의 팔목 끝까지 장갑을 덮어씌운 사현은 헤드기어 전원을 올렸다.

'양팔을 앞으로 쭉 뻗어주세요.'

새하얀 접속 대기 공간에 뜬 알림창. 세이지는 팔을 뻗는 대신 시선을 내렸다. 센서가 달린 장갑의 위치에 가상의 손이 구현되어 있었다.

기대와 달리 가만히 장갑만 들여다보는 그의 모습에 사현은 착잠해졌다. 곁에 앉아 그의 어깨에 머리를 기댄 사현은 혼잣말처럼 중얼거렸다.

"괜찮아. 다 괜찮아질 거야."

한동안은 단조로운 일상의 반복이었다. 세이지의 정신 상태는 점점 악화됐다. 세이지를 이해할 수 없는 사현은 그에게 뭘 더 해줘야 할지 알 수 없었다. 더 잘해주려고 할수록 오히려 역효과만 나는 것 같았다. 타인에게 의존해야 한다는 사실 자체가 그에게 괴로움을 안겨주는 듯했다.

무언가 달라진 건, 세이지가 누군가의 전화를 받은 날부터였다. 변화는 갑자기 찾아왔다. 일본어로 짧은 대화를 마치고 전화를 끊은 세이지는 우울감을 많이 떨쳐낸 것처럼 보였다.

"무슨 좋은 일 있어?"

"사현, 나 일을 구했어. 조만간 빚 갚을 수 있어."

"그래? 잘됐네."

사현은 애써 무슨 일인지 묻지 않았다. 자신이 해준 것을 빚이라고 생각하지 말라는 소리도 일부러 하지 않았다. 오랜만에 보는 그의 밝은 모습을 망치고 싶지 않아서였다.

그다음 날, 세이지는 누군가의 자동차를 타고 사라졌다. 그동안 고마웠다며, 잘 지내라며, 이 은혜는 잊지 않겠다며. 그렇게 바람처럼 미련 하나 남기지 않고 떠나가버렸다. 그것이 동거 생활의 끝이었다. 세이지는 갑자기 증발해버렸다. 아무 흔적도 남기지 않고.

“정말 아는 거 없으세요? 전화번호라도…….”

“나도 연락 끊긴 지 몇 년 됐어. 앞으로는 그 애 일로 전화하지 마.”

가끔 세이지의 연락처가 궁금한 사람들이 어떻게 알았는지 사현의 번호로 연락해왔다. 사현은 그들에게 해줄 말이 없었다. 그 역시도 세이지와 연락이 되지 않았기 때문에.

Ino Seiji. 달마다 통장에 찍히는 이름만이 사현이 유일하게 확인할 수 있는 그의 흔적이었다. 그마저도 사현이 내준 그의 병원비와 생활비, 집세를 합한 금액을 훌쩍 웃돌 정도로 송금액이 쌓인 뒤 멎어버렸다.

시간은 빠르게 흘렀다. 다른 기억들에 묻혀 이노 세이지는 사현에게 완전히 과거의 사람이 되어버렸다. 사현은 이제 그가 어떻게 생겼는지도 가물가물했다. 이따금 우연히 떠오를 때면, 사현은 자신을 통과한 시간만큼 나이가 든 그의 모습을 잠시 상상해보았다.

‘곁에 있는 사람에게 집중하는 편이었으니까 어쩌면 지금쯤 가정을 이뤘을지도. 의수는 맞췄을까? 집에서 또 게임만 하는 거 아닌지 몰라.’

사현은 눈이 나빠져 안경을 쓴 그의 모습을 떠올려보았다. 그뿐이었다. 지독하게 그립지도, 그다지 원망스럽지도 않은 딱 그때 그 시절 곁에 있어 좋았던 사람. 세이지는 그렇게 점점 기억 속에서 희미해질 예정이었다.

하지만 떠났을 때와 마찬가지로 세이지는 사현의 삶 속에 불쑥 다시 나타났다.

"안녕하세요, 홍사현 씨. 다국적 기업 YOU 컴퍼니 가상현실 개발부에서 연락드립니다."

모르는 번호로 연락이 왔다. 빠르게 쏘아대는 어투에 독특한 억양까지 더해져 말을 한 번에 알아들을 수 없었다.

"어디……, 어디라고요?"

"YOU 컴퍼니입니다. 이노 세이지를 아시나요?"

YOU. 세이지가 가져온 택배 상자 옆면에 항상 적혀 있던 글자. 주기적으로 그에게 게임 베타테스트를 의뢰하던 회사의 이름이었다.

"저기, 나도 연락 안 돼요. 연락 끊긴 지 오래됐어요."

지레짐작으로 쏘아붙이자 상대가 "아하하" 하고 웃었다.

"그런 용건으로 전화드린 게 아니에요. 이노 군은 현재 이곳에 있습니다. 홍사현 씨 본인 되시죠? 이노 군이 부탁한 게 있어서 사현 씨 의사를 확인하고 싶은데요. 혹시 이노 군을 만나주실 수 있을까요?"

사현은 선뜻 대답하지 못했다. 너무 갑작스러웠다.

"왜 만나야 하죠?"

"전화로 설명하기엔 좀 복잡하네요. 만나서 설명해드려도 될까요? 위치는 사현 씨가 정해주세요. 제가 그쪽으로 가겠습니다."

"…… 좀 더 생각해보고 연락드릴게요."

"네. 지금 받으신 번호로 연락 주세요."

며칠 뒤, 볕이 잘 드는 집 근처 카페에서 사현은 자신을 '다국적 기업 YOU 컴퍼니 가상현실 개발부 부장'이라고 소개한 연구원을 만났다. 그는 두 손으로 공손하게 명함을 내밀었다. Kanou Miharu. 그런 이름이었다.

"일본인?"

"한국어 잘해서 전혀 모르셨죠? 한국에서 오래 살았거든요. 같이 사는 친구가 한국인이기도 하고요. 그 친구가 한국 이름도 지어줬어요. 미현이래요. 정말 예쁜 이름이지 않아요? 그 이름으로 절 불러주세요."

"저기, 미현 씨."

"편하게 말씀하세요. 저 이노 군이랑 같은 나이거든요. 이노 군은 제 고등학교 후배인데, 제가 머리가 특출나게 좋아서 2년 정도 월반했어요. 졸업하자마자 YOU에 입사해서 이쪽 개발부에서 쭉 일해왔고요. 덕분에 젊은 나이에 부장 직함도 달았답니다. 와아아."

사현이 한 마디를 할 때 미현은 열 마디를 했다. 본래 그런 성격인 듯했다. 그런 미현에게서 사현은 익숙한 느낌을 받았다.

세이지가 왜 이런 사람과 인연이 있나 싶었는데 직접 만나보니 알 것 같았다. 이 사람 역시 어린 시절부터 '위화감'을 달고 살아온 인간인 것 같았다. 남들과 다른, 뭐라고 딱 정리해 말하기 어려운 정체성을 지닌 사람. 세이지, 그리고 사현과도 비슷한 부류였다.

"그래, 미현. 어째서 세이지를 만나달라고 한 거야?"

"직접 보여드리는 편이 낫겠네요. 자아."

가져온 가방에서 커다란 태블릿 PC를 꺼낸 미현이 사진을 보여주었다. 첫 번째 사진은 단체 사진이었다. 세이지는 흰 연구원 가운을 걸친 사람들 옆, 평상복을 입은 사람들 사이에 섞여 어떤 건물 앞에 서 있었다. 그다음 사진은 머리와 목 곳곳에 패치를 잔뜩 붙이고 헤드기어를 쓴 채 씩 웃고 있는 그의 모습이었다.

"이노 군은 우리 연구소에서 일했어요. 그렇게 받은 월급으로, 짜잔."

세 번째 사진에서 그는 의수를 착용하고 있었다. 일반적으로 보기 힘든 독특한 디자인의 의수였다.

"평범한 건 싫어하잖아요, 이노 군. 그래서 저희 개발진이 맞춤 제작으로 의수를 만들어줬어요. 잘 어울리죠?"

네 번째, 다섯 번째 사진은 의수를 착용한 그가 다른 사람을 상대로 미용 연습을 하는 모습이었다. 형형색색으로 머리를 염색한 연구원들의 어색한 인증 숏들도 이어졌다.

"이 머리도 이노 군이 해준 거예요."

미현은 하얗게 탈색한 자신의 긴 꽁지 머리를 흔들어 보였다. 다시 탈색하진 못했는지 검은 머리 뿌리가 꽤 길게 자라 있었다.

'어디서 무슨 일이라도 당한 건 아닐까 걱정했는데.'

사진 속 세이지는 사현의 걱정과는 다르게 무척 행복해 보였다. 떠나기 전 마지막으로 보였던 우울한 낯보다 훨씬 나았다. 건강하고 생기 있는 그의 모습에서 딱히 수상한 점은 찾을 수 없었다.

"이노 군은 우리 부서의 은인이나 마찬가지예요. 그래서 제가 직접 와야 했어요. 이노 군은 사현 씨를 정말 많이 만나고 싶어 해요. 미처 전해주지 못한 게 있다고 그랬어요."

"그렇게 간절하면 세이지가 직접 여기로 오면 되잖아."

"지금 이노 군의 상태가 많이 안 좋아요. 그래서 두 분이 만나려면 사현 씨가 직접 우리 연구소로 오셔야 해요. 그런데 연구소 위치가 말하자면 극비거든요. 함부로 주소를 알려드릴 수 없어요."

"믿기 힘든 말을 하네."

"숙소와 식사는 저희 쪽에서 따로 제공해드릴 테니 2박 3일 정도 시간을 내주실 수 있을까요? 제가 직접 연구소까지 태워드릴게요."

할 말을 마친 미현은 빙그레 웃으며 사현을 마주 봤다. 어떻게 하겠냐고 묻는 듯한 시선에 사현은 깊은 고민 없이 입을 열었다.

"오늘 당장도 가능해?"

몇 시간 후, 보조석에 사현을 태운 미현의 자동차가 AR/VR 산업 연구단지로 진입했다. 그렇게 극비라던 연구소는 버젓이 국내에 있었다. 논밭만 보이던 풍경이 말끔하게 지어진 연구소 건물들로 금방 바뀌었다.

입구의 검문소에 다다른 미현이 연구원증을 보여주자 차단기가 올라갔다. 길을 따라 쭉 안쪽으로 들어간 자동차는 한 건물의 지하 주차장으로 내려갔다. 미현이 보여줬던 사진 속 건물이었다. 운전석에서 내린 미현은 사현에게 숙소를 안내해주고, 세이지를 먼저 만나고 오겠다며 사라졌다.

혼자 남겨진 사현은 안내받은 숙소에 짐을 풀었다. 그곳은 작은 원룸 같았다. 창가 테이블 위 화병에 장식용 조화 한 송이가 꽂혀 있었다. 붉은색이었다.

'겉보기엔 멀쩡한 곳인데.'

사현은 이곳의 풍경이 대학교 캠퍼스를 닮았다고 생각했다. 오면서 마주친 사람들도 평범한 교수나 학부생처럼 보였으며, 무시무시한 비밀을 감춘 불법 조직이나 인체 실험을 감행하는 위험한 연구소라는 암시는 찾을 수 없었다.

똑똑, 노크 소리가 들렸다. 세이지를 만나고 돌아온 미현이었다.

"준비 다 됐어요. 지금 만나러 가시면 돼요."

몇 가지 의문점은 세이지를 만나 직접 풀면 될 것이다. 그렇게 생각한 사현은 미현을 따라 어떤 방으로 들어섰다. 그 방은 한쪽 벽이 투명한 유리로 되어 있어 그 너머가 보였다. 유리벽 앞에 각종 모니터링 장비가 있었다. 근처에 앉아 있던 몇몇 연구원들이 미현을 알아보고 인사했다.

"세이지는?"

사현이 의아하게 물었다. 주변을 둘러보았지만, 어디에도 세이지는 보이지 않았다. 미현은 대답 대신 사현을 유리벽 너머의 방으로 데리고 들어갔다. 거기엔 세이지 대신 안마 의자를 닮은 기계가 한 대 놓여 있었다. 환한 조명에 눈이 부셨다.

"이노 군을 만나려면 특수한 장치가 필요해요. 혹시 가상현실을 경험해본 적 있으신가요? 이노 군 얘기로는 자기가 다이브 하는 걸 몇 번 봤다던데."

"이건 왜……. 그냥 평범하게 만나면 안 돼?"

"자세한 이야기는 이노 군한테 직접 들으시는 편이 빠를 거예요. 위험한 건 아니니까 긴장 푸세요. 장비 착용하는 거 도와드릴게요."

미현에게 떠밀려 사현은 안마 의자를 닮은 장치 위에 앉았다. 미현은 사현의 머리와 목 주변에 패치를 붙이고 헤드기어를 씌웠다. 사현은 눈앞이 가려지자 살짝 긴장했다. 위치에 맞게 의자에 팔다리를 끼워 넣자 내부의 쿠션이 부풀어 사지가 고정되었다. 마치 틀에 끼워진 신세였다.

"눈을 감고 호흡에 집중하세요."

어느새 코와 입을 덮은 호흡 마스크로 시원한 공기가 밀려들어왔다. 온갖 SF 영화에서 본 수상한 비밀 실험이 머릿속을 스쳐 지나갔다. 범죄 추적 TV 프로그램의 진행자가 "충남의 한 산업 연구단지에서 일한 적 있거나 그곳에서 사라진 사람들의 행방을 알고 계신 분들의 제보를 기다립니다" 같은 멘트를 읽는 장면도 떠올랐다.

순간, 앉은 자리에서 훅 허공으로 몸이 꺼지는 기분이 들었다. 그리고 다음 순간, 사현은 포근한 이불 속에서 깨어났다. 익숙한 섬유 유연제 냄새가 났다. 사현은 이 침대와 이불을 잘 알고 있었다. 여기는 자신의 방이었다.

'꿈을 꾼 건가?'

지금까지 있었던 일이 전부 꿈이라면 그건 좀 허탈했다. 그러나 사현은 어쩐지 이 모든 게 꿈이 아니라고 확신할 수 있었다. 침대에서 몸을 일으키자 긴 검은 머리칼이 흘러내려 눈앞을 가렸다. 머리칼을 쓸어 넘긴 사현은 침대에서 빠져나와 두 발로 섰다.

'뭔가 이상해.'

꿈이 아니라면 현실인가. 그것도 아니었다. 이곳은 꿈도 현실도 아닌 곳이었다. 주변 전체에서 위화감이 느껴졌다. 이건 마치, 그래. 세상의 질감이 달라진 것 같았다.

사현은 주변을 둘러봤다. 분명 자신이 알고 있는 침실의 풍경이었다. 하지만 무언가 달랐다. 제대로 설명할 수는 없었지만, 분명히 그랬다. 사물의 윤곽이 더 선명한 것 같기도 했고, 색감이 더 진해진 것 같기도 했다. 아니, 가구의 모서리가 유독 날카롭게 보이는 건가?

속이 울렁거리고 머리가 어지러웠다. 사물 하나하나에서 익숙하지 않은 기분을 느꼈다. 사현은 더듬더듬 걸어가 문손잡이를 잡았다. 거실로 나가는 편이 좋을 것 같았다. 문을 열자 어둑한 침실 문틈으로 밝은 빛이 들이쳤다. 거실의 큰 창에서 쏟아져 들어온 한낮의 햇살이었다.

거실 소파에 세이지가 앉아 있었다. 한창 연애하던 시절의 젊고 건강한 모습이었다. 그는 긴장한 표정이었다가 침실에서 나오는 사현을 보고 눈을 크게 떴다. 조금 놀란 것 같았다.

"사현?"

사현은 곧 이곳이 현실이 아님을 확실하게 깨달았다. 세이지의 두 손이 사고를 겪지 않은 것처럼 멀쩡했다.

"오랜만이야."

사현은 지금 내고 있는 목소리가 자신의 것 같지 않았다. 그 순간, 세상의 시간이 느려졌다. 소파에서 일어난 세이지는 천천히 사현에게로 다가왔다. 재회의 기쁨에 그는 서서히 미소를 지었다. 그 미소를 보자 사현에게도 온갖 감정들이 물밀듯 몰려왔다.

창문 너머로 잔잔하게 들리는 도시의 소음. 비강을 지나치는 익숙한 공기의 냄새. 입 속에 머무는 침의 맛. 걸치고 있는 옷의 간질간질한 촉감. 해일처럼 밀려와 설명할 수 없는 방식으로 뒤섞이는 복잡한 감정들. 모든 자극이 폭력적일 만큼 생생하게 전해졌다.

“이거 뭐야? 어떻게 되고 있는 거야? 이거 싫어. 토할 것 같아.”

현기증을 견디지 못한 사현은 그 자리에 주저앉았다. 내면에서 모든 복잡한 것들이 한꺼번에 고함을 치는 것 같았다. 사양 낮은 컴퓨터에 고성능 프로그램을 돌리기라도 한 것처럼 머리에 과부하가 걸렸다.

“왜 이런 기분이 드는 거야? 살려줘. 살려줘. 돌려보내줘.”

쌕쌕 내쉬는 호흡 하나하나의 결이 느껴졌다. 모든 것들이 너무 분명하고 강렬해서 괴로울 정도였다. 공포를 느낀 사현은 눈을 감아버렸다. 당황한 세이지가 달려와 사현을 끌어안았다.

“사현, 괜찮아? 어떻게 된 거지?”

사현은 대답할 수 없었다. 바로 옆에서 들리는 세이지의 목소리가 폭음처럼 컸다. 위기감에 헐떡이는 숨, 풍겨오는 그의 체취, 뜨거운 체온, 미약한 땀 냄새, 요동치는 심장 박동, 곤두선 털과 그 끝을 올올이 스치는 바람. 어떻게 이 모든 걸 감각하며 멀쩡히 살아갈 수 있단 말인가.

“이런, 씨. 왜 이러지? 한 번도 이런 적 없었잖아. 미하루, 안 되겠어. 중단, 중단! 당장 사현을 내보내!”

그 순간 사현은 정신이 고양되는 것을 느꼈다. 한순간 부력에 의해 떠올라 수면 바깥으로 고개를 내민 듯했다. 눈앞이 캄캄해졌다. 익숙한 세상의 질감에 현기증은 금방 가라앉았다. 모든 것이 원래의 자리로 되돌아왔다. 둔하고 단조로운, 그리하여 안정적인 사현의 세계였다.

"홍사현 씨?"

천장에 달린 스피커를 통해 미현이 말했다. 의자를 박차고 일어난 사현은 몸에 붙은 것들을 다 떼어내고 헤드기어를 벗어 내던졌다. 그러고도 분이 풀리지 않아 숨을 씩씩거리며 외쳤다.

"나한테 뭘 한 거야?"

"사현 씨, 진정하세요."

"진정하게 생겼어? 진짜 세이지는 어디 있지?"

"저희도 지금 일어난 현상을 파악하려고 애쓰고 있거든요. 가상현실 안에서 도대체 무슨 일이 있었나요?"

"다 알잖아. 너희도 다 보고 들었을 거 아니야."

"안타깝게도 저희는 그 안에서 구체적으로 무슨 일이 벌어졌는지는 알 수 없어요. 기껏해야 이노 군이 보낸 메시지 정도만 읽을 수 있다고요."

유리벽 너머에서 마이크를 쥔 미현은 그의 말대로 꽤 난처한 표정이었다. 매서운 눈으로 쏘아보던 사현은 겨우 호흡을 갈무리하고 말했다.

"세이지를 직접 만나게 해줘."

사현은 결코 이런 장면을 상상한 적 없었다. 몸 상태가 안 좋다고 해도 기껏해야 환자복을 입은 채 수척한 모습으로 마른기침이나 할 세이지를 상상했다. 하지만 미현의 뒤를 따라 병실에 들어섰을 때 마주한 것은 온갖 줄을 매달고 겨우 숨만 붙어 있는 몸뚱어리였다.

바이털 사인을 체크하는 모니터에서 그의 심박을 따라 삑, 삑 소리가 울렸다. 수술 직후 중환자실에서 보았을 때보다 지금 그에게 달린 의료기기 수가 더 많았다. 오랫동안 탈색을 하지 못해 검게 자란 머리카락이 그가 얼마 동안 이런 상태였는지를 알려주었다.

"코마 상태예요."

미현이 말했다. 세이지의 움푹 들어간 뺨과 뼈대가 비치는 팔다리는 미동조차 없었다. 사현은 상상해왔던 것과 전혀 다른 모습을 한 그를 발견하고 할 말을 잃었다. 그의 머리맡 협탁에 의수 한 쌍이 놓여 있었다. 한동안 사용하지 않아 부옇게 먼지가 뒤덮인 채였다. 사현은 의수의 손가락 끝을 건드려보았다. 차가웠다.

"언제부터 이랬어?"

"사선을 넘나든 지는 오래예요. 완전히 혼수상태가 된 건 반년 전부터고요."

끝내 인생의 풍파를 받아들이고 성숙한 어른이 되어 작은 행복을 소중히 여기면서 나름대로 멋진 삶을 꾸려가고 있을 것 같았던 세이지. 그는 상상도 못 했던 이곳에서 죽은 듯이 살아 있었다. 미현은 세이지의 머리에 씌워놓은 헤드기어를 톡톡 두드렸다.

"이제 이노 군의 의식은 가상현실에서만 살아 있어요."

가상현실에서만 만날 수 있는 사람이라니. 기가 막힌 일이었다. 이곳에 오기 전 사현이 경험했던 가상현실은 기껏해야 세이지가 끌고 간 동네 게임장에서 멀미 때문에 3분 만에 그만둬야 했던 VR 게임이 전부였다.

"어쩌다 이렇게 된 거야?"

"자리를 좀 옮길까요? 얘기가 길어질 것 같은데."

두 사람은 연구단지 안에 있는 유일한 카페로 이동했다. 아메리카노 두 잔을 가져온 미현은 사현의 맞은편에 앉아 그간 세이지에게 있었던 일을 설명했다. 그의 설명을 듣고 있으니 병동 복도에 울려 퍼지는 떰박질 소리가 들리는 듯했다.

의료진이 한 환자가 누운 병실 침대를 급히 옮겼다. 세찬 침대 바퀴 소리가 현장의 다급함을 알렸다. 심한 쇼크를 받아 심장마비가 온 환자의 옷섶이 풀어 헤쳐졌다. 제세동기를 준비한 의사가 크게 외쳤다.

"200줄 차지. 물러서. 샷!"

강한 충격에 가슴이 튀어 올랐다. 몇 번의 전기 충격 끝에 기적적으로 환자의 맥박이 돌아왔다. 뒤늦게 의식을 차린 환자에게 의사가 권고했다. 다시 이런 일이 발생한다면 그땐 정말 어떻게 될지 모른다고. 환자는 여러 번 들어 익숙해진 경고를 귓등으로 흘려버렸다.

"그래도 할 수 있는 데까진 해야지."

덤덤하게 대꾸한 환자는 머리맡에 놓인 의수를 두 팔에 끼우고 병실을 나섰다. 그는 다시 연구소로 돌아가 머리에 헤드기어를 쓰고 가상현실 진입을 돕는 기계, '다이브'에 앉았다. 이제 수면을 향해 뛰어내릴 차례였다.

"이노 군이 저렇게 된 건 사실 저 때문이에요."

상념을 깨고 불쑥 미현의 고백이 들려왔다. 사현은 고개를 들었다.

"지금 생각해보면 이노 군이 목숨을 걸고 이 프로젝트에 매달린 건 다 제가 부추긴 탓 같아요."

"잠깐만. 나 이해가 잘 안돼. 그러니까 내가 겪은 가상현실을 세이지가 직접 만들었다는 거야?"

"아, 제 설명이 어려웠나요?"

미현은 고민하다가 자리에서 일어나 카페 카운터로 갔다. 그는 점원에게 양해를 구하고 잘 익은 사과 하나를 받아왔다. 테이블에 사과를 올려놓은 미현이 물었다.

"사현 씨는 이게 무슨 색으로 보여요?"

"빨간색?"

"아니에요. 어쩌면 이건 빨간색이 아닐지도 몰라요."

미현은 태블릿 PC를 꺼내 파란색 사과를 그렸다.

"어쩌면 사현 씨는 남들이 보는 파란색을 지금껏 빨간색으로 보고 있었을지 몰라요. 하지만 태어났을 때부터 파란색을 빨간색으로 봐왔기 때문에 파란색을 보며 열정, 불꽃, 사과 따위를 떠올릴 수 있는 거죠."

미현은 파란색 사과 옆에 그것을 바라보는 사람을 추가했다.

“지금까지의 가상현실 개발은 이 사과를 만드는 데 집중했어요.”

그는 파란색 사과 위로 동그라미를 쳤다.

“하지만 YOU는 달라요. YOU는 사과가 아닌 사과를 보는 사람에게 집중합니다.”

사과에 친 동그라미 위로 엑스 자를 그린 미현은 사람 위에 동그라미 여러 개를 덧그렸다. 그리고 그 아래에 ‘관측자’라고 적었다.

“우리는 이 사람을 관측자라고 불러요. 이노 군은 우리 연구소의 관측자 중 하나였어요. 사과를 바라보는 사람이요. 저희가 하는 일은 사과를 관측한 이노 군의 뇌 상태를 그대로 스캔하는 거예요. 그렇게 스캔한 뇌 상태를 분석해서 다른 사람, 예를 들면 제 뇌를 같은 상태로 만들어요.”

그는 자신의 관자놀이를 톡톡 두드렸다.

“그럼 저는 직접 사과를 보지 않고도 사과를 볼 수 있는 거예요. 이 논리대로라면 가상현실 개발 패러다임이 완전히 달라져요. 어떤 대상, 즉 사과를 구현하는 게 목표가 아니라 어떠한 개념을 관측한 뇌의 상태를 데이터베이스화하고 그것을 언어로 삼아 소통하는 게 목표가 되는 거예요.”

“언어? 소통? 직접 뇌를 조종하겠다는 거야?”

“인체에 무해할 정도로만 전기 자극을 주는 거죠.”

“하지만 세이지는 저렇게 되었잖아.”

"이노 군의 관측 데이터는 정말이지 탁월했어요. 어떤 개념을 접했을 때의 반응이 풍부한 동시에 명확했죠. 데이터로 만들기 제일 쉬웠어요."

미현은 안타까운 듯 잠시 시선을 내렸다. 그러더니 태블릿 PC에 바른 글씨체로 또박또박 '사과'를 썼다.

"사과를 관측했을 때의 뇌 상태를 분석한다는 것은 다른 말로 인간은 어디까지를 사과라고 느끼는지 알아내는 일이에요."

사과의 시옷을 지운 미현은 그것을 세모로 바꿔 그렸다.

"이건 사과일 수 있어요."

이번엔 사과의 기역을 쌍기역으로 바꿨다.

"이것까지도 어쩌면 사과라고 생각될 수 있어요."

미현은 과감하게 쌍기역 옆에 기역을 하나 더 추가했다.

"하지만 여기부터는 사과라고 느껴지지 않겠죠. 전혀 다른 것으로 보이거나 뇌에 무리를 줄지도 몰라요."

지금까지 썼던 것을 전부 지운 미현은 텅 빈 태블릿을 바라보았다.

"안전하게 분석하는 방법도 있어요. 시간이 오래 걸릴 뿐이죠. 이노 군이 나서주지 않았다면 제가 늙어 죽기 전까지 제대로 된 가상현실 하나도 구현해내지 못했을 거예요. 언어는 충분히 쌓여야 의미가 있으니까요."

"잠깐, 그러니까 네 말은……. 세이지가?"

이노 세이지 본인이 관측 데이터 분석에 자신의 뇌를 사용하도록 나서줬단 말인가? 미현이 고개를 끄덕였다. 사현은 어처구니가 없었다.

"언젠가 제가 농담 삼아 이노 군한테 이런 말을 했어요. 딱 한 사람만 목숨 걸고 나서주면 몇 년 안에 가상현실을 완성할 수 있을 텐데, 라고."

며칠 후 세이지는 미현을 찾아와 어떤 위험도 감수할 테니 가상현실을 만드는 일을 돕고 싶다고 했다. 한순간 미현은 탐구욕에 사로잡혔다. 그는 나름대로 위험하지 않을 것 같은 몇 가지 실험을 세이지와 함께했다. 그 결과, 전과 다르게 무시무시한 속도로 데이터가 쌓였다.

"그렇게 성과가 나오니까 저도 점점 욕심이 생겼어요. 조금만 더 하면 가상현실 완성이 10년은 빨라질 텐데, 아주 조금만, 아주 조금만 더. 그러다 결국 첫 번째 사고가 일어났어요."

처음으로 세이지가 쇼크를 일으켰다. 다행히 매뉴얼에 따라 그는 제때 응급 처치를 받았다. 충격적인 사고였지만, 사망으로 이어지지는 않았다. 문제는 그다음이었다. 한 번 죽을 뻔했으면서 그는 자꾸 미현을 찾아와 계속 관측 분석에 참여하고 싶다고 요청했다. 거기까지 말한 미현은 다음 말을 해야 할지 말아야 할지 고민했다.

"첫 쇼크가 있던 날, 이노 군은 깨어나자마자 사현 씨 이름을 불렀어요. 아니, 이것부터 말씀드려야겠군요. 사실은 전부터 이노 군의 관측 데이터에 여러 번 사현 씨가 등장했어요."

"…… 왜?"

"사람과 사람이 만나는 건, 두 사람의 세계가 충돌하는 것이라는 말 아세요?"

미현은 말했다. 홍사현이라는 존재가 이노 세이지의 세계관에 지대한 영향을 주었노라고. 쉽게 예를 들면 이런 식이었다. 붉은 사과를 바라볼 때, 그는 자신도 모르게 사현의 눈가에 있는 붉은 거미줄 문신을 떠올리곤 한다는 것이다.

"처음에 이노 군은 이 사실을 숨겼어요. 아마 본인도 받아들이기 힘들었나 봐요. 이미 헤어진 사람이 그 정도로 자신 안에 남아 있단 걸."

그의 관측 데이터에 사현이 섞이고 있다는 사실은 결국 미현과의 대면 상담 중 드러났다. 사람은 쉽게 바뀌지 않는다. 죽을 뻔한 뒤에도 마찬가지였다. 첫 쇼크 이후에도, 세이지는 계속해서 사현에 관한 일을 숨겼다.

"저는 이노 군에게 정신과 주치의를 붙였어요."

죽음도 불사하고 자꾸 관측 분석에 참여하려는 세이지의 정신에 문제가 있다고 판단한 결과였다. 그는 인지 치료를 받기 시작했다. 몇 주가 흘렀다. 어느 날, 그를 담당하는 주치의가 미현을 찾아와 조심스럽게 말했다.

"곁에 진짜 그 사람이 있기라도 한 것처럼 생생한 환각을 경험했다더군요. 이 부분은 연구원님께서도 알고 계셔야 할 것 같습니다."

세이지는 주치의에게 털어놓았다. 자신이 관측한 언어를 뇌로 전송받으며 사현의 존재감을 느껴왔다고. 분석을 위해 변형된 언어에서 오는 자극이 강하면 강할수록 사현의 존재감이 점점 강렬해졌다. 쇼크로 심장이 멎어 생사를 오갈 즈음엔 그 감각이 극에 달했다.

"이건 그 후에 있었던 일이에요."

미현은 태블릿 PC를 내밀었다. 동영상 하나가 재생되고 있었다. 액정 속에 사현이 안내받은 숙소와 비슷한 방에 앉은 세이지가 보였다. 그는 의수로 어색하게 목덜미를 주물렀다.

"안녕, 사현. 오랜만이다."

영상 속 세이지가 인사했다.

"요즘 나는 잘 살고 있어. 가상현실 만드는 걸 돕고 있는데, 내 데이터가 가장 좋나 봐. 지금껏 내가 제대로, 열심히 살아왔다는 증거겠지."

가볍게 웃던 그는 머뭇거린 끝에 말을 이었다.

"최근에 죽을 뻔한 일이 있었어. 별건 아니고, 그것 때문에 지금 인지 치료란 걸 받고 있거든. 어제 내 담당 의사가 영상 일기를 찍어보는 게 어떻겠냐고 하더라고. 혼잣말하는 취미는 없고 차라리 다른 사람한테 영상 메시지라도 남기자고 생각했는데, 이상하게 너밖에 안 떠오르더라."

그는 잠시 카메라에서 눈을 떼고 미간을 찌푸렸다.

"이걸 어떻게 설명해야 하나. 의사가 말이야, 글쎄 내가 자꾸

죽으려고 한다는 거야. 나는 그럴 생각 전혀 없는데. 죽을 각오는 했어도 죽고 싶었던 적은 없어. 난 그냥 가상현실이 빨리 완성되는 걸 보고 싶을 뿐이야. 지금 내가 유일하게 잘 해낼 수 있는 내 앞가림이기도 하고."

그는 그 자신에게 되뇌듯 결의에 찬 표정으로 말했다.

"그 안에서 내가 만들어나가는 것들이 나한텐 큰 의미가 있어. 그러다 좀 잘못되더라도 괜찮아. 가상현실은 남잖아. 한 번뿐인 인생, 하고 싶은 거 하면서 사는 게 맞지 않냐? 그리고 말이다. 사현."

표정을 일그러뜨린 그는 떠올린 말을 꺼내기가 부끄러운 것 같았다.

"언젠가 네게도 내가 만든 것들을 꼭 보여주고 싶다. 그건 나 혼자서만 만든 게 아니니까. 너도 분명 좋아할 거야."

입술을 꾹 다문 그는 화면 너머를 노려보다가 카메라로 손을 뻗었다.

"이게 뭐 하는 짓이냐……. 다신 안 한다. 때려치워."

작은 투덜거림을 끝으로 영상이 종료되었다.

"인지 치료 후에도 이노 군의 결심은 굳건했어요. 자신의 언어 속에서 살아 숨 쉴 사현 씨를, 그렇게 만들어진 세계를 보고 싶어 했어요. 사현 씨에게 자신이 만든 것을 보여주고 싶어 했어요."

태블릿 PC를 집어넣으며 미현이 말했다. 가만히 듣고 있던 사현은 눈살을 찌푸렸다.

"바보 같아."

"예, 맞아요. 이노 군은 항상 결과로만 말하려고 하죠."

그리고 미현은 '사현을 보고 싶다'에서 '사현에게 보여주고 싶다'는 데까지 나아간 것만으로도 힘들었다고 덧붙였다. 자신과 세이지 사이에 어떤 설득과 거절이 오갔는지 미현은 더 말해주지 않았다. 결국 두 사람은 위험천만한 관측 분석을 재개했고, 사현은 오늘 그 결과를 확인했다.

모든 전말을 알게 되었음에도 아직 한 가지 의문은 풀리지 않았다. 사현은 얼음만 남은 아메리카노 잔을 만지작거렸다.

"다른 사람은 그곳에 들어가도 멀쩡했어? 가상현실 말이야."

"네. 이상 현상을 일으킨 사람은 사현 씨가 처음이에요."

"걔는 나한테 그곳을 보여주고 싶어 했는데, 왜 막상 그곳은 나한테만 그렇게 힘들었을까?"

"글쎄요. 지금부터 알아봐야겠지만, 짐작하자면 사현 씨의 세계관이 이노 군의 세계관과 맞지 않았던 게 아닐까요?"

미현은 세이지가 일반적인 사람들보다 훨씬 깊고 풍부하게 세상을 관측하는 경향이 있다고 했다. 그리고 세이지에게 듣기로 사현이 매사에 둔하고 무덤덤한 편이라고 했다. 사현은 그 말을 부정하지 않았다. 사실이 그랬다. 그런 부분에서 둘은 서로에게 상극이었다.

"아무래도 육지 동물에게 바다 밑에서 숨 쉬기를 기대하기는 어렵겠죠."

“그럼 난 이제 뭘 어떻게 해야 해?”

시선을 떨어뜨린 사현이 피곤한 음성으로 물었다. 미현은 사현에게 혼자만의 시간이 필요하다는 것을 직감했다. 그래서 가만히 미소 지으며 사현의 어깨에 손을 올렸다.

“원하는 대로 하세요. 지금 떠나시겠다고 해도 괜찮아요. 댁까지 직접 바래다 드릴게요. 개인적인 바람으로는 이노 군을 한 번 더 만나주셨으면 좋겠지만, 강요할 생각은 없어요. 선택은 전적으로 사현 씨의 몫이니까요.”

“다시 만나러 가도 힘든 건 똑같겠지?”

“네, 달라지지 않을 거예요.”

긴 고민 끝에 사현은 내일 아침까지 생각할 시간을 달라고 했다. 미현은 흔쾌히 고개를 끄덕였고, 사현을 숙소까지 배웅해주었다. 숙소로 들어오자마자 붉은 조화가 꽂힌 화병이 보였다. 살아 있지도 않으면서 생기 있어 보였다. 사현은 창가의 테이블에 앉아 가만히 조화를 들여다보았다.

날이 기울면서 불을 켜지 않은 숙소 안이 금방 깜깜해졌다. 연구소 건물이 적막에 휩싸였다. 비가 오기 시작했다. 추적추적 내리는 빗소리를 들으며 사현은 테이블에 엎드려 눈을 감았다. 심란했다. 기분이 이상했다. 모든 게 귀찮아졌다. 쉬운 방법을 택하고 싶었다.

쉬운 방법. 당장 이곳을 떠나 “정말 이상한 일이었어”라고 중얼거린 뒤 전부 잊어버리고 사는 것. 그럼 부스럼으로 남은 그를 떠올릴 때마다 어딘가 찝찝해질 것이다. 제대로 지어지지 않은 매듭이 거슬릴 것이다. 마음 한구석이 시큰해져 '만약에'로 시작하는 가정들을 계속해서 떠올릴 것이다.

'반반이네.'

떠나고 싶은 마음과 다시 세이지를 만나러 가고 싶은 마음이 정확히 반반. 사현은 평범한 거리를 걸으며 그렇게 생각했다. 길을 따라 가로수가 규칙적으로 늘어서 있었다. 깔끔하게 포장된 도로 위로 자동차 몇 대가 지나갔다.

'그런데 나, 뭐 하고 있었더라.'

잘 떠오르지 않았다. 분명 누군가와 만나기로 약속했는데.

사현은 약속 시간에 늦었을까 봐 손목시계를 보았다. 9시 40분. 잠깐. 말이 안 됐다. 저녁이라기엔 거리를 밝히는 햇볕이 너무나도 샛노란 한낮의 빛이었다. 다시 시계를 보았다. 10시 10분. 어라, 잘못 봤나. 다시 시계를 봤다. 2시 35분. 다시 봤다. 5시 55분.

'아, 그렇구나.'

이건 꿈이었다. 세상의 질감이 미묘하게 다르다 싶더니만, 사현은 지금 꿈을 꾸고 있었다. 언제 잠들었는지 기억이 나지 않았다. 정처 없이 꿈속의 길을 걸었다. 길 끝이 양 갈래로 나뉘어 있었다.

문득 궁금해졌다. 꿈이 한 사람의 머릿속에서 만들어지는 세상이라고 한다면, 지금 자신의 무의식은 갈라진 길 각각의 끝에 무엇이 있는지도 미리 정해졌을까. 보도블록 하나하나, 행인 한 명 한 명, 가로수 나뭇잎 한 장 한 장, 나뭇잎의 잎맥 한 줄기 한 줄기 전부 이미 만들어져 있었던 것들일까.

사현은 왼쪽 길을 택했다. 방향을 튼 그 찰나의 순간에 사현은 깨달았다. 아무것도 없었다. 아무것도 없었다가, 사현이 그 길을 택한 순간에 모든 것이 만들어졌다. 그리고 그것은 오른쪽을 택했더라도 마찬가지였을 것이다. 이곳은 뭐든지 아무것도 없다가 한순간에 만들어지고, 또 한순간에 사라져버리는 곳이었다.

'내가 바라봐주지 않으면 안 되는구나.'

관측을 멈추면 사라지고, 관측되는 순간에야 의미를 갖는 곳. 사현은 발걸음을 멈췄다. 길 끝에 테이블이 있었다. 흰 테이블 위에 사과가 놓여 있었다. 사과는 빨간색이었다. 하지만 사현은 그것을 파란색으로 보았다. 빨간 동시에 파란 사과라니. 이해할 수 없는 일이었다.

사현은 이해할 수 없는 일을 이해하고 싶었다. 어쩌면 꿈이니까 가능할지도 몰랐다. 그렇게 생각한 순간 사현은 빨간색이 되었다. 고작 사과처럼 불그스레한 정도의 빛깔이 아니었다. 사현은 붉음 그 자체였다. 죽은 듯이 살아 있는 조화의 색, 눈가에 새긴 거미줄 문신의 색이었다. 지금까지 써왔던 언어로는 도무지 설명할 수 없는 감각이 이어졌다. 그 빛의 파동이란, 그 에너지란.

번쩍, 눈을 떴다. 창밖에서 스며들어 온 아침 햇살이 테이블에 엎드려 잠든 사현의 뺨을 어루만지고 있었다. 여전히 날이 흐렸다. 또다시 비가 내릴 것 같았다. 고요한 방 안에 푸른빛이 감돌았다.

"아……."

사현은 방금 꾼 꿈의 내용을 반추했다. 오늘 처음 꾼 게 아니었다. 그건 어느 날엔가 꾼 적 있는 꿈이었다. 사소한 디테일의 차이는 있었지만 세이지와 헤어지는 날에 꿨던 꿈이었다. 이제야 그 사실이 떠올랐다.

그때의 꿈을 지금 다시 꾸었다는 사실이 조금 이상했다. 가만히 앉아 창밖을 응시하던 사현은 돌연 마음이 어느 한쪽으로 기울어진 것을 깨달았다. 사현은 세이지를 다시 만나야겠다고 생각했다. 다시 그의 세계로 뛰어들어야겠다는, 그리하여 미지의 심해가 자신을 괴롭히도록 둬야겠다는 예지를 얻었다.

"준비 다 되셨나요?"

스피커에서 미현의 목소리가 들려왔다. 헤드기어를 쓰고 '다이브'에 앉은 사현은 심호흡했다. 괜찮아. 괜찮아질 거야. 사현은 속으로 되뇌었다.

"응. 준비됐어."

다이브 가동 3초 전. 2초. 1초. 미현의 카운트다운을 끝으로 다시금 허공에서 추락하는 듯한 아찔한 전율이 느껴졌다. 전혀 다른 질감을 가진 세상이 사현을 집어삼켰다. 사현은 이제 다시 이불 속이었다. 몸을 일으키자 검고 긴 머리칼이 흘러내렸다. 그것을 쓸어 넘기고 침대를 빠져나왔다.

'너머에 세이지가 있어.'

침실 문손잡이를 잡았다. 쉽게 열 수 없었다. 이 문을 열고 세이지를 마주치면 전처럼 심한 멀미를 느낄 것이다. 마음의 준비를 했다. 크게 숨을 들이쉬고 내쉬었다. 사현은 천천히 문고리를 돌렸다. 경첩이 내는 소음이 미약하게 들렸다. 환한 한낮의 거실이 펼쳐졌다.

쏟아지는 빛을 맞으며 사현은 게슴츠레 뜬 눈으로 소파를 바라봤다. 그곳에는 커다란 공룡 풍선 옷을 입은 사람이 앉아 있었다. 뜬금없는 전개에 맥이 빠졌다. 공룡은 짤막한 팔 하나를 들어 올렸다. 저거 인사하는 건가?

"꼴이 그게 뭐야."

가까이 다가가며 사현은 핀잔을 주었다. 헬륨 가스를 잔뜩 마신 것 같은 우스꽝스러운 음성이 공룡에게서 흘러나왔다.

"너 보내고 생각해봤는데, 네가 힘들어했던 게 오랜만에 마주친 내 존재가 네 신경을 너무 자극했기 때문이 아닐까 했거든. 그래서 자, 어때?"

짧은 양팔을 보란 듯이 벌리고 있는 작태에 사현은 헛웃음을 흘렸다.

"너무 어이없어서 짜증 나."

"이 방법이 통하고 있다는 증거야. 날 보자마자 그 정도로 동요한 걸 보면 사현, 너도 내가 많이 보고 싶었던 거라고."

"그럴 리가."

"역시 넌 내가 없으면 안 돼."

묘하게 의기양양한 태도가 눈에 거슬렸다. 그렇지만 나쁜 기분은 아니었다. 친숙한 옛 기억에 감싸인듯한 그런 따뜻한 기분이었다. 아, 그래. 세이지는 이렇게 신경을 거슬리게 할 줄 아는 사람이었다. 모습도 목소리도 숨겼지만, 사현은 저 공룡이 이노 세이지라는 걸 실감했다.

순간 전에 느꼈던 울렁거림이 스멀스멀 치밀었다. 세이지의 말이 사실일까. 정말 그의 존재가 사현 자신도 몰랐던 어떤 감정을 끌어내 스스로를 괴롭게 만드는 걸까. 제자리에서 몇 발짝 비틀거리자 공룡이 자기 옆자리를 두드렸다.

"상태가 안정될 때까지 이리 와서 기다려."

변조된 음성이 의식을 흩뜨렸다. 덕분에 현기증이 조금 가라앉았다. 사현은 얌전히 그의 곁에 앉았다. 부스럭거리는 풍선 옷은 빳빳하고 매끈한 재질이었다. 표면을 만지자 온기가 느껴지는 무언가가 손바닥에 닿았다.

"이 안에 정말 있구나."

"그래."

어쩐지 안심이 되었다. 두 사람은 나란히 앉아 꺼진 TV 화면을 바라보았다. 그곳에 비친 서로의 모습을 마주한 채로 대화를 시작했다. 공룡은 사현에게 이것저것 질문을 했다. 사현의 주의를 분산시켜 가상현실 적응을 도우려는 듯했다.

조금씩 사현은 세이지가 없는 시간에 자신이 어떻게 살아왔는지 털어놓았다. 어떤 일을 그만두고, 어떤 일을 시작했다. 요즘의 관심사는 무엇무엇이다. 전에 좋아했던 것들은 몇 번 반복했더니 질렸다. 여전히 혼자 산다. 다른 사람을 사귀어보려고도 했는데 잘 안됐다.

말하면 말할수록 점차 이 세상에 녹아드는 기분이 들었다. 이토록 말을 많이 해본 건 오랜만이었다. 가상현실인데도 목이 갈라질 것 같았다. 이윽고 할 말이 떨어졌다. 사현은 본능적으로 알았다. 이제는 자신이 묻고 세이지가 답할 차례였다.

"음……."

공룡은 침묵 속에서 기다려주었다. 사현은 겨우 질문 하나를 목 아래서부터 끌어올렸다.

"여기서 혼자 있으면 외롭지 않아?"

"연구소 사람들이 자주 찾아와. 정 심심하면 밖으로 나가면 되고. 여기 밖에도 사람은 있어. 게임 NPC 같은 느낌이지만, 나름대로 대화도 통하고 그럴듯해. 그보다는."

공룡은 TV 화면에서 고개를 돌려 사현을 직접 바라보았다.

"과거가 그리웠어. 너랑 이 집에 살면서 아무 걱정 없이 웃을 수 있었던 시간이. 그래서 네가 보고 싶었어. 무척."

"여기에 나를 만들어놓는 걸로는 부족했어?"

"그건 내가 기억하는 너일 뿐이잖아. 아무리 정교하게 만들어도 그건 너 같지 않았어. 나는 진짜 너를 보고 싶었어. 진짜 '너'

말이야."

"이렇게 되기 전에 한번 찾아오지 그랬어."

"찾아갔다면, 네가 나를 사랑해줄 수 있었겠어?"

"세이지, 아무래도 난 그 누구도 사랑할 수 없나 봐."

"알아. 처음부터 알고 있었어."

사현도 고개를 돌려 직접 공룡을 쳐다보았다. 공룡은 덤덤하게 말했다.

"그러니까 이번 사랑은 내가 하고 싶은 걸 할래."

"그 옷 이제 벗어."

사현이 권했다. 잠시 둘 사이에 침묵이 내려앉았다. 이번엔 사현이 그를 기다려주었다. 한동안 미동도 없던 그는 변조된 음성으로 너스레를 떨었다.

"내가 너무 잘생겨서 네가 또 힘들어지면 어떡하냐."

"그 말 때문에 괜찮을 것 같아."

지금 세이지는 겁을 먹고 있다고, 사현은 생각했다. 그는 이별을 피하고자 진실된 자신을 숨겼다. 하지만 사현이 이곳에 뛰어든 건 진짜 세이지를 보기 위해서였다. 진짜 '너'를 보기 위해서.

단호한 말투에 공룡은 한참을 괴롭게 머뭇거렸다. 그는 짧은 팔을 뻗었다. 공룡의 손이 사현의 눈을 가렸다. 감은 눈꺼풀 위로 닿은 것은 풍선 옷의 질감이 아니었다. 다정한 온기를 가진 사람의 손이었다.

"눈 감아, 사현."

익히 알던 음성이 들렸다. 세이지의 목소리였다.

"네가 괜찮을 것 같을 때 눈을 떠."

그 목소리만으로 가슴이 뛰었다. 귓전을 때리는 심장 박동. 그의 존재를 더욱 깊숙이 감지하고 싶었다. 오감이 예민해졌다. 눈을 가린 손이 떨어져 나가면서 눈꺼풀을 투과한 빛이 발갛게 점멸했다. 계속 눈을 감은 채로 사현은 가만히 세이지의 어깨에 머리를 기댔다.

"너는 지금껏 이런 세상을 살아왔던 거야?"

가늘게 떨리는 숨결 사이로 사현이 물었다. 요동치는 감정이 목소리를 타고 전해졌다. 세이지는 아무 대답도 하지 않고 다만 사현의 어깨를 감싸 안았다. 점점 그의 존재감이 분명하게 느껴졌다.

사현은 천천히 눈꺼풀을 들어 올렸다. 뿌옇게 밝아진 세상에서 세이지의 윤곽만이 선명했다. 처음 빛을 보는 사람처럼 몇 번씩 두 눈을 깜빡거렸다. 그의 비현실적인 실루엣이 생소했다. 손을 뻗어 밝게 탈색한 그의 머리카락 끝을 만지작거렸다. 얼굴의 윤곽을 따라 손끝으로 뺨을 더듬어갔다.

"이제 이해하겠어."

마주 보는 눈, 벌어진 입술, 박동하는 목덜미를 지나 사현은 무릎 위에 놓인 세이지의 손을 움켜잡았다. 단단한 손톱과 힘줄을 가진 손. 굽혀지는 손가락을 따라 도드라지는 손등 뼈와 손금, 지문의 굴곡.

사현은 그 모든 것을 볼 수 있었다. 동시에 온갖 것을 들을 수 있었고, 맡을 수 있었다. 온몸으로 이노 세이지를 느낄 수 있었다. 그건 좀 메스껍고, 복잡하고, 힘겨운 방식이었다. 하지만 그것이 이 세상에서 진짜 '너'를 관측하는 유일한 방법이었다.

"계속 너를 만나러 오면 이런 것도 다 익숙해질까?"

"그래. 곧 너도 이 세계를 좋아하게 될 거야."

사현은 관측을 멈추지 않았다. 세이지는 울 것처럼 눈매를 일그러뜨렸다. 그는 애절하고 또 확신에 찬 목소리를 내고서 희미하게 웃었다. 자신의 마른 눈가를 쓸어내리는 사현의 손을 붙잡아 그리운 듯 뺨에 비볐다.

"바다에 가자. 지금 같이 봐야 좋은 바다야."

질끈 눈을 감고 그는 나직하게 속삭였다. 사현은 고민하지 않고 답했다.

"응, 가자."

멀리 바다가 보이는 도로를 따라 자동차가 달렸다. 사현은 조수석에 앉아 창문을 내렸다. 세찬 겨울바람에 머리카락이 회오리쳤다. 부옇게 쏟아진 입김이 순식간에 허공으로 흩어졌다. 저절로 웃음이 나왔다.

자동차 라디오에서 들어본 적 없는 노래가 흘러나왔다. 아주 익숙한 멜로디였다. 금방 콧노래로 흥얼거릴 수 있는 노래였다. 해변이 가까워지고 있었다. 바다 냄새가 짙어졌다.

길가에 자동차를 세우고, 모래사장을 밟았다. 결코 가상현실이라고는 믿을 수 없는 광경이 펼쳐져 있었다. 탁 트인 광활한 해안을 따라 검푸른 파도가 격렬하게 뒤엉키며 부서지고 있었다. 어둑한 하늘을 뒤덮은 새하얀 구름의 물결이 끊임없이 일렁거렸다.

"내가 만들어낸 곳 중에 가장 멋진 곳이야."

운전석에서 내린 세이지가 자신만만하게 말했다. 사현은 그의 말에 있는 힘껏 동의하고 싶었다. 그러나 단순한 말로는 이 감정을 다 표현해낼 자신이 없었다. 가슴 깊은 곳이 아렸다. 나와 내가 아닌 것을 이루는 경계가 부서질 것 같았다. 뺨에 저절로 열이 올랐다. 숨이 가빠졌다.

"그땐 이런 곳인 줄 몰랐어."

겨울의 바다는 여전히 추웠다. 하지만 이번엔 무언가 달랐다. 추위 속에서 열기가 느껴졌다. 날카로운 겨울바람이 지나간 자리에 흐린 햇살이 닿았다. 느리게 데워지는 가냘픈 온기가 아늑했다.

"좀 걸을까?"

세이지의 제안에 두 사람은 천천히 모래사장을 거닐었다. 사현은 바다에서 눈을 떼지 못했다. 파도에 이는 물비늘에 얼마나 많은 경이가 담겼는지 차마 헤아릴 수 없었다. 어느 순간부터 걸음이 조금씩 빨라졌다. 급기야 사현은 아무런 말도 없이 해변을 마구 달리기 시작했다.

턱 끝까지 숨이 받치도록 사현은 힘껏 달렸다. 푹푹 빠지는 발밑에 힘을 실었다. 한참을 질주하다 멈춰 서서 빙글 몸을 돌렸다. 상기된 표정으로 달려오는 세이지가 보였다. 사현은 불쑥 모래에 파묻힌 발끝을 힘껏 차올렸다. 허공으로 솟구쳐 눈처럼 흩날리는 모래 알갱이를 맞으며 크게 웃었다.

"정말 이상해. 이런 게 가능할 거라고 생각해본 적 없었는데!"

하염없이 기분이 들떴다. 사현은 신발을 벗어 던지고 막 도착한 세이지의 손목을 잡아끌었다. 두 사람은 차가운 바닷물 속으로 뛰어들었다. 얼음장 같은 해수가 살갗을 적셨다. 얼어붙는 고통마저 마음에 들었다.

밀려온 파도 거품이 거세게 다리에 부딪혔다. 튀어 오른 물방울이 부서진 보석의 파편처럼 이리저리 햇살을 반사했다. 사현은 그 사이에서 춤을 췄다. 젖은 옷자락을 잡고 살랑살랑 몸을 흔들었다. 충만한 자유가, 지독한 생명이 느껴졌다.

크게 웃고, 또 울고, 그러다 다시 웃었다. 오르내리고, 뒤집어지고, 엉망진창으로 뒤섞이는 감정을 내버려두었다. 더는 그것을 고통으로 여기지 않았다. 사현은 온몸으로 세상을 받아들였다. 시간 감각이 점점 흐려졌다. 고작 몇 분이 지난 것 같다가도 셈으로 헤아릴 수 없을 만큼 오랜 시간이 지난 것 같았다. 하지만 상관없었다.

무엇보다 중요한 것은 지금 이곳에서 살아 숨 쉬고 있는 우리 두 사람.

"하아, 하아……."

추위에 붉게 달아오른 뺨을 하고 코를 훌쩍이며 사현은 바다를 빠져나왔다. 모래사장 한가운데에서 뒤를 돌아보자 먼바다에 아직 세이지가 남아 있었다. 그는 가만히 서서 수평선을 등지고 사현을 응시했다. 등 뒤로 밝게 타오르는 새하얀 태양이 보였다. 아침이 밝아오고 있었다.

찬란한 빛, 출렁이는 물결, 휘몰아치는 바람. 한참을 말없이 마주 보던 그때, 덜컥 심장이 조이는 기분이 들었다. 눈가에 눈물이 고이고, 코가 시큰거렸다. 불현듯 사현은 이 모든 것들이 그가 살아온 세상이라는 뜻을 실감했다. 코앞까지 다가온 마지막을 바라보며 사현은 생각했다.

온 세상이 세이지였다.

자신이 남긴 크레이터로 가득한.

"이게 네가 하는 사랑이구나. 이게 '너'였어."

사현은 혼잣말처럼 중얼거렸다. 일말의 미련도 산산이 부서져 사라졌다. 우리는 이제야 제대로 작별할 수 있게 되었다. 서로를 배웅하며 상대의 궤도로부터 멀어질 준비를 마쳤다. 세이지는 한 손을 들고 크게 흔들며 외쳤다.

"너와 함께여서 좋았어. 너를 사랑하는 모든 순간이 내겐 소중했어. 고마워, 사현. 진짜 고맙다. 이 말을 꼭 하고 싶었어."

바닷물에 반쯤 몸을 담그고 있던 그는 씩 미소 지었다. 사현은 자신의 몸이 점점 떠오르는 것을 느꼈다. 가슴의 울렁거림이 점차 가라앉았다. 주위의 모든 것들이 천천히 허물어졌다. 눈앞이 조금씩 캄캄해졌다. 흩어지는 윤곽들의 틈에서 희미한 작별 인사가 들려왔다.

"먼저 갈게. 다음 세상에서 보자."

그 순간, 사현은 수면 위로 고개를 내밀었다. 그대로 헤드기어를 벗어 던진 사현은 다이브가 있던 방을 나섰다. 영문을 모르는 연구원들이 사현이 뛰쳐나가는 모습을 멀뚱거리며 쳐다봤다.

"사현 씨, 어디 가시게요?"

연구원들 사이에 있던 미현이 퍼뜩 정신을 차리고 어딘가로 향하는 사현을 뒤쫓았다. 발걸음을 재촉한 미현이 도착한 곳은 한 병실 앞이었다. 열린 문 앞에 사현이 우두커니 서 있었다. 가까이 다가갔을 때, 미현은 끊임없이 이어지는 경고음을 들을 수 있었다.

"잘 가, 세이지."

사현이 나직이 중얼거렸다. 심박을 측정하는 모니터가 긴 줄을 그렸다.

"모바일 티켓을 소지하신 분은 이쪽 줄로 와주세요."

AR/VR 게임 컨벤션 입장 줄이 길게 늘어서 있었다. 입장을 관리하는 스태프에게 티켓을 보여준 사현은 컨벤션 센터 내부로 들어섰다. 사람이 많은 곳은 질색이었지만, 미현이 직접 티켓을 보내주며 꼭 오라고 당부한 탓에 어쩔 수 없었다.

"지금까지 YOU의 총책임 연구원이었습니다. 질문 받겠습니다."

센터에 들어서자마자 멀리 무대에서 미현의 목소리가 울렸다. 지금 마이크를 잡고 있는 그는 1년 전 대폭 쉬워진 한국인 귀화 시험을 보고 한국 국적을 취득했다. 동거하는 친구와 가족이 되어 살기 위해서였다.

"아직 풀 다이브 해야 하는 게임은 드문데요. 그것과 관련해 앞으로의 개발 방향을 말씀해주실 수 있으신가요?"

"과거 VR 게임이 대중에 퍼지기까지는 시간이 걸렸죠. YOU의 다이브도 비슷한 수순을 밟을 겁니다. 새로운 '세상의 질감'을 경험하려는 본능을 게임 속 가상현실이 얼마나 만족시킬 수 있을지 상상해보세요."

세상의 질감. YOU의 관측 데이터를 이용한 가상현실 진입이 상용화된 이후 새롭게 탄생한 개념이었다. 어떤 관측자가 쌓은 관측 데이터인지에 따라 전혀 다른 질감의 세상을 구현할 수 있다는 사실에 사람들은 열광했다. 그리하여 게임 산업이 YOU가 개발한 다이브를 받아들이기까지는 얼마 걸리지 않았다.

"지금까지와는 전혀 다른 게임 시장이 탄생할 겁니다."

미현이 진행하는 회담에서 사현은 눈길을 거두었다. 그리고 천천히 앞으로 발걸음을 옮겼다. 엄청난 인파에 떠밀리는 건 순식간이었다. 사람들에게 치여 빼곡한 부스 사이를 떠돌던 사현은 한 부스 앞에서 걸음을 멈췄다.

"혹시 가상현실 다이브에 관심 있으신가요?"

YOU가 발매한 가상현실 언어 팩을 판매하는 부스였다. 그곳의 직원이 사현에게 살갑게 다가와 광고지를 내밀었다. 광고지에 크게 '세상을 향한 풍부한 애정을 느껴보세요. Classic Is The Best, 세이지 팩'이라고 적혀 있었다. 세이지 팩. 세이지.

"이게 지금 제일 잘 나가거든요. YOU의 다이브 모듈이 나오고 나서 가장 먼저 발매한 언어 팩인데, 다이브 후의 뒷맛이 정말 깔끔해요. 세상의 질감도 다채롭기로 유명하죠. 여기 적힌 대로 세상을 향한 애정이 느껴져서 뭐랄까, 삶을 정말 삶처럼 느끼게 해준답니다."

"생각 없어요."

"아, 혹시 다이브가 처음이라 그러세요? 여기 체험 부스도 있거든요. 한번 해보시면 절대 후회 안 하실 거예요. 이거 말고 다른 팩들도 체험하실 수 있어요. 호러 장르를 좋아하시면 요것도 괜찮……."

"아뇨. 저는 다이브 하지 않아요."

사현은 몸을 돌려 부스를 떠났다. 쌀쌀맞은 태도에 직원은 고개를 갸우뚱했다. 가상현실은 허상이며, 따라서 다이브로 얻은 경험은 전부 의미 없는 것이라고 주장하는 극단적 현실주의자들이 있다고 들었다. 하지만 지금 떠나는 사람은 그런 현실주의자로 보이지는 않았다. 그보다는.

"그리운 것 같았지."

중얼거리는 직원을 뒤로하고 사현은 미현이 있는 무대를 한 번

올려다보았다. 부스를 떠나는 발걸음이 점점 느려지다가 결국 시끄러운 인파 한가운데 우뚝 멈춰 섰다. 사현은 뒤를 돌았다. 그리고 그대로 컨벤션 센터를 빠져나왔다. 이곳은 여전히 고요하고 단조로운 사현의 세상이었다.

홍사현은 다이브 하지 않을 것이다. 앞으로도 계속.

본디소 글쓰기를 업으로 삼겠다고 결정한 지 어언 3년. 재야에 묻혀 길고 짧은 이야기를 몰래 써왔다. 좌우명은 "이게 되네." 앞으로도 장르를 넘나들며 갖가지 문제작들을 세상에 내놓을 예정이다.

작가의 말

안녕하세요, 본디소입니다.

「온 세상의 세이지」는 오랫동안 제 안에 담아만 두었던 가상현실 소재를 털어내자고 마음먹으면서 시작되었습니다. 이노 세이지와 홍사현이라는 두 캐릭터 역시 그만큼이나 제 안에서 나이를 먹은 친구들이었죠.

두 사람이 드디어 생명력을 얻고 여러분 안에서 살아 숨 쉴 수 있어 행복합니다.

어렸을 적 읽었던 게임 판타지 소설 속 가상현실 게임에 저도 '다이브' 할 수 있기를 얼마나 바랐는지 모릅니다. 일본 메카물을 보고 자란 세대가 인간을 닮은 로봇을 개발하는 것처럼 가상현실을 향한 열망으로 쓰인 이 글이 언젠가 누군가의 발상에 영감을 줄 수 있기를 꿈꿉니다.

완성만 하자는 목표로 시작된 글이 값진 성과로 돌아와 기쁩니다. 무엇보다 다른 훌륭한 작품들과 함께 하나의 책으로 나올 수 있어 더욱 기쁩니다.

처음 쓰는 작가의 말인 만큼 거창한 문장을 많이 써넣고 싶지만, 다른 작품에서 더 많은 이야기를 들려드리겠단 각오로 이만 줄이겠습니다.

이 책이 나오는 데까지 도움을 주신 많은 분들께도 감사를 전합니다. 수많은 사람들의 호의와 격려, 노고가 있어 이 이야기도 당신께 관측될 수 있었습니다. 특히나 홍사현을 세상에 내보내준 P님이 없었더라면 이 이야기도 나올 수 없었을 겁니다. 늘 그렇게 사랑하며, 저는 이만 다음 작품을 준비하러 떠나겠습니다.

부디 우리가 다음에 또다시 만날 수 있기를.

본디소를 잊지 말아주세요.

우수상

사랑의 블랙홀.mov

김채은

• QR 코드를 통해 「사랑의 블랙홀.mov」의 오디오 콘텐츠를 밀리의 서재에서 감상하실 수 있습니다.

“후추. 여기 봐.”

동물은 인간과 달리 화면 속 대상이 곁에 있지 않다는 것을 인식하지 못한다. 소영이 키우는 고양이, 후추는 일곱 살이 되었는데도 화면 속 사람을 볼 때마다 킁킁거리며 휴대폰 뒤를 살피기 바쁘다. 소영은 물론 인간이라서 화면 속의 사람이 눈앞에 실재하지 않음을 인식할 수 있다.

소영은 잠시 무료한 틈을 타 오랜만에 딸 보아에게 영상통화를 걸었다. 통화가 연결되는 동안 후추는 화면에 떠 있는 소영의 얼굴에 대고 코를 킁킁거렸다.

“엄마.”

그사이, 보아가 전화를 받았다. 이제 막 스무 살이 된 보아는 작년 대입 시험에 떨어져 다시 공부 중이다. 학원에 있다가 급하게 받았는지 기숙 학원의 초록색 벽지가 보였다.

"어, 보아야. 공부하고 있었어?"

보아의 콧대에 남은 안경 자국이 제법 안쓰러웠다.

"후추. 넌 아직도 그러냐."

"후추는 사람이 아니라서 그런 거 잘 몰라. 보이면 다 눈앞에 있다고 생각해."

"무슨 일이야, 엄마?"

"어, 그냥 심심해서……."

"내일 취임식인데 엄마 얼른 자야지."

뭐 별거라고, 라고 생각하는 순간 소영의 인공지능 스피커가 삐 소리를 냈다.

"업데이트 완료. 민, 소, 영, 님. 검색 결과 총 세 개의 휴면 계정을 발견했습니다. 휴면 계정을 복구하시겠습니까?"

"동의. 계정 복구해줘."

소영의 대답에 인공지능 스피커가 또 다른 전자음을 내며 복구를 시작했다.

"그런 건 좀 제때제때 해."

"너도 늙어봐. 내가 네 나이 땐 스피커가 뭐야, 우주선도 만졌어."

"아휴. 잘났어. 나 다시 들어가봐야 해. 자습 중에 나온 거라…… 내일 취임식 잘해."

짧은 통화를 끝낸 소영은 스피커의 전자음을 들으며 눈이 소복하게 쌓인 바깥을 바라보았다. 깜깜한 밤인데도 아이와 아이의 아빠가 나와 눈사람을 만드는 모습이 퍽 아름다웠다.

"계정 연결에 성공했습니다. 총 3408개의 미확인 메일이 있습니다."

"스팸이랑 광고 메일 지우고 나머지는 읽어줘."

바깥에서 눈사람을 만들던 아이와 아빠가 집으로 돌아가자 소영도 이만 누워야겠다고 생각했다. 내일은 소영의 취임식이 있었다. 긴장되는 마음을 누르고 편히 잠을 청하려고 했지만 인공지능 스피커는 그녀의 의지와는 정반대인 것 같았다.

"오후 3시 17분. 발신자 김우빈. 내용 없음."

◆◆◆

취임식은 조촐하게 진행되었다. 소영이 있는 그린스크린 룸엔 천문연구원 소속 직원들과 중계를 담당하는 스태프들만 들어와 있었다. 명색이 취임식인데도 기자들은 한 명도 오지 않았다. 화상회의 화면 너머로 간단한 질의응답이 오갔을 뿐이었다.

"월간 아이작의 이석준 기자입니다. 대한민국 최초의 여성 천문연구원장으로 취임하시는 소감이 어떠신가요?"

20년 전, 한국은 블랙홀 유인 탐사선 MK17을 발사했다. 이로써 인간은 이제 우주에 대해 알 수 있는 것이 많아졌지만, 탐사선이 지구와 너무 멀어졌다는 것이 문제였다. 탐사선은 방대한 양의 정보를 전송해왔지만, 여전히 빛의 속도는 극복할 수 없었다.

자료들은 시간이 한참 흐른 뒤에야 지구에 도착하곤 했다.

“어…… 20년 간 여러 연구원에도 있어보고 여러 직장에 다녔지만, 이렇게 큰 직책을 맡은 건 처음이라 사실 부담감도 느낍니다. 다만 제가 언제나 마음에 새기는 것이 있다면, 바로 ‘초심’입니다. 20년 전 MK17 블랙홀 유인 탐사선 우주인에 지원했던 그때 그 마음. 그것 하나만은 앞으로도 변치 않을 것입니다. 곧 MK18 블랙홀 탐사가 예정되어 있지 않습니까? 그 말인즉슨, 20년 전보다 더 멀리 있는 블랙홀까지 탐사할 수 있을 정도로 한국의 기술력이 성장했다는 겁니다. 빠르게 성장한 한국 항공우주 산업에 저와 한국천문연구원이 이바지할 수 있도록 노력하겠습니다. 감사합니다.”

“마지막으로 한 분만 더 질문 받고 마무리하겠습니다.”

소영의 보좌관은 시간이 얼마 남지 않았음을 알렸다. 곧 기자 하나가 마이크를 켜고 마지막 질문을 시작했다.

“민소영 원장님. 말씀하셨던 2차 블랙홀 탐사선 관련한 질문입니다. 얼마 전 우주인 후보 자격에서 탈락한 김민석 씨의 폭로가 공개되었는데요. 김민석 씨에 의하면 본인은 엄격한 격리 규칙 때문에 탈락했고, 항공우주부에서 인권유린 수준의 격리와 감시가 이뤄지고 있다고 주장했습니다. 이 폭로 이후 현재 항공우주부에 대한 비판의 목소리가 연일 나오고 있는 상황인데요. 우주인 선배로서, 그리고 한국항공우주부의 측근으로서 이에 대해 어떻게 생각하시는지 답변 주시면 감사하겠습니다.”

소영은 잠시 당황했지만 침착하게 말을 이어갔다.

"아직 항공우주부에서 공식 입장이 나오지 않은 사안이라 조심스럽습니다. 다만 제 개인적인 소견을 말씀드리자면, 어떤 사소한 조건이라도 우주에선 큰 변수로 작용할 수 있기에 훈련을 받는 우주인 후보들은 항공우주부의 지침을 따르는 것이 맞다고 생각합니다. 운동선수들이 도핑 테스트를 거치는 것처럼, 우주인 후보들도 수많은 테스트와 검진을 받고 지내는 숙소의 온도까지도 철저하게 관리되고 있습니다. 항공우주부의 훈련을 거친 선배로서, 그리고 항공우주부의 일원으로서 지침을 어긴 후보생에 대해 유감스럽단 말밖에 전할 것이 없습니다. 더불어 항공우주부의 현명한 판단이 있기를 바랍니다."

"질의응답 시간은 이 정도로 마무리하도록 하겠습니다. 이것으로 한국천문연구원 민소영 원장 화상 취임식 일정을 모두 마칩니다. 자리해주신 모든 분께 진심으로 감사드립니다."

보좌관의 말이 끝나자마자 기자들은 빠른 속도로 화상회의 방을 빠져나갔다. 소영은 그제야 안경을 벗고 한숨을 내쉬었다. 연구 시설은 아직 돌아보지도 않았는데 벌써 진이 빠졌다.

◆◆◆

"안녕하세요, 김다정입니다. 만나 뵙게 되어 영광입니다, 선배님."

취임식을 마친 소영의 공식 일정은 한국에서 두 번째로 쏘아 올리는 블랙홀 유인 탐사선 탑승 우주인 후보, 다정을 만나는 것이었다. 소영은 우주인 후보였던 때부터 지금까지 우주산업에 남아 있는 유일한 사람인 데다, 당시 후보들 중 유일한 여성이었기에 현재 여성 후보인 다정과 엮는 여론이 꽤 주목을 받고 있었다.

"반가워요, 민소영이에요."

소영이 다정에게 먼저 손을 내밀었다. 긴장한 탓인지 다정의 손은 축축했다. 소영은 어렴풋이 다정의 컨디션이 좋지 않음을 알아차렸다. 가벼운 포옹을 하는 틈을 타 다정에게 물었다.

"괜찮아요?"

"네?"

다정은 눈을 동그랗게 뜨며 당황했다. 우주인이 되기 위해선 실로 괴팍한 과정을 거쳐야 한다. 온도 조절도 중요하고 일정 기간 외부 출입이 절대 허용되지 않는 격리도 일상이다. 가벼운 감기도 치명적일 수 있다. 우주인 후보에게는 잠깐의 '괜찮지 않음'도 허용되지 않는다.

"내 방에 약이 있어요. 끝나고 잠시 내 방에 와요."

아직 당황한 다정을 두고 소영은 아무 내색도 하지 않았다. 스태프들이 다가와 소영에게 마이크를 채웠다. 소영은 다정을 보며 20년 전 자신이 우주인 후보였을 때를 떠올렸다. 나는 저 나이 때 저렇게 어리숙하지 않았는데.

촬영은 가식적이었다. 훈련에 관한 긴밀한 조언은 보안 탓에 말을 꺼내기도 전에 죄다 가로막혔고, 소영은 사실 우주인 후보에 그쳤으니 우주인이 되기를 꿈꾸는 다정에게 완벽한 멘토가 되어줄 수도 없었다. 그렇지만 소영은 촬영이 끝나자마자 긴히 해줄 말이 있는 척 다정을 방으로 데리고 갔다.

"해열제면 돼요? 자."

낯선 사람들 때문에 방 안에 숨어 있던 후추가 소영을 지나 책상 위를 활보했다. 후추가 노트북을 밟아 대기 화면이 켜졌다. 소영은 다정에게 약을 건넸지만, 다정은 바로 먹지 않고 쭈뼛하게 서 있었다. 소영은 눈으로 괜찮다고 다독였지만, 그 마음은 다정에게 닿지 않는 듯했다. 대신 다정은 켜진 노트북 화면을 쳐다보았다.

지원되지 않는 형식의 파일은 실행할 수 없습니다.

(오류=80040265)

"저 확장자는 이제 안 쓰는 포맷이에요."

다정은 약을 두고 방을 나섰다. 약은 안 받았으니 몸이 좋지 않은 건 비밀에 부쳐달라는 뜻으로 소영은 받아들였다. 당연히 그럴 생각이었는데. 소영은 다정이 과거의 자신과는 다르다고 생각했다.

소영은 다정이 두고 간 약을 보다가 모니터로 시선을 옮겼다.

글씨가 깨져 영상의 원제는 보이지 않았다. 다만 확장자명은 읽을 수 있었다. '.mov'였다.

◆◆◆

다정의 말대로 MOV는 더 이상 사용되지 않는 포맷이었다. MOV를 서비스하는 프로그램은 어디에도 존재하지 않았고, 그렇다고 인터넷에서 확장자 변환을 해준다는 프로그램을 다운받았다가는 바이러스에 잔뜩 감염될 것 같았다. 소영은 막막했다. 꼭 열어야 하는데. 퇴근하고 돌아오면 매일 노트북을 붙잡고 싸웠지만 해결하지 못했다. 그러던 차에 소영은 큰 실수를 했다. 낮엔 업무에, 밤엔 영상에 정신이 팔려 보아의 대학교 1차 합격자 발표 날을 깜빡 잊고 말았던 것이다.

"나 괜찮아. 그냥, 혹시나 엄마가 내 눈치 보느라 연락 못 하는 줄 알았거든. 아 그럼 이것도 모르겠네. 2차 시험은 아직 한 달 남았어. 그래서 공부해야 돼. 걱정해줘서 고마워. 이번엔 꼭 대학 갈 거니까 걱정하지 말고. 엄마 이름에 먹칠하지 않는 딸이 될게."

소영은 미안함에 보아에게 주말에 밥이나 먹자고 했다. 소영은 천문연구원장이 된 걸 조금 후회했다. 그냥 연구원에서 연구만 하는 게 더 마음 편했을 것이다. 오늘 또 한 명의 우주인 후보가 탈락했다. 지난번 우주인 후보가 탈락한 것과 같은 이유인, 격리 규칙 위반이었다. 항공우주부는 좌시하지 않겠다고 말했다. 이제 남은 우주인 후보는 두 명이었고 그중 하나가 전에 만난 다정이었다.

며칠 후에 다정은 불쑥 소영을 찾아왔다.

"요즘 우주부 어수선하지 않나? 자기도 탈락하고 싶은 거야?"

"이제 우주부에서 한 달에 두 번까진 목적지를 밝히는 조건으로 외출 허가해준다고 했어요. 지금도 엄연히 관람객이자 면담자 신분으로 온 거고요."

다정은 소영에게 천문연구원 출입증을 흔들어 보였다.

"남들이 보기엔 아무렇지 않을 거예요. 걱정 마세요. 그냥 선배와 후배가 대화 나누는 건데요. 과연 김다정은 민소영 원장의 뒤를 이을 것인가, 아니면 그녀와 달리 우주로 향할 것인가?"

전과 달리 능글맞고 무례해진 다정의 모습에 소영은 화가 났지만 참았다.

"나한테 바라는 게 뭐야?"

"원장님의 24시간이요."

다정은 이상한 요구를 했다.

"대신에 제가 그 영상 열어드릴게요. 24시간 안에 답해주세요. 그 후엔 아예 못 도와드리니까."

다정은 소영을 압박하듯 휴대폰으로 타이머를 맞추고 소영에게 보여줬다. 24시간. 소영은 저 '24'라는 숫자가 너무 의문스러웠다.

"원장님. 항공우주부 회의 가시려면 지금 이동하셔야 합니다."

"좋은 말씀 감사드립니다, 선배님."

보좌관이 소영을 찾으러 들어오자 다정은 아까와 다르게 깍듯하게 인사하고 자리에서 일어났다. 소영은 다정이 마시던 찻잔을 바라보았다. 괜히 잘못 엮였다간 대한민국 최초의 여성 천문연구원장 자리도, 다정의 우주인 후보 자격도 박탈당할 수 있었다. 소영은 기필코 전화하지 않기로 결심했다.

◆◆◆

"6시간 만에 전화를 거셨네요?"

6시간 후, 소영은 다정에게 전화를 걸었다. 다정은 깔깔 웃다가 주말에 가겠다고 했다. 소영은 격리 규칙 위반이 아니냐고 물었지만 다정은 무심하게 끊어버렸다.

약속한 주말. 집에 있다가 문을 열어준 소영은 굉장히 당황스러웠다. 상태가 좋아 보이지 않는 다정이 문 앞에 서 있었다. 소영은 문을 활짝 열어 다정을 들였다. 다정의 등은 땀으로 흠뻑 젖어 있었다. 그런 상태였지만 소영은 다정이 동영상 파일부터 열어줬으면 했다.

"노트북은 거실에……."

"원장님."

다정은 소영의 말을 막았다.

"원장님은 왜…… 탈락하셨어요?"

"몸이 안 좋아서……."

"다시 여쭐게요. 왜 스스로 포기하셨어요?"

긴 시간이 흘러도 답하지 못할 질문이었다. 소영의 대답을 기다리던 다정은 입을 열었다.

"지금부터 24시간입니다. 타이머 맞추세요."

소영은 다정의 말에 타이머를 맞췄다. 소영은 24시간 동안 무엇을 하려는 건지 물어보려 했지만 다정이 검은 비닐봉지에서 꺼낸 약들을 보고는 말을 잇지 못했다. 임신중절 유도제와 진통제였다.

"멀미약은 30분 전에 미리 먹으라는데? 먹고 왔니?"

"네. 이제 딱 미페프리스톤 먹으면 돼요."

소영은 다정이 이해가 되지 않았다. 자신을 받아주지 않을지도 모르는데 약은 미리 먹었단다. 이제 24시간 중 겨우 1시간이 흘렀을 뿐인데도 소영은 다정과 자신이 참 다르다는 걸 느끼고 있었다. 다정은 물과 함께 작고 하얀 알약 하나를 꿀꺽 삼켰다. 소영은 설명서를 보며 다정에게 이것저것 물었다.

"하나 먹는다고 끝이 아닌가 보네."

"1차 먹고, 12시간 후에 2차 약을 먹어야 해요. 그래서 24시간 동안 보호자가 필요한 거고."

소영은 타이머로 2차 약 복용 시간을 맞추며 말했다.

"나 때는 이거 불법이었는데."

"진심이세요?"

다정은 경멸 어린 얼굴로 소영을 바라봤다. 우습긴 했다. 블랙홀의 형태와 우주의 기원도 알 수 있게 된 시대에 임신중절이 여전히 불법이었다니. 소영도 생각해보니 어이가 없어 웃었다.

"이상하네. 대 우주탐험시대에 낙태가 불법인 게."

"원장님. 요즘엔 그런 말도 하면 안 돼요. 낙태란 말 자체가 이제 공식 명칭이 아니에요."

식은땀을 흘리면서도 할 말을 다 하는 다정이 웃겼다. 너희 세대에겐 이게 별게 아니란 뜻이겠지. 소영은 다정을 보며 세월을 체감했다.

"1차 약은 그렇게 고통스럽지 않대요. 안 아플 때 빨리 영상 복구할게요."

"신기하네."

"그냥 파마하는 거랑 비슷하죠, 뭐. 1차로 태아를 떨어지게 하고 2차론 자궁을 수축해서…… 아휴, 됐어요."

다정은 짐 가방에서 구식 노트북을 꺼냈다.

"내 컴퓨터 쓰지?"

"어…… 그, 원장님이 열려는 영상 포맷이 뭐였는지 아세요? MOV라고, 13년 전부터 서비스 안 하는 포맷이에요. 애플에서 그때부터 다른 확장자를 썼거든요."

"그래서 이걸……?"

"여는 건 금방일 텐데, 하도 오래된 컴퓨터라 다운받는 데 시간이 걸릴 것 같아요."

소영은 고맙다는 말을 하려다가 괜히 부끄러워 딴소리를 주절거렸다.

"오랜만에 스피커 업데이트를 하다 보니까 휴면 이메일 계정이 있더라고. 거기서 이 영상을 찾았는데……."

"타임머신이네요. 맞죠."

소영은 한참 생각하다 답했다.

"타임캡슐이야."

"그건 두고 보시죠."

아침까지도 영상 다운로드가 계속됐다. 한참을 기다리던 소영과 다정은 그 앞에서 불편한 자세로 잠들었다. 갑작스레 그 둘의 잠을 깨우는 초인종 소리가 울렸다. 보아가 소영을 찾아온 것이다. 소영은 허겁지겁 일어나 다정을 노트북과 함께 구석방으로 들여보냈다.

"미안해. 엄마가 깜빡하고 늦잠 자느라……."

"됐어. 그냥 대충 시켜 먹자."

보아와 소영은 결국 근사한 밥 한 끼 먹지 못했다. 첫술을 뜨려던 차에 타이머가 울렸다. '약 먹기.' 임신중절 유도제 2차 복용 시간이 됐다.

"엄마 어디 아파?"

"아니. 알람을 잘못 맞췄나 봐. 밥이나 먹자."

"아프냐고, 엄마."

보아가 짜증 섞인 말투로 소영에게 말했다.

"안 아프다고. 됐지? 너는 요즘 어때? 어디 아픈 데 없고?"

"나한테 관심 꺼."

"민보아. 너 엄마한테 그게 무슨 말버릇이야!"

둘은 결국 말싸움을 시작했다. 소영은 공부 스트레스로 지친 보아가 짜증을 냈다고만 생각해 적당히 타이르고 끝내려 했다.

"엄마는 무슨 자신감으로 나를 낳은 거야? 무슨 생각이었어? 어떤 감정이었고 어떤 상황이었어?"

소영은 무어라 말하려 했지만 보아가 말을 끊었다.

"엄마는 날 위해 뭘 포기할 수 있어?"

"포기라니. 그게 무슨 말이야."

"나는 엄마를 사랑해서, 그리고 엄마가 좋아서."

보아는 눈물과 화를 꾹꾹 눌러 담은 목소리로 말을 이었다.

"엄마의 관심을 포기했어. 엄마는 뭘 포기할 수 있어? 날 위해서?"

보아의 말에 소영은 화가 났다. 딸에게까지 이런 말을 듣다니. 상처로 남을 일이었다.

"민보아, 어리광 부리지 마. 니가 실패해서 재수하는 걸 내 탓으로 돌리지마."

"엄마는 내가 신경 쓰이긴 해?"

"내가 너 때문에 뭘 포기했는지, 넌 절대 알 수 없을 거야."

보아는 결국 소영의 마음을 알지 못한 채 숟가락을 던지고 집을 나갔다. 마찬가지로 집에 남은 소영도 홧김에 먹다 만 음식물을 싱크대에 쏟아부었다. 아까는 분명 먹음직스러웠던 음식이 이젠 꼴도 보기 싫었다.

◆◆◆

임신중절 유도제는 2차 복용이 제일 고통스럽다고 했다. 생리와는 비교도 할 수 없는 양의 출혈과 함께 오한과 발열이 나타난다고. 시간이 지나 다정이 있는 방에 들어간 소영은 열린 화장실 문틈으로 쏟아지는 물소리를 들었다. 물이 틀어져 있나 싶어 다가가니 변기에 앉아 거의 실신한 상태의 다정이 보였다. 앉아서 피를 쏟아내는 다정을 보니 소영은 무서웠다. 몇 시간이 지나서야 다정은 겨우 기운을 차릴 수 있었다.

"아, 이불에 피가 묻어서…… 죄송해요."

이불 같은 건 사실 신경 쓰이지 않았다. 다만 너무 미안해하는 다정이 조금 안타까웠다.

"이 정도로 피 흘리는 게 정상인 거야? 정말로?"

"저야 모르죠, 원장님. 저도 해본 적 없어요."

다정은 웃으며 답했다. 정상인가? 소영은 보아를 낳았을 때를 떠올려보았다. 그것도 벌써 20년 전이었다. 보아를 받아준 의사의 얼굴도, 몇 시간을 아파하다 낳았는지도 정확히 기억나지 않았다. 물탱크 안에서 6시간 연속으로 훈련을 했던 것보다, 중력 가속도 훈련보다 고통스러웠다는 것만 기억났다. 다정이 말하길 지금의 고통이 생리통의 딱 다섯 배라고 했다. 소영은 찜질팩을 꺼내서 다정의 배에 둘러줬다.

"너는 무슨 자신감으로……."

소영은 질문을 하려다 입을 닫았다. 보아 말처럼, 나는 무슨 자신감으로 애를 낳았을까. 스스로도 답을 내릴 수 없었다.

"저는요. 태어났을 때부터 지금까지 일등을 놓친 적이 없고 대학 졸업하자마자 우주인 후보가 됐어요. 단 한 순간도 진 적이 없어요."

지금 다정의 얼굴은 소영에게 여태 보여줬던 표정 중 가장 진중한 얼굴이었다. 그도 그럴 것이 정말로 다정은 엘리트니까.

"고작 손톱만 한 거 때문에 지고 싶지 않았으니까."

다정은 앞에 놓인 초콜릿을 입에 넣으며 답했다.

"이번에도 제가 이겼어요."

"축하해. 네 덕분에 여성 인권도 20년 당겨졌네."

다정은 소영의 말을 한 번에 이해하지 못했다가 뒤늦게 웃었다.

"원장님. 정말로 그렇게 생각하세요?"

"뭐가."

"제가 원장님을 그런 사람으로 생각했을 것 같으세요?"

소영은 답하지 않았다. 원래 그 나이엔 기성세대를 한심하게 생각하는 게 당연하지 않나?

"나는 저거 말한 건데."

다정은 멀리 있는 소영의 노트북을 가리켰다. 정신없던 유혈 사태에 영상을 까맣게 잊고 있었다. 소영은 누워 있던 다정을 조심히 일으켜 세웠다. 둘은 노트북 앞에 앉았다. 스페이스 바에 손을 올린 다정은 소영에게 물었다.

"원장님."

소영은 조금 늦게 다정을 바라봤다.

"왜 우주인 후보에서 물러나셨어요?"

소영은 스페이스 바에 올라간 다정의 손을 바라보며 입을 열었다.

"보아를……."

그리고 고개를 들어 다정을 바라보며 말을 이었다.

"임신해서."

소영의 말에 다정은 씩 웃었다. 그리고 스페이스 바를 눌렀다.

◆◆◆

몸에 담요를 칭칭 두르고 바들바들 떠는 한 남자가 있다. 남자는 20대로 보였다. 영상에선 사이렌이 울리다가 멈췄다. 소리가 잠잠해지자 남자는 카메라를 향해 인사했다.

"안녕. 나 우빈이야."

영상을 지켜보던 다정은 숨이 턱 막혔다. 영상 속 남자는 바로 20년 전 출발한 MK17 블랙홀 유인 탐사선의 우주인 김우빈이었다. 얼굴이 어딘가 좋지 않아 보였다. 그의 뒤로 보이는 우주선 안의 풍경도 그가 어떤 상황에 처해 있는지 짐작하게 했다.

"너무 오랜만에 연락하지. 미안해. 나 처음 우주선 탈 땐 하루에 한 번씩 꼬박꼬박 이렇게 연락한다 해놓고는…… 미안해. 여기 사정이 생겨서 연락할 수가 없었어. 지금도 전화가 아니라 영상으로 남기고 있네, 미안해."

우빈의 호흡이 조금씩 거칠어지기 시작했다. 이를 지켜보는 다정과 소영은 아무 말도 할 수 없었다.

"이 영상이 언제쯤 도착할지 모르겠다. 이미 네가 아는 행성들은 다 지나쳤는데…… 여기가 어디쯤인지 모르겠다. 미안…… 거긴 어때? 아니, 너는 어때?"

카메라가 요동치는지 화면이 흔들리기 시작했다. 우빈의 얼굴도 제대로 보이지 않을 정도였다. 그럼에도 소영은 이 모든 것을 최대한 눈에 담겠다는 듯이 화면에서 눈을 떼지 않았다.

"학교는 이미 졸업했겠지? 너는 능력도 있고 끈기도 있으니까 뭐든지 잘할 거야. 건강만 조심해. 알았지?"

다정은 우빈과 소영의 사이를 직감했다. 소영이 우빈에게 아무것도 말하지 않았다는 것도. 다정은 자신의 기준으로 소영을 바라보지 않기로 했다. 소영은 자신과 다른 시대를 살아온 다른 사람이니까, 그땐 그런 결정이 당연했을 수도 있으니까.

"여기서 행성들을 보면 꿈틀거려. 살아 있는 거 같아서…… 징그러웠어. 막상 우주 나와보니까 별거 없더라. 정말 찰나였어. 그 징그러운 지구를 똑바로 쳐다볼 수 있었던 건. 이 넓은 우주에서 나란 존재는 정말 작다는 생각이 들었고. 그러면서 계속 네 생각이 났어. 그냥…… 그냥 네 생각만 났어."

우빈은 이제 숨을 잘 쉬지 못하는 것처럼 보였다. 그의 목소리가 점점 작아졌다.

"졸업식 못 가서…… 미안해, 소영아."

결국 우빈은 앞으로 고꾸라졌고 그렇게 3초가 지나자 영상은 꺼졌다. 마지막 힘을 쥐어짠 우빈이 엔터 키를 누른 덕분에 그의 마지막 영상은 소영에게 닿을 수 있었다.

◆◆◆

얼마 후 한국항공우주부는 우빈이 탑승한 우주선의 사고 소식을 공식화하며 우빈의 죽음을 인정했다. 한국에서 최초로 쏘아 올린 유인 탐사선의 실패를 공식 확인한 것이다. 우주 망원경은 사고로 멈춰버린 탐사선의 마지막 모습을 찍어 전송했다. 항공우주부에선 쉬이 밝히기 어려운 이야기였을 테지만, 대우주 탐험 시대가 도래한 이후 그 누구도 비밀을 만들 수는 없었다. 그러나 여전히 가려진 진실은 존재했다. 항공우주부에선 소영이 우빈의 유언 영상을 받았다는 사실은 밝히지 않았다. 항공우주부는 우빈의 영상을 공개하는 대신, MK18 유인 탐사선 발사를 예정대로 진행하겠다는 차후 계획만을 발표했다.

소영은 천문연구원장의 자격으로, 그리고 한때 우빈의 동료였다는 이유로 우빈의 죽음을 애도하는 보도 자료 초안을 받았다. 소영은 영상을 본 후로 우빈과 관련된 어떠한 소식도 들으려고도, 찾으려고도 하지 않았다. 그렇지만 우빈의 죽음은 안타까운 일이며, 천문 우주 발전을 위해 더욱 노력하겠다는 말은 쉬이 적었다. 우빈이 떠난 지 20년이 흐른 지금, 소영은 개인적인 슬픔을 숨길 수 있는 어른이 된 것이다.

분명 우빈의 죽음은 소영의 우주를 흔드는 일이었다. 우빈은 소영의 동료이자 꿈이자 사랑이었다. 소영의 사랑은 우주에 갇혔다. 하지만 우빈의 사랑은 지구에 갇히지 않았다. 소영은 우빈보다 20년을 더 살며 우빈이 보지 못한 우주를 보았다. 우빈이 떠나고 20년 동안 서로 닿지 못했지만, 우빈을 좋아하는 소영의 마음은 20년 전 그대로였다.

다정과 소영, 둘은 그 이후로도 버티려고 애썼다. 소영은 오전 8시가 되면 사무실 가습기에 물을 채웠고 다정은 훈련 브리핑을 들었다. 우빈의 우주선 사고가 보도되었지만 우주인 후보들은 그 자리를 떠나지 않았고, 다정도 정식 우주인으로 선발되기 위해 굳건히 버티고 있었다. 둘은 잠시 짬이 날 때마다 만나는 러닝메이트가 되었다.

'졸업식 못 가서…… 미안해, 소영아.'

우빈은 마지막으로 미안하다는 말을 남겼다. 뭐가 그렇게 미안했을까. 소영은 우빈의 마음을 알 수 없었다. 정말로 졸업식을 못 간 것이 그리도 미안했을까. 예정대로 MK17 유인 탐사선이 임무를 성공하고 지구로 귀환했다 해도 졸업식은 볼 수 없었다. 미안하다는 말 대신 사랑한다는 말을 해줬으면 어땠을까. 그럼 다정의 앞에서 펑펑 울었을까. 항공우주부에 항의 서신을 보냈을까. 우빈의 시체라도 보려고 다정과 함께 우주인 자격을 겨루겠다며 억지를 부렸을까. 달리는 동안 소영의 망상이 끝없이 이어졌다. 결국 그 망상은 보아 생각으로까지 이어졌다. 보아에게 우빈의 존재를 말할까? 아직 제대로 된 화해도 못 한 상태에서 사실 네 아빠는 우주인이고 얼마 전에 죽었단다, 말해야 할까? 우빈이 보아를 보았다면 어떤 말을 했을까? 우빈 대신 내가 우주에 갔어야 했을까? 그건 안 된다. 그럼 보아를 포기했어야 하니까.

"저 얼마 전에 엄마 번호 차단했어요. MK17 탐사선 사고 때문에 자꾸 우주인 자격 포기하라고 해서……"

다정의 말에 소영의 망상은 잠시 멈췄다.

"그러지 마."

"네?"

"미워도 차단은 하지 말라고……"

소영은 괜히 다정의 엄마에게 이입이 되어 말했다. 다정은 소영의 말이 의외였는지 곰곰이 생각하다가 말했다.

"원장님이나 딸한테 그러지 마요."

소영은 말을 잇지 못했다. 우빈이 떠난 후로 자신의 중력은 보아였는데. 그걸 까맣게 잊고 있었다.

"좋아해줘요, 따님을."

"당연히 사랑하지. 내 딸인데……."

"좋아하는 거랑 사랑하는 건 다를걸요?"

소영은 다정에게 별다른 대꾸를 하지 않았다. 대신 보아에게 보낼 메시지를 입력했다. 그냥 평범하게 뭐 하냐고 물었다. 다들 이렇게 대화를 시작하겠지.

"원장님. 결국 어느 쪽이었을까요? 타임머신? 타임캡슐?"

다정은 소영을 바라보며 물었다. 아직도 저 소리다. 소영은 말했다.

"그게 뭐가 중요해."

"저한텐 중요하죠! 내기하기로 했잖아요!"

"아무것도 안 걸었는데 무슨……."

다정의 실없는 소리에 소영은 오랜만에 크게 웃었다. 이윽고 다정이 진지한 얼굴로 물었다.

"후회하세요?"

후회? 어렵게 된 천문연구원장직에서 잘릴 수도 있는데 임신 중절을 도와준 것? 결혼도 안 하고 보아를 낳은 것? 우빈에게 임신 사실을 밝히지 않은 것? 우빈을 위해 우주인 후보 자격을 포기한 것? 생략된 구절을 헤아리다 소영은 대답했다.

"전혀."

다정은 소영을 보며 전처럼 씩 웃으며 대답했다.

"저도요."

김채은 한양대학교에서 영화 연출을 전공했다. 학교를 다니며 찍은 영화들이 다수의 영화제에서 상영되었다. 〈지구 최후의 해피엔딩〉으로 2022년 평창국제평화영화제 피칭 프로젝트 본심에 진출했다. 처음 써본 SF 소설 「사랑의 블랙홀.mov」로 2022년 다산북스와 밀리의 서재가 주최한 SF오디오스토리어워즈에서 우수상을 받았다.

한때는 누구처럼 수축하는 우주를 믿었다. 엔트로피와 만물의 종말을. 하지만 이제는 확장을 믿는다. 우린 지금보다 더 나은 사람이 될 수 있다. 확장과 삶을 믿으며 글을 쓰기로 했다.

작가의 말

읽어주셔서 감사합니다. 처음 이야기란 걸 써본 초등학생 시절부터 대학교 수업 시간에 진행한 합평까지, 한 번도 내 글을 보여주는 것이 떨리지 않았던 적이 없습니다. 글을 쓴다는 건 가슴 떨리는 일이 분명했지만 누군가가 읽어주는 것은 여전히 떨립니다.

이 이야기는 수업 과제에서 시작되었습니다. 주인공의 감정이 점차 격해지는 두 장짜리 독백 대본을 써오라는 과제였고 우주선에서 최후를 기다리며 연인에게 마지막 메시지를 남기는 남자 우주인 '우빈'의 독백을 썼습니다. 그 독백은 결국 이 소설의 가장 큰 비밀이자 시작점이 되었습니다.

친한 친구 W의 명언도 이 이야기에 큰 도움이 되었습니다.
"한국의 모든 딸들은 본인이 엄마보다 똑똑한 줄 안다."
수정을 거치면서 여러 설정들이 탈락되고 추가되었지만, 이것 하나만큼은 계속 생각하면서 글을 써내려갔습니다.

두 장 분량, 그리고 대사와 아주 간단한 행동 지문만 있던 글자가 점차 확대되어 이렇게 여러분을 만날 수 있게 되었습니다. 확장하는 데 도움을 주신 합평 수업 동료들과 임태운 작가님에게 감사하단 말씀을 드리고 싶습니다. 여러분의 조언 덕분에 단순히 외장하드에서 썩지 않고 세상에 공개될 수 있었습니다. 감사합니다.

최근에 글을 쓰면서 느낀 게 있습니다. 제게는 “내가 이겼어”라는 대사를 넣는 버릇이 있습니다. 실제로 이기지 않았는데도 말이죠. 괜찮다고 말하지만 수많은 것들을 이기지 못한 자기 투영 같기도 합니다. 제 부끄러운 점까지 담은 소설이지만, 후회하진 않습니다. 이야기 속 소영과 다정이 그랬듯이.

여전히 글을 쓰는 건 너무 어렵고 제출 메일을 보내는 것은 아득하기만 합니다. 이후의 전 어떤 글을 쓰고 어떤 사람이 될지 알 수 없습니다. 다만 이 글을 읽어준 당신이 있었다는 사실을 떠올리며 다시 키보드 위에 손가락을 올려보겠습니다.

우수상

지구의 지구

배수연

• QR 코드를 통해 「지구의 지구」의 오디오 콘텐츠를
밀리의 서재에서 감상하실 수 있습니다.

숲을 발견한 나는 주위를 종종걸음으로 둘러보며 벅찬 숨을 내쉬었다.

'레이, 드디어 찾았어. 그 숲을 말이야. 사진을 찍을 수 있다면 좋았을 텐데. 이 숲을 나 혼자서만 볼 수 있다는 게 너무 아쉬워. 모두에게 보여주고 싶을 정도로 아름다운 숲이야.'

빠르게 메모를 휘갈겨 써서 품속에 집어넣었다. 숨을 한 번 크게 쉬고는 숲의 중심으로 향했다.

"너는 누구야?"

얼마쯤 걸었을까. 어깨를 쿡, 찌르는 손길에 뒤를 돌았다. 키가 작은 여자아이가 나를 올려다보고 있었다. 이 숲에 사는 아이일까? 나는 무릎을 살짝 굽히고는 아이에게 물었다.

"지구가 어디에 있는지 아니?"

"몰라. 지구가 뭔데?"

"한눈에 알아볼 수 있다고 하던데……. 그런데 너, 다쳤구나."

아이의 무릎에서 피가 나고 있었다. 숲의 상쾌하고 눅눅한 바람 때문에 눈으로 보고서야 알아챘다. 나는 메고 있던 가방에서 간이 소독약을 꺼냈다. 아이는 뒷걸음질치며 내게서 멀어졌다. 나는 당황한 표정으로 손을 뻗었다. 아이는 공포에 가득 찬 얼굴로 점점 더, 점점 더 큰 소리로 비명을 질렀다. 찢어지는 비명 소리에 귀가 울렸다.

숲의 소리가 비명에 잡아먹혔다.

"왜 그래? 소독을 해주려는 거야."

"가! 가! 오지 마!"

"아프지 않아? 소독하면 금방 나을 텐데……."

아이에게 뻗은 손이 차마 닿기 전에, 어딘가에서 날아온 금속 화살이 뺨을 스쳤다. 주욱, 뺨에 길게 난 상처가 느껴졌다. 뜨뜻한 피의 온도에 나는 고개를 들어 올렸다. 나무 위? 고개를 돌려 화살의 근원지를 찾았다.

그렇지만 아무것도 보이지 않았다. 소문이 영 거짓말은 아니었나 보다. 인기척은 전혀 느껴지지 않았다. 하지만 화살은 정확하게 나를 향해 날아왔다. 나를 위협하기 위해서. 손등으로 뺨에 흐른 피를 닦았다. 따끔한 느낌에 입술을 꽉 깨물었다. 작은 손거울을 꺼내 뺨을 살피며 일회용 반창고를 붙였다.

"아무것도 찾지 마."

거울의 각도를 살짝 비틀어 등 뒤를 비추자 무표정한 얼굴로

서 있는 여자아이가 보였다. 나는 고개를 꺾어 그 애를 바라보았다.

"왜?"

"아무것도 없으니까."

여자아이는 그렇게 말하고는 빠르게 뛰어 사라졌다. 타다닥, 뛰는 소리가 귓가에서 사라지고 나서야 나는 거울을 내렸다. 각종 장비가 든 가방이 나를 짓누르는 기분이 들었다. 내 옆에 떨어진 금속 화살을 주워 들었다. 묵직한 무게감이 느껴졌다. 그것을 가방에 챙겨 넣었다. 가방에 들어찬 날카로움이 나를 찌르는 듯했다.

멈춰 있을 시간이 없었다. 무거운 가방도, 마음도, 몸도 이끌고 걸어가야 했다. 나는 숨을 크게 들이쉬고는 걸음을 재촉했다.

깨끗한 숲은 누군가 정성스레 관리하고 있는 느낌이 들었다. 숲이라기보다는 거대한 정원에 들어온 기분이었다. 게다가 지구에서는 이미 볼 수 없는 식물이 많았다.

여러 색의 꽃들을 보고 있으니 마음이 붕 떴다. 식물학자였다면 지구를 찾는 것을 포기하고 식물 연구에 빠져들었을지도 몰랐다. 희귀한 식물이 보일 때마다 멈추고 싶었지만 지금은 그게 먼저가 아니었다.

숲의 중심에 가까워질수록 숲은 점점 더 정교해졌다. 나무 한 그루마저도 깨끗하고 아름다운 모양새를 지녀서, 기괴하다는 생각까지 들 정도였다.

"더 다가가지 마."

갈림길에서 고민하는 중에 익숙한 여자아이의 목소리가 들렸다.

"날 따라왔어?"

"경고하는 거야."

"어째서?"

"아무것도 없으니까!"

여자아이는 절규에 가까운 목소리로 소리를 질렀다. 처음처럼 가까이 오지는 않으면서 내게 계속 말을 걸었다.

"너, 지구가 어디에 있는지 아는구나."

내 말에 여자아이는 인상을 찌푸렸다.

"몰라."

"그럼 경고도, 충고도, 대화도 필요 없어. 넌 얼른 돌아가서 상처를……."

아이의 무릎으로 시선을 내렸다. 아까와 달리 깨끗한 무릎에 나는 눈을 가늘게 떴다. 다시 봐도 상처가 없었다.

"당신은 숲에 대해서 아무것도 몰라."

"그래, 아무것도 몰라. 그래서 알고 싶은 거야."

"왜? 사람들은 왜 알고 싶어 하지? 알아서 좋을 게 뭐가 있다고?"

아이의 목소리는 점점 낮아지더니 어느 순간 인공지능처럼 말투가 기묘해졌다. 나는 그 목소리에 몸을 흠칫 떨었다. 그러곤 헛

기침을 하며 목을 가다듬었다.

"지구가 어디에 있는지 알아?"

내 말에 여자아이는 울음을 터트릴 듯 인상을 구겼다. 나는 그 모습을 보며 주먹을 꾹 쥐었다. 나를 막지 말아줘. 읊조리듯 말하며 다시 길을 걸었다. 레이, 이 여자아이는 내가 만들어낸 환상 같은 걸까. 아니면 네가 보낸 수호신인 걸까. 아마 전자일 확률이 높겠지. 레이 너는 나를 미워할 테니까.

"레이는 네가 죽인 거야!"

뒤쪽에서 울려 퍼지는 여자아이의 외침에 나는 와하하, 웃음을 터트렸다. 응! 알겠어! 나는 두 손을 입가에 모으고 크게 대답했다. 여자아이는 나와 반대쪽으로 뛰어갔다.

그래, 레이는 내가 죽인 거다. 나는 사랑하는 연인을 실험체로 사용했었다. 지구에서 살아갈 수 없게 된 몸으로 지구에서 살게 하고 싶었으니까. 그 애도 그것을 바랐을 거라고 확신했다. 어떤 진동이 느껴졌으니까. 살고 싶다는 마음이 내게로 거세게 파도쳐 왔으니까. 나는 레이에게 손을 내밀었다.

레이는 기꺼이 내게 심장을 내주었다. 따끈한 심장의 감촉이 아직까지도 손끝에 잔잔히 남아 있었다. 무거운 고철이 그 애의 몸속에 자리 잡고, 그것이 레이를 계속해서 갉아내는데도 나는 포기하지 않았다. 아, 포기할 수 없었다.

언젠가 레이가 내 팔을 붙잡고 엉엉 울었다. 제발 그만해, 제발 살려줘, 죽여줘, 그냥 보내줘. 절망의 소리 속에서 나는 웃었던 것 같은데. 아니, 레이, 포기하지 마. 숨을 쉬어. 이 지구에서 살아가. 그건 레이와 나 자신에게 하는 말이었다.

캄캄한 어둠 속에서 내가 레이에게 건넨 불행은 그 애를 웃음 짓게 만들었다. 마지막 순간 내게 건넨 다정한 웃음 한 줄기가 손에 잡힐 듯 남았다. 나는 레이를 찾아내고 말 것이다. 그것만이 나를 숨 쉬게 하는 유일한 것이라고 믿으니까.

숲은 하루 종일 해가 지지 않는 곳이었다. 아름다운 빛이 사방에서 내리쬐었다. 그 속에서 나는 힘든 줄도 모르고 걸었다. 땀이 찔끔 흘러나왔다. 길에서 비켜선 나는 나무 밑에 자리를 잡았다. 무거워진 다리를 쭉 뻗고 주먹으로 슬슬 두드렸다. 바람 한 점 불지 않았다.

나는 코를 훌쩍이며 가방에서 에너지 드링크를 꺼냈다. 그것을 단번에 마시곤 숨을 푸하, 내뱉었다.

"넌 지치지도 않니?"

슬그머니 느껴지는 인기척에 나는 헛웃음을 지었다.

"돌아가라고."

"여기서 살아?"

내 질문에 여자아이는 입을 다물었다. 이곳에서 산다면 근처에 거주지도 있다는 건데, 아무리 둘러봐도 그런 곳은 보이지 않았다. 외부인이 걷는 곳은 숲길로만 이어지도록 만들어놓은 걸까.

"이름이 뭐야?"

"몰라."

"몰라, 나는 지구를 찾고 있어."

"찾지 마!"

찢어지는 듯한 고함에도 익숙해졌다. 나는 비명을 가볍게 흘려 넘기며 다시 물었다.

"지구를 찾아서 꼭 물어볼 게 있어. 그러니까 지구가 어디에 있는지 알려줄래? 넌 알고 있지?"

'몰라'는 나를 매섭게 노려보았다. 나는 다시 말을 이었다.

"난 희나야."

"알고 있어."

나는 고개를 끄덕이며 자리에서 일어났다.

"지구는, 어디에 있어?"

몰라는 내게 한 걸음 다가왔다. 검은 피부에 흰 머리카락이 살랑였다. 독특한 패턴의 옷이 눈앞에서 흔들렸다. 꼭 꿈을 꾸고 있는 것 같았다. 몰라는 화가 난 듯 입을 꾹 다물고 내게 손을 뻗었다.

"데려가줄래?"

속삭이는 목소리에 몰라는 고개를 저었다. 그러고는 내 뺨에 손바닥을 가져다댔다.

아이의 따끈한 체온이 뺨에 닿았다.

"여기에는 아무것도 없어."

몰라는 그렇게 말하고는 두 걸음 뒤로 물러났다. 손바닥이 뺨에서 떨어졌으나, 그 온기는 계속해서 내 곁에 맴돌았다.

몰라의 체온을 타고 머릿속으로 숲의 지도가 밀려왔다. 이 길이 나를 숲에서 내쫓을지, 정말 지구에게 데려가 줄지는 모르겠다. 하지만 나는 머릿속에 떠오르는 길 하나로도 만족했다.

"돌아가."

사납게 으르렁거리는 몰라를 향해 나는 작게 웃었다.

"고마워, 몰라."

레이가 죽었을 때 모두가 내게 수고했다고 말했다. 그 애가 시간을 벌 수 있었던 건 모두 기계심장 덕분이라고. 내가 레이를 다시 태어나게 한 것이라고. 나는 아무 말도 하지 못했다. 레이는 아주 섬세하게 기록되었다. 심장을 갈아 끼우고도 2년이 넘는 시간 동안 살아서 움직였으니까. 레이의 기계화된 시간은 생명과학자들에게 새로운 길을 열어줬다. 언젠가는 필요한 부품을 갈아 끼우며 영원히 살아가게 될지도 모른다며 그들은 축배를 들었다. 나는 멍하니 서서 그 모습을 바라보았다. 나만 빼고 시간이 흘러가는 기분이었다.

언젠가 끝이 난다는 사실만큼 사람을 두렵게 만드는 것도 없다. 사람의 삶은 언젠가 끝이 난다. 어딘가로 끌려간다. 남아 있는 시간을 알려주는 시계가 존재하지 않기에 우리는 조급하다.

레이는 그 존재만으로도 누군가에게 시간을 선물하는 사람이 되었다. 나는 기뻤고 화가 났으며 절망스러웠다. 레이의 생체 기록으로 복원해낸 가상 레이는 연구소 어딘가에 보관되었다. 그때 나는, 그곳의 레이를 볼 때마다 심장이 쪼그라드는 기분을 느껴야 했다. 아, 그래. 죄책감이었다.

몰라가 알려준 길은 이제껏 내가 걸었던 길과는 방향이 달랐다. 깨끗하게 닦인 길 너머의 거친 숲으로 나를 끌어당겼다. 나는 바지 밑단을 워커에 넣어 정리했다. 풀에 스쳐 상처가 나면 수습하기 힘들어지니까. 나는 입을 꾹 다물고 마음을 다잡았다. 지구를 찾아야 한다. 지구를.

생각 하나만으로 앞으로 나아갈 힘을 얻었다. 나는 쉬지 않고 걸었다. 숨이 턱 끝에 다다를 때는 레이의 희미한 얼굴을 떠올렸다. 나는 쉬지 않고 걸었다.

"지구."

거친 호흡과 함께 말이 튀어나왔다. 한데 뒤섞인 단어는 말인지 호흡인지 구별할 수가 없었다.

"나를 불렀어?"

사방에서 들려오는 목소리에 나는 우뚝 멈춰 섰다. 머리 위로 살랑이는 나뭇잎과 햇살이 나를 향하고 있는 듯했다. 온갖 생명의 시선 끝에 걸린 나는 알 수 없는 위압감을 느꼈다.

"나를 불렀어?"

숨이 떨리기 시작했다.

"지구."

"그래, 내가 지구야."

어디에 있는 거지? 나는 주위를 둘러보았다. 갑작스레 멈춰 선 다리가 후들거렸다. 문득 시야에 들어온 웅장한 크기의 나무로 천천히 다가갔다. 그곳만 조명이 꺼진 듯 어두웠다.

"소원을 들어줘."

나는 작게 속삭였다. 지구는 푸스스, 웃었다.

나무를 한 바퀴 빙, 돈 나는 천천히 숨을 내쉬며 고개를 들어 올렸다. 커다란 나무의 지옥 같은 가지 사이에 지구가 있었다.

"꺼내줄까?"

내 말에 지구는 잠시 고민하는 듯했다. 시간이 얼마 지나지 않아, 지구가 도와달라고 말했다. 전혀 움직일 수 없었나 보다. 나는 가방을 조심스레 바닥에 놓았다. 로프를 꺼내 지구와 가까운 나뭇가지에 던졌다. 타악, 고리가 걸리는 소리와 동시에 나무가 지르는 비명 같은 바람이 불었다.

"나를 꺼내기 전에 네가 죽을지도 모르겠다."

지구는 장난스레 말했다. 나는 대답하지 않고 로프의 밑부분을 내 허리에 감았다. 운동신경은 영 꽝이지만 이곳에 오기까지 여러 일을 겪은 덕에 이 정도는 혼자서도 할 수 있게 되었다.

천천히 손을 뻗어 나무를 기어올랐다. 지구는 내가 올라오는 것을 흥미로운 눈빛으로 바라보았다. 꽤 높은 곳까지 올라가자 서늘한 바람이 뒷목을 스쳤다. 나를 해치려는 의도를 가진 바람이 나를 뒤흔들었다. 나는 로프를 꽉 쥐었다. 지구의 옆까지 올라가 그 애를 묶고 있는 나뭇가지를 손으로 천천히 풀어냈다.

"의외야."

"뭐가."

"칼로 자를 줄 알았어."

"네 말대로 널 꺼내기 전에 죽을 수는 없으니까."

내 말에 지구는 고개를 끄덕였다. 엉킨 넝쿨과 나뭇가지를 신중하게 풀어내자 지구는 크게 휘청거렸다. 나는 지구의 팔을 확 낚아챘다.

"너……!"

"응, 그래."

태연한 얼굴에 나는 절망했다.

"너 정말로 움직일 수 없구나."

몰라의 말이 스쳤다.

'아무것도 찾지 마.'

그래, 그랬다. '아무것도 없으니까.'

이곳은 죽은 사람의 영혼을 돌봐준다는 숲이다. 그 중심에 존재하는 건 지구다. 모두를 하나로 연결해 돌봐주는 지구. 나는 허탈한 기분에 입술이 떨렸다. 눈물이 날 것 같았다. 심호흡을 두어 번 하고는 지구의 팔을 끌어당겼다. 유약한 몸이 내게 딸려왔다.

"실망했어?"

지구의 말에 나는 고개를 저었다. 실망? 전혀 아니다.

"너 기계지?"

내 말에 지구는 하하하, 웃었다. 웃음소리만 전달될 뿐 몸에는 미동이 없었다. 부드러운 피부가 손끝에 스쳤지만 살아 있다는 걸 증명할 맥박이 없었다. 나는 가벼운 지구의 팔을 내 목에 둘러 고정하고는 조심스레 밑으로 내려왔다. 나무줄기에 지구의 등을 기대어 살며시 앉혀 놓았다. 꼭 인형 같았다.

"반은 맞고 반은 틀렸어."

지구의 말에 나는 인상을 찌푸렸다.

"그렇다면 원래는 사람이었다는 거야?"

"그래."

나는 가방에서 공구함을 꺼냈다. 이 분야의 전문가처럼 수리할 수는 없어도 확인은 할 수 있었다. 지구는 내 행동을 잠자코 보고 있었다. 나는 천천히 지구의 몸을 돌려 입고 있는 티셔츠를 살짝 들어 올렸다.

등에는 아무것도 없었다. 그렇다면…….

"누가…… 누가, 이런 짓을 했어?"

익숙한 흉터가 손끝에 닿는다. 유독 차가운 가슴께에 소름이 돋았다. 레이에게 기계 심장을 넣을 때 내가 만든 상처와 똑같았다.

"실망했어?"

아까와 똑같은 억양과 크기로 지구가 묻는다. 나는 고개를 저었다.

"열어봐도 돼?"

"좋을 대로 해."

내가 찾는 지구가 아닐지도 모른다고 생각했다. 신비한 힘을 가진 지구는 불로불사의 존재니까. 진짜로 있는지 없는지는 모르지만 내가 찾고 있는 지구와 내 눈앞의 지구는 다른 존재이길 바랐다.

나는 조심스럽게 지구의 가슴에 박힌 나사를 풀었다. 차가운 금속과 금속이 부딪치는 소리만이 가득했다. 지구는 편안한 표정으로 가만히 누워 있었다. 나는 숨을 후, 내쉬며 가슴의 뚜껑을 들어 올렸다. 고철로 된 심장이 녹슨 채 자리 잡고 있었다. 고약한 냄새가 났다. 나는 숨을 옅게 쉬며 베이킹소다를 묻힌 손수건으로 심장을 살살 쓸었다.

"아파?"

"전혀."

"지구는 죽지 않는 존재라고 했는데, 넌 이미 죽어버렸구나."

내 말에 지구는 와하하, 웃음을 터트렸다.

"너 진짜 재밌는 사람이네."

"……."

"대놓고 죽어버렸다고 하는 게 어디 있어."

"미안."

"그래, 난 죽었어. 하지만 살아 있지. 지구니까."

지구의 말에 나는 대답하지 않았다. 기계화된 사람의 몸은 쉽게 썩는다. 지구의 심장을 조심스레 닦고, 장비를 더 꺼내 이곳저곳을 살폈다. 녹슨 부분은 닦고, 뻣뻣해진 부분에는 기름칠을 했다. 한참을 몰두해서 지구를 정비했다.

"희나."

"응."

"나를 살려주려고 이곳에 온 거야?"

그 말에 나는 무심코 고개를 들었다.

"손 들어볼래?"

지구는 천천히 오른손을 들어 올렸다.

"움직이네."

"왼손도 들어볼래?"

삐걱대는 소리를 내며 양팔이 움직인다. 나는 작게 한숨을 내쉬곤 장비를 다시 가방에 쑤셔 넣었다.

"나는 누군가를 찾기 위해 이곳에 왔어."

"누군가?"

"그래. 그 사람에게 꼭 할 말이 있거든."

내 말에 지구는 고개를 갸웃했다. 천천히 몸을 일으키는 지구에게서 녹슨 기계의 작은 소음이 났다.

"나는 있지, 지구라는 곳에서 태어났어."

"나랑 이름이 똑같구나."

"맞아. 사람을 만난 게 처음이야? 그럼 이 심장은 누가 넣어준 거지?"

"글쎄. 나는 몸이 이렇게 되기 전의 기억이 없어. 그래서 누가 이렇게 만든 건지, 내가 왜 이 나무 위에 묶여 있었는지 모르겠어. 다만, 나는 줄곧 누군가를 부르고 있었던 것 같아."

"기분 탓이겠지. 이곳에 있는 사람은 모두 죽은 사람뿐이니까."

"너를 제외하고 말이야."

"그래, 나를 제외하고 말이야."

우리는 서로 마주 보고 웃었다. 지구는 하하하, 웃음소리를 냈지만 표정에는 변화가 없었다. 기괴했다. 즐거울 때도 슬플 때도 늘 똑같은 얼굴이니까. 하지만 내게는 너무도 익숙한 표정이었다. 마음 한구석이 욱신거렸다.

"사실은 도망치듯 온 거야."

"도망쳐?"

나는 고개를 끄덕였다.

"사랑하는 사람이 있었거든. 너는 어떻게 생각할지 모르겠지만, 보통 사람들은 죽는다는 것에 굉장한 두려움을 느껴. 나는 그 사람이 죽지 않기를 바랐어. 나 혼자만의 희망이었을지도 모르지. 그 사람이 죽어가는 것이 너무 무서웠어. 나는 그 사람의 심장을 기계로 바꿔 끼웠어. 숨을 쉬었으면 좋겠다고 생각했거든. 최대한 오래, 가능하면 영원히. 그 사람은 살아났어. 숨을 쉬었지. 그게 진짜로 살아 있는 것이라고 말할 수 있을지는 모르겠지만, 어쨌든 움직였어. 말을 했고, 나와 같은 것을 봤지."

"좋았겠네."

"그래, 좋았어. 나는 누군가의 온기를 필요로 했거든. 혼자 남겨지는 게 너무 고통스러웠어. 수많은 과학 사이에 끼여 숨을 쉴 수가 없었어. 내가 살고 싶어서 그 사람의 목을 졸랐던 건지도 모르지."

내 말에 지구는 무릎을 세우곤 턱을 괴었다.

"지구는 말이야, 굉장히 달라졌어. 누구나 우주로 나갈 수 있고, 다른 행성에서 생일 파티를 해. 행성 에너지를 병에 담아 파는 기념품을 모으기도 하고. 단기간에 급속도로 달라진 별은 과부화를 견디지 못하고 나가떨어지는 사람을 만들어내. 나는 그렇게 되지 않으려고 노력했어. 지구와 함께 시간을 보내고 싶어서."

"그렇게 된 거 아니야? 희나 너는 과학자잖아."

나는 고개를 끄덕였다. 그리고 나무 주변에 흩어진 작은 꽃들을 봤다. 한순간도 지지 않고 살아가는 생명들.

"지구가 멈췄다는 걸 몰랐던 거지."

"지구가 멈춰?"

"그래. 지구는 멈췄어. 더 이상 나아지지 않을 거야."

영원히 살아가기 위해 어떤 것을 포기하고 있는지, 우리는 모른다. 나는 레이를 영원히 지구에 묶었고, 레이의 몸은 허공에 흩어졌다. 우리는 영원히 죽지 않게 될 것이다.

원하는 만큼, 원하는 대로 살아가게 될 것이다. 하지만 그런 것이…….

"지구는 멈췄는데 우리의 시간만 흐르는 것이, 진짜 살아 있는 걸까."

내 말에 지구는 대답하지 않았다. 우리는 한참을 침묵 속에서 보냈다. 진득한 침묵이 아무도 모르게 서서히 내 마음을 바닥으로 끌어당길 때쯤 지구는 자잘한 소음을 내며 자리에서 일어났다. 균형 없는 삐걱거림이 마음에 닿았다.

“누군가를 찾으러 왔다고 했지?”

지구는 그렇게 말하며 내게 손을 내밀었다.

“내가 찾는 걸 도와줄게.”

부드러운 피부와 달리 차갑게 식은 손. 나는 지구의 차가운 손을 잡고 일어났다.

“고마워.”

나는 맞잡은 손에 살짝 힘을 실었다.

지구는 나무 위에 얼마나 묶여 있었는지 모른다고 했다. 묶여 있는 사이에 숲에서 어떤 일이 일어났는지도 모른다고 했다. 게다가 과거의 기억도 희미하기 때문에 “숲은 죽은 사람의 영혼이 머무는 곳이야. 지구 너는 이곳의 중심이고”라는 나의 말에 고개를 갸웃거릴 뿐 반응이 없었다. 레이를 찾는 일을 도와주겠다는 지구를 거절하지 않은 것은 이 애가 외로워 보였기 때문이었다. 진짜로 레이를 찾는다든지, 이 숲에 대해서 깊이 알게 된다든지 하는 일은 기대하지 않았다.

지구는 숲을 둘러보며 말없이 걸었다. 나는 몰라가 건네준 머릿속의 지도와 지구가 가는 길을 대조해가며 걸었다.

“시간이 지나면 뭐든 변하게 되는 걸까?”

지구는 문득 그런 말을 했다.

"숲이 변했다는 느낌이 들어."

"기분 탓이겠지."

"희나, 이 숲이 죽은 사람의 영혼을 돌봐준다고 했지? 그 중심에서 모두를 하나로 연결해 돌봐주는 게 나라고."

"그래."

"하지만 이곳을 봐."

지구는 무표정한 얼굴로 나를 돌아보았다. 그 표정이 섬뜩해서 나도 모르게 한 걸음 뒤로 물러섰다.

"모든 것이 고요하고 정돈되어 있어."

"그게 왜?"

지구의 표정은 점점 일그러졌다.

"내가 이 숲과 영혼을 돌보았다면, 내가 없는 동안 숲은 어떻게 살았던 걸까."

고요한 숲에 지구의 말소리가 울려 퍼진다. 나무는 소리를 먹고 자라는 것처럼 지구의 목소리를 끌어당긴다. 숲의 지하로 발이 빨려 들어가는 기분이 들었다. 싸한 피가 등을 헤집었다.

"나는 아주 긴 시간을 그 나무 위에서 보냈어. 아무도 찾아오지 않았고 아무도 만나지 못했지. 흐르는 시간을 알려주는 건 심장에서 느껴지는 박동뿐이었어. 난 이 숲에 아무것도 없다고 생각했어. 누군가 찾아온다면 나를 폐기하기 위해서라고 생각했지. 그런데 아니었어."

지구는 고개를 꺾어 하늘을 올려다봤다. 일그러진 표정에서 소리가 나는 것 같았다.

"이 숲이 살아 있다고 생각하니?"

지구의 말에 나는 대답할 수 없었다.

처음 이 숲에 발을 디뎠을 때 내 뺨을 스치고 간 금속 화살이 떠올랐다. 나를 위협하기 위해 정확한 각도로 쏘아진 화살. 나는 가방에서 그 화살을 꺼냈다. 장비를 찾으려고 가방을 헤집었더니 꽤 깊숙한 곳에 처박혀 있었다.

"그게 뭐야?"

지구가 손에 든 화살을 가리켰다.

"이 숲에 들어왔을 때 내게 날아온 화살이야."

나는 화살대를 손으로 쓸어내렸다. 화살촉이 뭉툭했다.

"이상하네. 이 촉이 뺨을 스쳐서 상처가 났거든. 지금은 뭉툭해졌어."

지구가 내 손에 들린 화살을 가져갔다. 그러고는 나무를 향해 화살을 던졌다. 화살은 나무에 닿기 전에 콩벌레처럼 동그랗게 말리더니 바닥으로 떨어졌다.

"희나, 지구는 얼마나 발전했어?"

억양이 없는 말투였다. 기계 같은 말투에 소름이 돋았다. 이곳에 진짜 살아 있는 것들이 존재하긴 하는 걸까.

"글쎄. 너는 지구에 살아본 적이 없으니까 비교하기가 어렵네."

"이 숲은 죽어 있는 것 같아."

"…… 죽은 영혼이 존재하는 곳이니까."

"아니, 그런 게 아니야. 이곳은 어디지? 희나, 넌 어디에서 왔어?"

"나는, …… 에서 왔어."

지구는 나를 공격할 것처럼 성큼성큼 다가왔다. 다만 다리가 제대로 움직이지 않아 걸음이 느렸다. 하지만 나는 그 표정에 압도당해 움직일 수가 없었다. 지구는 내게 가까이 걸어와 멈춰 섰다. 시체 같은 얼굴에 차가운 손. 지구의 손이 내 뺨에 닿았다.

차가운 온도에 몸이 부르르 떨렸다.

"레이를 찾아내자."

그 말에 나는 힘이 풀려 자리에 주저앉았다. 지구는 그런 나를 내려다보며 작게 웃었다. 여전히 딱딱하고 무표정한 얼굴이었다.

얼마나 걸었을까.

"돌아가!"

사방에서 울리는 고함 소리에 나는 흠칫 놀랐다. 지구는 앞서서 걷다가 멈추고는 나를 돌아보았다.

"몰라?"

내 말에 지구가 고개를 갸웃했다.

"뭘 모른다는 거야?"

지구의 말이 끝나는 동시에 몰라가 모습을 드러냈다. 슬픈 표정으로 나와 지구를 노려보고 있었다.

"몰라가 네게 가는 길을 알려줬어."

"저 아이가?"

나는 고개를 끄덕였다. 몰라는 여전히 거리를 유지하며 우리를 보고 있었다.

"너는 여기서 사는 거야?"

지구의 말에 몰라는 입술을 꾹 다물었다.

"돌아가!"

몰라가 또 한 번 찢어지는 비명 소리를 냈다. 지구는 삐걱거리는 팔을 들어 올려 귀를 막았다.

"너무 시끄러워. 머리가 아파." 지구가 나를 바라보며 말했다. 나는 가방을 내려놓고 몰라에게 천천히 걸어갔다. 몰라는 경계하듯 나를 노려봤다. 하지만 눈에는 눈물이 가득했다. 대체 무엇이 몰라를 비명 지르게 하는 걸까. 허탈한 기분에 나는 숨을 천천히 내쉬었다. 몰라는 계속해서 비명을 질렀고, 지구는 손으로 귀를 꽉 막고 움직이지 않았다.

"몰라, 나는 레이를 찾고 있어."

"레이는 네가 죽인 거야."

"그래, 내가 죽였어. 레이가 있는 곳을 알아?"

"당신은 숲에 대해서 아무것도 몰라."

"……."

"왜? 사람들은 왜 알고 싶어 하지? 알아서 좋을 게 뭐가 있다고?"

몰라의 목소리가 점점 낮아졌다. 끝에 가서는 인공지능처럼 말투가 기묘해졌다. 나는 몰라의 말에 숨을 멈춰야 했다. 몰라는 마치 입력된 것을 재생하듯 이전과 토씨 하나 다르지 않은 문장을 반복했다.

나는 몰라의 팔을 붙잡으려 했다.

"잡지 마!"

지구의 외침에 나는 손을 뻗은 채로 멈춰야 했다.

"잡지 마."

떨리는 목소리에 나는 고개를 돌렸다. 지구는 귀를 막은 채 내게 걸어오고 있었다. 다가오는 지구의 모습에 몰라는 천천히 뒤로 물러났다.

"돌아가. 아무것도 찾으려 하지 마."

지구가 내 곁에 왔을 때, 몰라는 뒤돌아 뛰어갔다.

"희나, 이곳에 대해서 들은 적 없어?"

지구의 말에 나는 고개를 끄덕였다. 허공에 멈춘 손이 툭, 떨어졌다.

"내가 유일하게 기억하는 것은 영혼의 나무뿐이야."

"영혼의 나무?"

지구는 고개를 끄덕였다.

"계속 기억하고 있었어. 영혼의 나무를. 거기에 가면 무언가 찾을 수 있을 것 같다는 생각이 들었어. 그런데 희나, 이곳은 죽어 있어."

"죽어 있다고……."

나는 지구의 말을 따라 했다. 죽어 있다, 숲이 죽어 있다고.

"그래. 화살이 너를 향해 날아왔다고 했지. 하지만 봐, 내가 숲으로 화살을 날리려고 하니까 화살이 스스로 몸을 말아 웅크렸어. 나무에 매달린 동안 생각했어. 나는 어째서 숨을 쉬고 있는 걸까. 네가 닦아준 그 고철 심장 때문일까? 아니, 희나. 나무가 내게 영양분을 공급하고 있었기 때문이야."

지구의 말에 나는 입술을 꽉 깨물었다.

"레이를, 네 연인을 찾고 싶다고 했지."

"…… 응."

"그렇다면 약속해."

"뭘?"

"네가 사는 행성에 데려가줄래? 이 지구에 나를 버리고 가지마."

지구는 그렇게 말했다. 무표정한 얼굴이 슬퍼 보였다. 심장이 세차게 두근거렸다. 두려웠다. 나는 숨을 천천히 내뱉으며 고개를 끄덕였다. 그럴게. 내 말에 지구가 손을 내밀었다. 나는 지구의 손을 맞잡았다. 여전히 손은 차가웠지만 나는 춥지 않았다.

지구는 아까보다 훨씬 더 굳은 얼굴과 몸짓으로 걸었다. 걷는 모습이 영락없는 고물 기계 같아서 나는 마음 한구석이 불편했다. 확신에 찬 얼굴로 걷는 지구가 부서질 것 같아서 가슴이 조마조마했다.

영혼의 나무는 영혼이 모여드는 나무라고 했다. 집을 잃은 영혼들이 나무로 몰려와 숲에 스며드는 것 같다고. 원래는 숲에 영혼들의 집도 만들어주는 걸까? 그렇다면 몰라는 누군가의 영혼이었던 걸까. 몰라의 온기를 되짚었다. 그 따스함이 살아 있는 것이 아니라고 한다면 받아들이기 어려울 것 같았다.

이미 사람의 손을 수없이 거쳐 달라진 숲임에도 지구는 거침없었다. 잠깐이지만 지구를 지구가 아니라고 생각한 것이 미안했다. 숲의 중심. 이 숲을 이루고 있는 지구의 낡은 몸을 바라보았다. 누군가 이 숲을 개조하지 않았다면 지구는 어떻게 되었을까.

누군가 지구를 기계로 만들지 않았다면 어떻게 되었을까. 아마도 숲은 폐허가 되었을 것이다. 지구의 몸은 썩어 숲에 녹아내리고, 영혼은 갈 곳을 잃어 울고 있었겠지. 숨이 막히는 기분이 들었다.

"레이를 만나면 무슨 말을 할 거야?"

적막을 깨고 지구가 물었다.

"미안하다고."

나는 덤덤하게 말했다.

"미안하다고 하고 싶어."

내 말에 지구는 걸음을 늦추며 고개를 살짝 돌렸다.

"그렇게 만들어서 미안하다고, 영원히 지구에 발을 묶어버려서 미안하다고 하고 싶어."

내 말에 지구는 하하하, 웃었다. 일정한 음량에 나는 소름이 돋았다. 지구는 짧게 웃고는 다시 앞을 봤다.

"레이는 지구에서 살고 싶었을 거야."

"…… 위로하는 거야?"

미심쩍어하는 말투에 지구는 다시금 웃음을 터트렸다. 상쾌한 웃음소리가 숲에 울려 퍼졌다.

"사과하지 마."

지구는 그렇게 말했다. 제안하는 것 같았고, 협박하는 것 같았다. 나는 아무 말도 할 수 없었다. 지구는 개의치 않고 사과하지 말라는 말을 반복했다. 음악을 반복해 재생하는 것처럼 달라지지 않는 톤으로 되풀이했다. 사과하지 마, 사과하지 마.

"그럼 내 마음은 어떡하지."

"어딘가에 버려."

지구의 말에 나는 웃었다. 레이를 생각할수록 무거워지는 마음들. 나는 그것을 미안하다는 말 안에 모아뒀었다. 가끔 목구멍을 타고 흐르는 죄책감이 몸속에 상처를 냈다.

"레이는 다른 말이 듣고 싶을 거야."

"어떻게 확신해?"

"그 애도 기계가 되었으니까."

"…… 뭐?"

"그렇게 사는 걸 선택했으니까."

나는 인상을 찌푸렸다.

"레이는 고통스러워했어. 벗어나고 싶다고 매일 울었다고. 네가 뭘 알아?"

내 말에 지구는 고개를 돌렸다. 허공에서 눈이 마주쳤다.

"그래, 난 아무것도 몰라. 그렇지만 희나. 그건 너도 마찬가지야. 레이의 마음을 네 마음대로 예측하고 상처받지 마."

아무것도 모르면서. 그때의 레이에 대해서 아무것도 모르면서. 나는 아랫입술을 꽉 깨물었다. 지구는 그런 나를 잠자코 보더니 다시 고개를 획, 돌려버렸다. 그 행동이 꼭 나를 버리려는 것 같아서 심장이 쿵, 떨어지는 느낌이 들었다.

"지구."

"응."

"미안해."

속삭이듯 울리는 사과에 지구는 웃었다. 나는 찡그린 인상을 녹이며 지구의 뒤를 따랐다.

영혼의 나무는 지구가 매달렸던 나무와 비슷했지만 크기가 매우 작았다. 앙상한 가지가 그늘 속에 자리 잡고 있었다. 키도 나보다 조금 더 큰 정도였다. 나무와 나란히 선 지구의 머리가 삐쭉 튀어나왔다. 나는 지구와 나무를 번갈아 봤다.

"이게 영혼의 나무야?"

"응."

확신이 가득한 얼굴에 나는 조금 당황했다. 영혼도 보이지 않았고, 나무는 너무 작았으니까. 새로 심은 것처럼 보였다. 이곳을 이렇게 만든 사람들이 영혼의 나무까지 갈아엎어버린 걸까.

"이 나무는 원래 이렇게 생겼어."

내 마음을 읽은 듯 지구가 말했다.

"영혼이 나무를 둘러싸고 있지는 않네."

"당연하지. 그럴 거라고 생각했어?"

나는 고개를 끄덕였다. 지구는 어깨를 으쓱하며 나무의 잎사귀에 손끝을 가져다댔다.

검지에서 옅은 색의 피가 흘러나왔다.

"날카롭네."

지구는 피가 나는 손가락을 가만히 쳐다보았다. 나뭇잎에 지구의 피가 살짝 묻었다.

나는 나무 앞에 주저앉았다. 다리에서 통증이 느껴졌다. 가방을 내려놓고 일회용 반창고를 꺼내 지구에게 건넸다.

"손가락에 감으면 피가 멈출 거야."

내 말에 지구는 손가락에 반창고를 서툴게 감았다.

고요했다.

"지구."

"응."

"지구에는 이제 사람이 살지 않아."

"……."

"나는 말이야, 아주 오랜 시간 살아 있었어."

내 말에 지구는 천천히 내게 다가왔다. 내 옆에 앉은 지구에게서 윙윙, 기계가 돌아가는 소리가 났다. 나는 고개를 조금 돌려 지구를 바라보았다. 차가운 피부의 지구, 죽어버린 지구. 나는 숨을 내쉬었다.

"이 숲은 말이야, 지구에서 죽은 사람들의 데이터를 모아둔 숲이야."

"그렇구나."

"우리 모두가 지구를 떠나면서 이 숲은 버려졌어. 이곳 어딘가에 레이의 데이터가 남아 있을 거라고 생각했어. 아주 오랜 시간이 지났어. 레이는 이제 우리 곁에 있었던 사람이 아니야. 어떤 역사 속으로 사라진 사람이지. 나는 레이에게 미안하다고 말하고 싶었어. 지구야, 나야. 내가 지구를 이렇게 만들었어."

누군가 심장을 쥐어짜는 듯했다. 곧 눈물이 나올 것 같았다.

"네가 나를 구해줬잖아."

지구는 내 어깨를 살며시 두드렸다. 톡, 톡. 어깨에서 느껴지는 진동에 웃음이 나왔다. 지구가 손가락을 움직일 때마다 삐걱대는 소리가 났다.

"내가 레이에게 인공 심장을 이식한 이후로 생명은 빠르게 진화했어. 나는 살아 있지만 언젠가 죽었을지도 모르지. 네가 있다는 이야기를 들었어. 이 숲의 중심에 죽지 않는 생명이 있다고. 지구라는 아주 아름다운 것이. 우리는 결국 너까지 죽이고 말았구나."

"나는 죽지 않았어."

지구는 화가 난 듯했다.

"나는 살아 있어."

"살아…… 있다고."

"레이에게 무슨 말을 하고 싶어?"

지구의 말에 나는 멈칫했다. 레이에게 하고 싶은 말.

레이, 미안해. 아프게 해서 미안해. 놓아주지 못하고 욕심 부려서 미안해. 너와 더 오래 지내고 싶었어. 네가 지구에서 숨 쉬길 바랐어. 아름답게 진화하는 지구를, 이 세상을 바라보면 좋겠다고 생각했어. 그 생각에 눈이 멀어버렸을지도 모르지. 우리의 시간이 영원하길 바랐어. 사실은 후회했어. 너를 만나서, 너와 함께해서 결국 너를 죽게 만들었지. 나는 모든 시간을 부정하고 또 부정했어. 사람들은 나를 대단하다며 치켜세웠지만 나는 결국 하찮은 욕망덩어리에 불과했지. 레이, 너는 나를 구해줬어. 이제 사람들은 더 이상 누군가를 사랑하지 않는 것 같아. 우리는 긴 시간을 보내면서 점점 차가워졌어. 따뜻한 피가 흐르는데도 모두가 차갑게 식어 있어. 레이, 레이.

"보고 싶어."

네가 너무 보고 싶어.

눈물이 흘렀다. 뺨을 가로지르는 미지근한 눈물에 한숨이 나왔다.

"레이는 나를 원망할까?"

"아니."

"어째서?"

"그 애도 네가 보고 싶을 테니까."

나는 눈앞의 나무를 올려다보았다. 앉아서 보니 나무의 키가 커 보였다. 지구의 피가 묻은 나뭇잎이 흔들리다 추락했다. 바닥으로 가라앉은 나뭇잎이 꼭 지구 같다고 생각했다.

"돌아가자."

"어디로?"

"내가 왔던 곳으로."

나는 지구에게 손을 내밀었다. 지구는 내 어깨에 올린 손가락을 내렸다.

"나는 가지 않을래."

지구의 말에 나는 놀랐다. 조금 전에는 이곳에 자신을 버리고 가지 말아 달라고 했으면서.

"나는 이곳에 있을 거야."

"왜? 데려가달라고 했잖아."

"그래, 그랬어."

"왜 마음이 바뀐 거야?"

"바뀐 게 아니야."

지구의 말에 나는 미간을 찌푸렸다.

"나는 영원히 이곳에 머물러 있을 거야."

지구는 아주 먼 곳을 바라보며 그렇게 말했다. 그 말투가 꼭 거짓말 같아서 나는 마음이 무거워졌다. 지구는 떠나고 싶을 것이다. 지구에는 아무것도 남지 않았으니까.

이곳에서 살아가는 일은 아주 외로울 것이다. 나는 다시 한번 지구에게 손을 내밀었다. 내 손을 잡아. 같이 가자. 무언의 제안에도 지구는 움직이지 않았다. 바닥에 붙은 동상 같았다.

"이곳은 네가 알던 그 숲이 아니야."

"희나, 이 숲은 원래 이랬어."

"아니야."

"내 기억이 시작되는 순간이 이 숲의 전부야."

그 말에 어딘가 무너져 내리는 기분이 들었다.

나는 레이를, 지구를 얼마나 기억하고 있었던 걸까. 지구의 아름다운 순간은 과거 속으로 빨려 들어갔다. 지금의 지구는 허물어진 세계에 불과했다. 나는 그런 지구를 떠올렸다. 고통에 흠뻑 취한 레이를, 지구를.

죽어버린 지구를.

"그래서 나는 떠나지 않을 거야."

"……."

"너는 모든 것으로부터 떠나왔지. 희나, 도망치지 마."

지구는 그렇게 말하며 천천히 일어났다. 삐걱대는 소리가 들렸다. 지구는 나를 내려다보며 웃었다. 입꼬리가 자연스럽게 말려 올라갔다. 그 웃음에 심장이 쿵, 쿵 뛰었다. 온몸이 박동하는 것 같은 기분이 들었다.

"그렇게."

내 대답에 지구는 내게 손을 내밀었다.

숲의 가장자리에서 잠시 뒤를 돌아보았다. 숨이 콱 막혔다.

'레이, 나는 돌아갈 거야. 그러니 너도 돌아갔으면 좋겠다. 네가 원하는 곳으로. 네가 바라는 모습으로.'

나는 짧은 메모를 휘갈겨, 그것을 가방 깊숙한 곳에 넣었다.

"너는 누구야?"

가방을 고쳐 메는데, 어깨를 쿡, 찌르는 손길이 느껴졌다. 몰라가 나를 올려다보고 있었다. 나는 무릎을 살짝 굽히고는 몰라에게 물었다.

"지구가 어디에 있는지 아니?"

"몰라. 지구가 뭔데?"

몰라의 숨결이 돌고 돌아 내게로 들이닥친다. 나는 고개를 가로저으며 몰라에게 손을 흔들었다. 잘 있어, 몰라. 잘 있어, 지구. 잘 있어, 숲.

언젠가 지구가 내게 말했다. 너는 나를 떠나지만, 나는 영원히 이곳에 머물러 있을 거라고. 내가 여기에 있을 거야. 혼잣말을 하는 것처럼 작은 목소리가 나를 향한다. 명확한 기계 목소리에 고철로 된 무거운 심장이 바닥을 향해 가라앉는다. 나는 이 궤도를 떠날 것이다. 영원히 돌아오지 않을지도 모르겠다. 우리는 다시 만날 수 없을 것이다. 내가 세우는 가정은 우리의 불행으로 향한다. 그런데도 너는 말했다. 나는 영원히, 영원히, 영원히. 지겹도록 영원한 말을.

그래, 우리는 영원히 이곳에 머물게 될 것이다. 다른 궤도를 돌다가 이탈해 서로를 마주칠 수 있을 것이다. 나의 지구, 나의 레이. 우리는 영원히. 지겹도록 영원한 말을.

배수연 마음대로 되지 않는 마음이 있다. 그것을 쓴다. 기록되어 비로소 존재하는 즐거운 거짓말을 쓴다. 지구의 유일한 여러분께 힘껏 닿기를 바라는 마음으로.

작가의 말

미래를 상상하면서도 줄곧 과거를 돌아보는 습관이 있다. 이전에 했던 말, 행동, 표정, 숨결 하나까지 되짚고 후회하곤 했다.

내 안에 존재하는 지구를 꺼내 들었을 때 문득 앞을 바라보게 되었다. 좁은 마음에, 숲에, 세상에 갇혀 있던 희나가 다시 자신의 궤도에 올라탔듯이 소설을 읽어주신 분들도 언제든 앞을 바라볼 수 있기를 바란다. 그리고 기묘한 이탈의 순간에 우리가 서로 마주 볼 수 있기를.

「지구의 지구」는 올해 5월에 쓴 글이다. 당시 일기장에 봄의 끝물, 여름의 초입, 이라는 말을 써두었다. 꽃이 지고 푸른 잎이 시야에 펼쳐지는 시기였다.

지구의 숲은 그 시기의 향기를 담고 있다. 이 소설을 언제 펼치든 따스함이 흩어지는 지구의 시간이 떠오른다면 기쁠 것 같다.

이 글을 좋게 봐주신 모든 분들에게 감사의 인사를 전하고 싶다. 내 마음에서 나온 글이 누군가의 마음에 닿았다면 그것으로 만족한다.

SF는 그 자체로 미래다. 그리고 현재의 나는 미래를 상상하면서도 여전히 과거를 돌아볼 것이다.

아름다운 지구에서 영원히, 지겹도록 영원히 행복하시기를 바라며.

우수상

데드, 스투키

이서도

• QR 코드를 통해 「데드, 스투키」의 오디오 콘텐츠를 밀리의 서재에서 감상하실 수 있습니다.

"저번에 데려갔던 거, 또 죽었어요?"

"금방 죽어버리네요."

세연은 2주 만에 다시 꽃 가게에 들렀다. 구불거리는 긴 웨이브 머리에 핑크빛 꽃문양이 박힌 카디건을 걸친 가게 주인은 세연 또래처럼 보였다. 말하면 마치 꽃향기가 날 듯한, 사근사근한 그는 세연이 죽여버린 식물이 마치 자신의 아이라도 되는 것처럼 속상함을 토하며 물었다.

"이 아이는 잘 자랄 거예요. 스투키."

세연은 제 웃통만 한 화분을 끌어안았다. 삐죽거리며 솟은 초록빛 잎들이 얼굴을 반쯤 가렸다. 세연은 그대로 걸어 나가려다 멈칫한 채 화분을 옆 테이블에 두었다.

"아, 계산은 괜찮아요. 다음번에 오시면 같이 해주세요. 안 오신다면 저 아이가 잘 자라고 있다는 뜻일 테니, 그걸로 충분해요."

세연은 그간 집으로 데려간 식물들의 수를 헤아렸다. 보편적으로 키운다는 선인장, 다육이부터 바질, 페퍼민트 그리고 기억도 나지 않는 어려운 이름의 식물들까지, 수없이 많았으며 죄다 죽어버렸다. 길어봤자 한 달이었고, 짧으면 이틀이나 사흘 안에 죽어버렸다.

내가 문제인 걸까?

세연은 숱한 고민 끝에 죽어가고 있는 선인장을 꽃 가게로 다시 가져갔었다. 길어야 사흘 정도 살 것처럼 보이던, 메말라 갈색이 되어가던 선인장은 그곳에서 한 달도 넘게 살았다. 다시 살아난 것 같던 선인장은 집으로 돌아온 다음 날에 죽었다.

내가 문제구나.

세연은 깨달았다.

비밀번호를 누르고 낑낑대며 집 안으로 들어왔다. 햇볕이 잘 드는, 창문 바로 앞에 스투키를 두었다. 너는 오래 살아줘. 세연은 자신도 믿지 못할 주문 같은 말을 햇볕에 물들어 반짝거리는 잎들을 향해 중얼거렸다.

산을 깎아 세운 학교는 꽤 넓었고, 높았다. 그중에서도 화요일 오후 2시에 시작하는 강의는 학교에서 가장 높은 곳에 새로 세운 건물 3층에서 진행됐다. 인간과 죽음. 세연은 철학에는 전혀 관심이 없었다. 수강신청 기간을 잊고 지내다 동기들의 단체 채팅방이 활발해진 것을 보고 뒤늦게야 사이트에 접속했다. 인기 있는 강의들은 마감된 지 오래였고, 그나마 남은 것 중에 흥미로워 보이는 이름을 가진 강의를 신청했다.

강의 시작 10분 전, 새 페인트 냄새가 여전히 남아 있는 곳에 도착했다. 세연은 맨 뒷자리에 앉아 승우에게 짧은 메시지를 남겼다.

– 오늘도 늦어?

하나, 둘 요란한 빛깔의 옷과 머리색을 한 학생들이 자리를 채우기 시작했다. 흰머리와 대비되는 검은 정장을 입은 교수님이 들어와 칠판에 커다랗게 1124라는 숫자를 적었다.

– 빨리

– 1124

다시 메시지를 보내고 칠판을 바라봤다. 철학 강의인 줄 알았던 '인간과 죽음'은 의외로 과학에 대한 강의였다. 덧셈, 뺄셈만 할 줄 알면 돼. 세연의 엄마는 종종 그런 말을 하곤 했다. 어릴 때부터 엄마 말이라면 철석같이 믿었던 터라 수학이라면, 수학이 떨어질 수 없는 과학이라면 몰라도 된다는 올곧은 믿음이 있었다. 고등학교는 단연 문과였고, 성적에 맞추어 진학한 탓에 관심도 없는 심리학과에 왔다. 그렇기에 3월의 첫 화요일 2시 수업은 그야말로 경악 그 자체였다. 허블이며, 쿼크며, 생전 들어보지도 못한 단어들의 향연에 세연은 정신이 어질했다.

"번호 고마워."

"너 언제까지 늦을래."

승우는 미꾸라지 같았다. 눈 뜨면 나타났다가 눈 감으면 다시 사라지는. 항상 바빴다. 물리학과를 다니는 승우는 오로지 점수가 중요했다. 높은 학점을 위해서 강의는 흥미보단 전공과 비슷한 것을 선택했다. 물리학이 전공이라 인간과 죽음, 이 대단히 과학적인 강의는 쉬워 보인다고 했다.

흠, 흠. 속닥거리는 소리에 눈치를 주듯 어색한 기침을 내뱉는 교수의 모습에 세연과 승우는 서로를 바라보며 쿡쿡거렸다.

강의가 끝나자 승우는 곧장 가방을 챙겼다. 카페로 와. 커피 만들어줄게. 말을 내뱉자마자 무엇이 그리 급한지 강의실을 뛰쳐나갔다. 화요일 강의는 오로지 '인간과 죽음'뿐인 세연도 가방을 챙겨 승우가 있는 카페로 걸음을 옮겼다.

승우는 인사할 틈도 없어 보일 정도로 바빴다. 강의가 끝난 모든 학생이 이 카페로 모이는 건가 싶을 정도로 자리 대부분은 노트북을 앞에 둔 학생들이 점령하고 있었고, 카운터 앞은 테이크아웃을 하려는 손님으로 북적였다. 세연은 그런 승우를 방해하고 싶지 않아 발길을 돌리려다가 '세연!' 하고 자신을 부르는 소리를 들었다. 승우가 입을 크게 벌려가며 '기다려'라고 소리 없이 외치고 있었다.

세연은 두리번대다 딱 한 자리 남은 창가에 앉았다. 6월의 오후 5시 반의 햇볕이 창을 뚫고 들어왔다. 승우는 제일 커다란 유리컵에 얼음을 잔뜩 담고 에스프레소 샷 두 잔과 우유를 가득 부었다. 김이 하얗게 서린 컵을 세연에게 가져다주며 승우가 말했다.

"기다려줘. 같이 가자."

승우는 고시원에 살았고 세연은 작은 방이 두 개 딸린 복도식 아파트에 살았다. 세연의 아파트는 여느 가정집과는 조금 달랐다. 거실에 흔히 있을 법한 TV와 소파, 테이블 같은 건 전혀 찾아볼 수 없었고, 화장대 하나만 덩그러니 놓여 있었다. 있어야 할 게 없는 그 공간은 실제 평수보다 넓어 보였으며, 세연과 승우 두 사람이 종종 대자로 누워 있는 공간이기도 했다.

"또 죽은 거야?"

베란다로 옮긴 화분 하나와 창문 앞에 새로 들인 식물을 보며 승우가 말했다. 베란다는 화분으로 가득했다. 모조리 죽은 식물이 담긴 채였다. 이제는 발 디딜 틈 없이 식물에게 내어준, 그곳은 죽은 공간이었다.

"시간이 빨리 가서 그래."

죽은 식물들의 잎을 만지며 승우는 종종 알 수 없는 말을 했다. 무슨 말이야? 세연은 몇 차례 물어봤지만, 이어지는 승우의 말은 이해하기 힘들었다. 아인슈타인이니 뭐니 하는 재미없는 이야기를 늘어놓는 그를 보며 '대단한 물리학자 납셨네'라며 비아냥대기도 했다. 그때도 승우는 두 눈을 진지하게 반짝였다.

"진짜야. 시간이 달라. 느려서 빨라."

문득 그의 눈에 진실이 담겨 있다고 느끼기도 했다. 세연은 그의 말갛고 순수한 눈이 자신을 뚫어지게 쳐다볼 때마다 마음속에 존재하는 비릿한 생각을 떨쳐내고자 했다. 그러나 도무지 이해할 수 없는 말이었다. 느려서 빠르다니, 소리 없는 아우성, 뭐 이런 비유인 건가? 세연은 생각했다.

여느 때처럼 승우는 저녁도 먹지 않은 채 거실에 누웠다. 그러다 무엇인가 생각났는지, 곧장 몸을 일으켜 옆에 둔 가방으로 손을 뻗었다. 부스럭대며 꺼낸 것은 포장지로 싼 빨간 장미 두 송이였다. 세연은 자연스럽게 받아 들었다.

"내일이면 시들 텐데."

"그래도. 꽃을 보면 지나치기가 힘들어서."

세연은 주방으로 가 물병에 물을 가득 받았다.

승우를 처음 알게 된 건 중학교에 진학하고 나서였다. 1학년 3반. 이세연, 이승우. 번호가 바로 앞뒤여서 짝이 되었다. 자주 보니 친해졌고, 자주 보니 닮아갔다. 이상하게 행복보단 불행이 더 닮아갔다. 세연은 쉽게 우울해했고, 승우는 쉽게 슬퍼했다.

승우의 엄마는 자주 아팠기에 집안은 항상 쪼들렸다. 그런 탓에 승우는 학교가 끝나면 집이나 학원에 가는 대신 식당, 주차장 같은 곳에서 일을 했다. 근로계약서를 쓰지 못하는 경우가 다반사였고, 운이 나쁘면 돈을 받지 못하기도 했다. 그럴 때마다 승우는 슬퍼했다. 의사가 되겠다고, 의사가 돼서 돈을 많이 벌겠다고, 내가 엄마를 치료하겠다고 말하는 승우의 얼굴에 하얀 미소가 머물기도 했다. 그러나 희망은 희미하고 멀리 있다. 쫓아 달려가다 보면, 어디론가 사라져 보이지 않는다. 희망은 불행을 가속화한다. 승우의 엄마는 오랜 지병으로 죽었다.

고등학교 2학년 때였다. 세연은 소식을 듣자마자 장례식에 찾아갔다. 가뜩이나 하얗고 마른 승우는 그 안에서 모든 눈물을 쏟아낸 듯 더 새하얬고 메말라 있었다. 위태로움. 그것을 보았다. 세연은 가방에서 장미 한 송이를 꺼냈다. 노란 잎을 가진 장미를 손에 들자 주변에선 수군거리는 소리를 냈다. 그 소리에 승우도 뒤를 돌아봤다. 노란 장미. 샛노란, 장미. 손에 쥔 꽃. 세연의 얼굴. 몇 번이고 번갈아 쳐다보더니 그대로 달려가 세연을 안았다. 빼빼 말라 더는 나오지 않을 것 같던 승우의 몸에서 다시 수많은 눈물이 쏟아졌다. 있는 그대로, 엉엉 울었다. 고마워인지, 미쳤어인지, 분간되지 않는 말을 웅얼대며 세연의 어깨에 고개를 파묻고 울었다.

“어떻게 알았어?”

중학교 1학년 이후로 사라져버린 가느다란 목소리였다. 목이 메어 제대로 나오지 않는 소리를 큼큼대며 억지로 끌어모아 물었다.

“항상 있었어. 노란 장미가. 네가 산 거지?”

벽에 기대앉아 발을 쭉 뻗은 세연의 다리를 베고 누운 승우는 고개를 끄덕였다. 그런 승우의 머리카락을 세연은 한 올, 한 올 손으로 만졌다.

"아주머니 병실 꽃병에 있던 게 생각났어."

"엄마는 장미를 좋아했어. 특히 노란색을."

승우는 고개를 돌려 세연의 눈을 바라봤다. 지우지 못한 눈물들이 백열등에 비쳐 반짝였다. 눈동자에 세연이 비쳤다. 세연의 눈도 승우와 닮아갔다. 우린 닮았으니까. 입버릇처럼 하던 말은 현실이 되었다.

수업 시간 도중에 담임 선생님이 들어온 것은 이례적인 일이었다. 담임 선생님은 문에 몸을 반쯤 걸친 채로 문학 선생님을 불렀다. 둘은 나간 지 10여 초 만에 들어왔고 담임 선생님은 세연을 불렀다.

우린 닮았으니까.

승우의 목소리가 들리는 것 같았다. 영원히 그치지 않을 메아리처럼, 귓가에 벌이 날아다니듯 웅웅거리는 소리가 그치지 않았다.

닮았으니까 불행한 거야.

불행은 비슷한 걸 보면 들러붙게 돼.

그날 담임 선생님의 말은 무시하고 싶은 소음 같았다. 집중을 할 수 없었다. 세연의 눈에 보인 건 허둥대는 몸짓과 안쓰럽다는 듯 쳐다보는 표정. 그 정도였다. 뭐라고 했는지 기억은 잘 나지 않았지만, 정신을 차려보니 병원에 와 있었다.

몇 시간이 지나 흰 가운을 입은 사람이 고개를 양옆으로 흔들며 세연에게 무어라 말했다. 세연은 또 알아듣지 못했다. 눈앞에 보이는 하얀 천을 덮어쓰고 있는 무언가, 낯익은 하얀 두 발이 튀어나온 무언가가, 궁금하지 않았다.

"이건 이름이 뭐래?"

아침에 사온 초록빛 식물을 가리키며 승우가 물었다. 스투키, 스투키래.

스, 투, 키. 스투, 키.

승우의 입에서 왠지 낯선 듯 투박한 발음이 튕겨 나왔다.

"물 자주 안 줘도 된대."

스투키는 정확히 일주일 뒤에 죽었다.

이 집에서 가장 오래 산 건 나야.

아니 엄마야.

그렇지만 엄마도 죽었어.

이 집에서 가장 오래 산 건 엄마가 될까, 내가 될까.

내 옆에 있는 건 모조리 죽어버려.

세연은 쉽게 우울해했다. 화분이 하나씩 죽을 때마다 자신의 손을 거치는 것은 죽어버린다는 생각을 지울 수 없었다. 승우가 걱정됐다. 자신의 곁에 붙어서 떨어지려 하지 않는 그 아이를, 죽음으로부터 멀리 보내고 싶었다.

"너희 집은 시간이 빠르게 흘러. 그냥 그것뿐이야. 난 빠른 게 좋아. 그러니까 자주 올 거야. 밀어내지 말아줘."

승우의 말은 언제나 이해하기 힘들었다.

–우리 그만하자.

세연은 경우가 보낸 메시지를 보았다. 왜 우리가 그만해? 메시지를 이어가려다 화면을 꾹꾹 눌러 검은 글자를 지우고 새하얀 화면으로 두었다. 결말에는 그럴듯한 이유를 붙이는 법이다. 마지막 모습으로 한 면만을 비추지 않기 위해, 이기적인 이유를 감추기 위해. 경우를 이기적인 사람으로 남기고 싶었다. 이유를 들을 기회를 잘라냈다. 왜냐고 물어봤다면, 그럴듯한 말들을 늘어놨을 테니까.

세연은 끊임없이 누군가를 만났다. 엄마가 죽은 뒤로 텅 비어버린 공간을 채워나가려 옆자리에 누군가를 비치해두었다. 셀 수 없을 만큼 만났고, 헤어졌다. 누구를 만났는지 그 이름조차 기억 속에서 흩어졌다. 경우의 이름도 조각난 채 기억 속 어딘가를 부유하겠지.

그들은 저마다의 이유로 세연에게 이별을 고했다. 너와 연애를 하는 것 같지 않다, 너랑 있으면 우울해진다는 등 세연을 깎아내리며 이별에 정당성을 부여했다. 헤어짐의 모든 이유는 세연을 겨냥했다. 온갖 이유에도 공통점은 존재했다. 승우. 너랑 사귀는 건지, 이승우랑 사귀는 건지 모르겠다. 세연을 거쳐 간 이들은 똑같은 말을 했다. 그들은 승우의 존재를 불편해했다. 마치 세연과 승우 사이에 낀 불청객처럼, 자신의 위치를 낯설어했다.

"그 애랑 헤어졌지?"

편의점에 들러 네 캔에 만 원 하는 맥주를 사서 집 앞 놀이터 벤치에 앉았다. 아이들이 있어야 할 곳은 비어 있었다. 빈 미끄럼틀과 그네. 아이들은 차가운 철제 구조물을 벗어나 어디로 갔을까. 나무로 된 책상 앞에 앉아 있을까. 아이들의 웃음소리를 그리워하던 찰나, 승우가 물었다. 승우는 눈치가 빨랐다. 가끔 세연보다 세연의 사정을 잘 알고 있다는 생각이 들곤 했다.

"어제. 헤어지자고 하더라."

"나 때문일까."

"신경 쓰지 마."

세연은 스스로를 향한 책망이 담긴 말을 뱉는 승우를 보며 말했다. 목구멍을 넘어가는 따끔한 탄산이 제 이별의 슬픔만큼 아팠다. 그만큼 신경 쓰이지 않을 정도였으니까. 세연은 따끔거리는 잠깐의 아픔에 중독된 것처럼 계속해서 마셨다. 탄산이 다시 목을 타고 흘러내렸다.

세연은 승우를 친구라고 정의했다. 스쳐 지나갔던 이들처럼 어긋남이 없길 바랐다. 두 사람의 세계가 평행선을 달리며 서로를 마주할 수 있도록, 인사가 닿는 거리에서 존재하길 바랐다.

세연은 엄마가 죽은 뒤 종착지를 잃어버렸다. 집은 외로운 공간이 되었다. 적막이 귀를 파고들었다. 적막의 존재를 감추려고 승우를 곁에 두었다. 승우의 소리, 승우의 몸짓, 승우의 모든 것이 공간을 채워갔다. 고등학생 때는 사귀는 사이라며 놀림을 받았다. 대학생이 되자 세연은 걸레니, 창녀니, 자극적인 소문의 주인공이 되어 있었다.

"승우랑 사귀는 사이 아니야."

둘 사이에 대해 넌지시 물어보는 동기에게 세연은 말했다. 진실은 때로 해명이 되며, 해명은 귀를 열지 않은 사람들에게 들리지 않는다. 세연은 들리지 않을 말을 반복했다.

"맞아. 우리 친구야."

없는 줄 알았는데, 어느새 미꾸라지처럼 들어온 승우는 세연과 동기 사이에 서서 말했다. 세연은 사실이라며, 무해한 미소를 짓는 승우를 바라봤다. 하얀 티셔츠에 하얀 얼굴. 어쩐지 하얀색과 상반되는 파란 미소를 바라보기 힘들어 몸을 돌려 외면했다.

"너도 연애 좀 해."

세연은 승우를 타박하듯 말했다. 둘밖에 없는 공간에서 승우는 양옆으로 고개를 돌려 누군가를 찾는 행동을 했다. 그러다 손가락으로 자신을 가리키며 '나?' 하고 입 모양으로 묻더니 두 눈을 동그랗게 떴다.

"그래. 너, 바보야."

승우는 남아 있던 맥주를 한입에 모두 털어 넣었다. 그리고 한 손으로 빈 캔을 찌그러트렸다. 캔이 찌그러지며 내는 소리가 잠깐의 공백을 채웠다.

"나 바쁘잖아. 연애는 무슨."

그 말에 세연은 마음 어딘가가 놓이는 것 같았다. 승우라는 존재가 손이 닿을 거리에 있길 바랐다. 끊어지지 않도록. 줄을 놓지 않도록. 세연은 마음에도 없는, 나를 끊어내라는 말을 승우에게 했지만, 승우는 가려진 부분을 들여다보는 사람이었다.

다음 날 밤에 승우가 문을 두드렸다. 한 손에는 기다란 상자가 들려 있었다. 세연은 문을 열고 상자를 건네받았다.

"경우라고 했지?"

건네받은 상자 속에서 미세한 움직임이 느껴졌다. 어둠 속에서, 빛을 잃고 두리번거리는 작은 움직임.

"그거, 경우."

세연이 연인과 이별을 할 때면 승우는 늘 밤에 찾아왔다. 흔한 위로, 술을 마시고 더 좋은 사람 만날 거라며, 듣기 좋은 말을 꺼내놓지 않았다. 꼭 다른 생명체를 손에 들고 왔다. 이번엔 햄스터. 노란 털이 온몸을 덮고 있는 엄지손가락만 한 아이였다. 승우는 그 햄스터를 경우라고 불렀다.

"경우야, 밥 먹자."

세연이 처음으로 연인과 헤어졌을 때, 승우가 문을 두드렸다. 한 손에 든 투명한 비닐봉지 속에 금붕어 한 마리가 뻐끔거리고 있었다. 마땅한 수조가 없어서 1.5리터 생수병을 반으로 잘라 금붕어가 헤엄칠 공간을 마련했다. 주황색 물결을 가르는 금붕어를 본 승우가 "재형이 기분이 좋나 봐"라고 말했다. 세연은 순간 온몸의 털이 삐죽 서는 기분이었다.

"걔가 왜 재형이야."

"내가 정했어. 얘 이름은 재형이야."

세연은 처음으로 승우에게 화를 냈었다. 당장 가지고 가라고. 저 금붕어 왜 가지고 왔냐고. 지금 나 놀리는 거냐고. 승우의 눈을 마주하며 소리쳤다. 얼굴이 벌겋게 달아올랐고 승우의 모습은 번져 보였다.

"재형이 죽었다."

재형이란 이름의 금붕어는 세 달을 살았다. 플라스틱 어항에서 하얀 배를 뒤집은 채 둥둥 떠다니는 재형을 보며 승우는 아무 일 아니라는 듯 말했다. 그동안 알고 지냈던 승우는 누구였을까. 지금 앞에 있는 승우는 누구일까. 세연은 승우가 그간 알았던 사람처럼 느껴지지 않았다. 먼 곳에서, 승우의 얼굴을 하고, 승우인 척 연기하는 외계인 같았다.

둘은 찰랑거리는 물결에 이리저리 떠다니는 재형을 들고 놀이터 뒤편에 작게 만들어진 화단으로 갔다. 보랏빛 코스모스 옆을 팠다. 모종삽으로 흙을 한 차례 파내자 작은 구멍이 만들어졌다. 승우는 물 위의 재형을 손으로 건졌다. 미끌거리는 비늘들이 그대로 느껴질 텐데. 한 손에 재형을 쥔 승우의 표정은 그대로였지만, 세연은 마치 자기가 쥔 듯, 연신 얼굴을 찡그렸다.

얕게 판 구덩이에 재형을 놓았다. 세 달 동안 반짝거리던 비늘은 흙 위에서 빛을 잃었다. 허공을 좇는 눈동자와 벌어진 입. 세연은 재형의 마지막 순간을 보지 못한 채 눈을 감았다.

"다 끝났어."

승우가 옆에 쪼그려 앉아 눈을 질끈 감고 있는 세연에게 말했다. 구덩이 속 재형은 사라지고 그 위로 오목하게 흙이 덮였다. 승우는 일어나 화단 근처를 걸었다. 그러다 허리를 숙여 나뭇가지 하나를 주웠다.

"여긴 재형이 무덤이야."

솟아오른 흙더미 위에 나뭇가지를 꽂았다. 그리고 가방에서 포스트잇과 펜을 꺼내 '박재형'이라는 글자를 쓴 후 나뭇가지 위에 붙였다.

재형은 죽었고,

재형과 끝났다.

다음 날 재형의 무덤이 생각났다. 집 밖으로 나가 코스모스 옆으로 다가갔다. 어제 승우 옆에 쪼그려 앉아 작은 의식을 치렀던 일이 생각났다. 속이 매슥거렸다. 어제처럼 근처에 쪼그려 앉았다. 꽂아두었던 나뭇가지는 옆으로 쓰러진 채였고 그 위에 붙인 '박재형'이란 글자가 담긴 포스트잇은 너덜너덜해져 있었다. 그리고 무덤은 파헤쳐졌다. 재형도 사라지고 없었다.

대체 누가.

세연은 일어나 뒤를 돌았다.

대체 누가.

지나온 길을 걸었다.

대체 누가.

저 멀리 움직이는 무언가가 보였다. 음식물 쓰레기가 담긴 통을 발로 툭툭 건드리는 검은 털의 고양이가 보였다.

너구나. 네가 재형을 먹었구나.

세연은 재형의 마지막 순간을 짐작할 수 있었다. 이상한 기분이었다. 누군가와의 이별은 기준이 모호했다. 언제부터 우리가 헤어지는 걸까. 상대방이 이별을 고한 순간, 스스로 이별을 받아들이는 순간. 언제가 명확한 이별일까. 재형이 사라진 순간, 마침표를 두 눈으로 본 듯했다. 승우가 펜을 가져왔고, 언제인지 모르지만 찍힌 마침표를 세연은 바라봤다.

끝났다.

비로소 마무리를 지었다.

세연은 생각했다.

여러 번의 이별을 했다. 승우는 그때마다 문을 두드렸다. 한밤중에, 한 손에는 움직이는 무언가를 들고.

이 공간에서 죽어나간 생명체는 셀 수 없었다. 햄스터, 고슴도치, 토끼, 다양한 열대어들……. 그런 승우를 이해할 수 없었다.

그러다 세연은 승우를 기다렸다.

이별의 순간 승우가 생각났다. 아니, 승우가 데려올 생명체를 기다렸다. 생명체에게 붙여질 이름을 기다렸고, 그들의 죽음을 기다렸다.

수많은 죽음과 거기에 붙은 이름은 기억나지 않았다. 처음과 끝. 세연은 그것만 기억했다. 끝은 바랬다. 바래지면 새로운 끝을 달아야 했다.

"경우는 언제 죽을까."

세연은 해바라기씨 하나를 꺼내 햄스터 얼굴 앞에 갖다 대는 승우를 향해 말했다. 햄스터는 자기 얼굴만 한 해바라기씨를 승우의 손에서 뺏으려고 두 손과 입을 동시에 움직였다.

"금방, 잊고 지내면 죽어 있을 거야."

승우는 봉지를 부스럭대며 해바라기씨 하나를 더 꺼내고 있었다.

세연은 강의가 끝나고 해가 내리쬐는 언덕을 내려갔다. 관심이 없는 전공 강의는 지루했다. 강의 시간 내내 칠판을 한 번 흘긋거리고 책상에 놓인 화면을 바라봤다.

– 오늘은 바쁘네. 나 기다리지 마.

강의 중간에 승우의 문자를 받았다. 그냥 집에 가야겠다고 생각하다가 승우가 놓고 간 이어폰을 챙겨 왔다는 사실이 떠올랐다. 카페에 들러 바쁘면 카운터에 맡기고 와야겠다. 세연은 강의가 끝나길 기다렸다.

카페는 승우 말대로 분주했다. 승우는 세연이 왔다는 사실도 모른 채 커피를 만들고 있었다. 이어폰 맡겨야지. 집으로 가는 길에 승우가 외로운 시간을 보낼까 걱정되어 가방 속을 뒤졌다. 이어폰을 집어 들고 승우의 얼굴을 봤다.

웃고 있었다.

다른 직원의 어깨에 손을 올리고, 그 직원은 승우의 등을 두어 번 토닥이고, 둘 사이가 스치는 모습이 보였다.

그 얼굴이 행복해 보여서, 세상의 슬픔을 등진 것 같아서, 세연은 문을 열고 나와 세상 속으로 다시 돌아갔다.

집으로 가려던 발걸음을 옮겨 꽃 가게에 들렀다. 청명한 종소리와 함께 가게 안으로 들어가자 하늘색 카디건을 입은 주인이 세연을 반겼다.

"또 오셨네요. 스투키가 죽었나 봐요."

여전히 사근사근한 말투로 이미 죽은 식물을 걱정했다. 죽은 것을 위로해봐야 무슨 소용일까, 그들은 듣지 못할 텐데. 세연은 생각했다.

"스투키 하나 더 살게요. 저번에 주셨던 것까지 계산해서요."

"아니에요. 저번 아이는 그냥 드릴게요."

세연은 여자의 호의를 받아들이기로 했다.

"그러니까 이번 아이는 잘 키워주세요."

어쩐지 세연은 그 말을 지키지 못할 것만 같았다. 금방 죽어버릴 거라고, 자주 올 것만 같다고, 여자가 들으면 슬퍼할 말을 삼켰다.

집으로 걸음을 옮기며 기억 속에 박힌 세 글자를 떠올렸다.

'강유현.'

승우 옆에 있던 직원의 가슴에 붙은 네모난 명찰 속 세 글자. 그 세 글자를 새로 산 스투키의 이름으로 붙이기로 했다.

"유현, 죽었네."

새로 데려온 스투키는 일주일 만에 죽었다. 예상대로.

"방금 뭐라 그랬어?"

세연의 뒤로 다가온 승우가 물었다. 뭐라 했더라. 유현, 유현이라 했던가.

"유현. 이거 이름 유현이야."

"그 이름, 누구야."

"너랑 같이 일하던 사람."

승우의 눈빛에 실망이 서렸다. 왜, 대체 왜, 무언의 눈빛은 세연에게 무수한 질문을 쏟아냈다. 세연은 그 질문에 대답할 수 없었다. 왜. 자신이 스투키를 샀는지. 대체 왜. 스투키에 그 여자의 이름을 붙였는지. 자신에게 질문해보았지만 알 수 없었다. 엉켜버린 실뭉치의 끝을 찾아 헤매는 기분이었다.

승우는 연락하지 않았다. 강의실에서 마주한 승우는 세연의 시선을 피한 채 멀리 떨어져 앉았다. 우리의 결말은 이런 식으로 끝나는구나. 세연은 승우의 뒷모습을 바라봤다.

2주 동안 승우의 소식은 강의실에서 보는 뒷모습이 다였다. 학교와 집. 승우가 삶에서 떨어져나가니 동선이 단순화되었다. 승우가 뿌리는 여러 색채가 사라지자 세상은 단조로운 무채색이 되었다. 전처럼 누군가를 만나야 할까 싶었지만, 그마저도 노력하고 싶지 않았다. 거실 바닥에 누워 있는 것. 세연의 삶 대부분은 그 공간에 존재했다.

쿵쿵. 누군가가 문을 두드렸다. 누구일까. 없는 척하면 가겠지. 세연은 문밖의 진동을 무시했다. 그러다 소리가 잦아들고, 이질적인 기계음이 들렸다. 번호키를 누르는 소리였다. 승우일까. 세연은 불도 켜지 않은 어둠 속에서 몸을 일으킬 힘도 잃은 채 그저 운명을 받아들이는, 체념에 가까운 모습을 하고 있었다.

어느새 소리는 가까워졌다. 발걸음이 세연의 머리맡에서 멈췄다.

“이러고 있으면 안 돼.”

승우인가. 세연은 환청이 들리는 것 같았다. 승우는 나를 떠났는데, 왜 귓가에 익숙한 목소리가 파고드는 걸까.

“일어나자, 이제.”

누워 있던 세연의 몸이 일으켜져 앉은 자세가 됐다. 익숙한 목소리, 익숙한 향기, 익숙한 촉감. 승우, 너구나.

“나를 떠난 줄 알았어.”

세연의 어깨를 승우의 팔이 감쌌다. 승우의 품은 커다랗고 따뜻했다. 자신을 감싼 승우의 팔을 세연은 한 손으로 잡았다. 말랑거리는 촉감. 돌아왔구나. 네가. 세연은 수많은 자책을 자신에게 겨냥했다. 뚫려버린 과녁으로 차가운 바람이 들어왔다. 승우가 구멍을 메우기 전까지.

"놀라서 그랬어. 나 같아서. 내가 싫어하는 나를 닮아가는 것만 같아서."

닮았으니까. 네가 말했잖아. 우린 닮았다고.

"그 애 사고가 났어. 다행히 지금은 퇴원했고."

심장이 덜컹거렸다. 마치 저주가 통한 것 같았다. 자신이 스투키를 죽인 것도 아닌데, 그 아이의 운명이 스투키의 운명을 닮아가는 것만 같았다. 세연은 누군가가 떠올랐다.

"그러지 말자, 우리."

승우는 팔을 풀고 세연을 돌려 앉혔다. 두 사람은 마주했다. 2주 만에.

"그리고 움직여야 해."

세연은 알 수 없는 말에 고개를 끄덕였다.

죽은 스투키를 베란다에 놓았다. 나란히 놓인 죽은 식물들을 보았다. 세연이 죽인 것과 세연의 엄마가 죽인 것. 승우의 품에서 잊었던 사람이 떠올랐다. 엄마.

"그 아이는 나 때문에 그렇게 된 거야."

"아니야. 그런 거 아니야."

다시 과녁에 구멍이 뚫렸고, 그 틈으로 바람이 비집고 들어왔다.

엄마는 죽은 식물에 어떤 이름을 붙였을까. 엄마는, 문득 엄마는 자신의 이름을 붙였을지도 모른다는 생각을 했다. 그렇지 않았다면 그 일이 생기지 않았을 것이라는 확신이 들었다.

엄마는 이상한 곳에서 죽었다. 세연에게 한 번도 언급한 적이 없었고, 연고도 없을 곳에서. 차도 얼마 다니지 않는 한적한 곳이라고 했다. 이상했다. 그런 곳에서 교통사고를 당했다는 사실이. 이상해서 세연은 그곳을 찾아갔다. 찾아가 보니, 기묘했다. 엄마의 죽음은 분명 기묘한 일이었다. 시골, 비좁은 길에 차가 빠른 속도로 다니기 힘든 곳에서 치여 죽었다. 엄마는 직장을 다니는 사람이었다. 평일 오후 2시에, 그곳을 찾아가 마지막을 맞이했다는 사실이 참, 기묘했다.

엄마도 저주를 받은 걸까. 저주를 스스로 실현한 것일까. 유현의 사고 소식은 세연의 머릿속을 휘저었다.

“그 아이가 살아서 다행이야.”

정말로.

세연은 2주간 돌보지 못한 것이 생각났다.

“아, 경우.”

살아 있길, 숨 쉬고 있길, 작은 생명체가 삶의 끈을 이어가길. 간절히 바라며 세연은 톱밥 아래 감춰진 노란 털을 찾았다.

“살아 있을 거야.”

승우의 말에는 자신이 묻어났다. 2주간 밥을 주지 못했는데 살아 있을 리가. 세연은 톱밥 사이를 뒤지며 죽음을 마주하게 될 순간을 견뎌야 한다고 스스로에게 주문을 걸었다. 죽었을 거야. 죽었을 거야.

부스럭. 생명체의 작은 움직임. 숨소리. 느껴졌다. 세연은 그 자리에 주저앉았다. 살아 있어. 살아 있다고.

세연은 지퍼백을 열어 먹이를 한 움큼 쥐었다. 까슬까슬한 표면들이 2주간 쌓인 햄스터의 원망 같았다.

"살아 있는 거 어떻게 알았어?"

"데려온 날, 귀여워서 먹이를 엄청 주고 갔거든."

승우는 장난기 어린 얼굴로 피식거리는 웃음을 참으며 말했다. 익숙한 얼굴을 보는 것 같았다.

어느덧 햇빛에 닿은 피부가 금세 붉게 달아오르는 계절이 되었다. 마지막 시험을 앞두고 교수는 전체적인 정리를 한다고 했다. 승우 옆의 세연은 햇빛이 그대로 비치는 자리에서 고개를 여러 차례 떨어트렸다. 승우는 세연의 팔을 볼펜으로 쿡쿡 찔렀다.

'이따가 자리 바꿔줄게.'

승우는 자기 책상 위에 놓인 알록달록한 색깔로 필기된 프린트를 흘깃 본 뒤, 세연의 책상을 보았다. 오로지 검은색과 흰색. 아무런 고민의 흔적이 없이 펼쳐진 공백에 자그마하게 문구를 적었다.

'안 돼. 그 자리는 자는 거 보여.'

세연은 잠이 묻어 있는 눈꺼풀을 끔뻑이며 승우의 정갈한 글씨 아래 삐뚤거리는 모양을 만들어냈다.

'그만 자~'

승우는 커다랗게 하품을 하는 세연을 보며 소리 나지 않게 웃었다. 다시 쿡쿡. 비몽사몽 상태의 세연을 찔러 눈을 마주친 후, 엄지손가락으로 칠판을 가리켰다.

'저거 한번 들어봐.'

칠판에는 동그란 점 하나와 그 주위를 둘러싼 호선이 기다랗게 그려져 있었다.

"예, 그림을 보시면 점을 중심으로 선이 이어져 있죠. 점에 정지한 사람과 선을 빠르게 움직이는 사람. 두 사람이 같은 높이의 공간에 있다고 가정하고 천장으로 빛을 쏘아봅시다. 당연히 빛은 같은 속도로 움직이겠죠. 그러나 정지한 사람 입장에서 움직이는 사람을 바라봅시다. 놀랍게도 정지한 사람이 있는 천장에 빛이 닿는 동안, 움직이는 사람이 있는 공간의 천장에는 빛이 닿지 않았습니다. 어때요, 왜 이런지 알겠나요? 지난번에 설명했죠?"

세연에게는 아무런 기억이 없었다. 그도 그럴 것이 강의 시간에는 졸기 바빴고, 시험 기간에는 모조리 승우의 필기를 빌려 봤으니까. 그동안 승우는 세연에게 강의를 들으라고, 졸지 말라고 말한 적이 없었다. 처음, 대학 생활을 하며 처음으로 승우는 세연에게 칠판을 보라고 말했다. 칠판 속 그림과 교수가 하는 말들은 생소한 단어들뿐이었다. 상대성 이론. 아인슈타인. 일곱 살에 읽었던 위인전에서 등장할 법한 이야기들이었다.

'저게 무슨 말이야.'

똑같이 빛이 닿는 시간 속에서 점의 시간과 호의 시간이 다르다. 세연은 이해할 수 없었다. 같은 시간 속에서 누군가는 느리게 살고, 누군가는 빠르게 산다. 불공평하지 않나?

'너희 집은 점이야. 밖은 호를 그리고.'

승우는 그 아래에 덧붙여 사각거리는 소리를 냈다.

'우린 점 속에서 호를 그리자.'

세연은 진지한 표정의 승우를 바라봤다. 장난기가 사라진 얼굴은 말을 걸 수 없을 만큼 무거운 무언가가 내려앉은 듯 보였다. 나눠 들 수 있잖아. 혼자 짊어지려고 하는 건 뭐야. 그럴 때마다 세연은 마음에 들지 않았다.

'그래서 저거 시험 나온대?'

시험 기간의 승우는 빨리감기 버튼을 누른 것 같았다. 평소와 같이 아르바이트를 하고, 세연을 챙기고, 강의를 들으며 추가로 시험공부를 해야 했다. 누군가 태엽을 감은 것처럼 승우는 저절로 움직였다. 그의 삶에 순응했다. 받아들였다. 여러 번 감은 태엽은 늘어진다. 승우의 삶은 고장이 났다.

쿵쿵. 두 번의 노크 소리가 끝나면 승우는 알아서 비밀번호를 누르고 들어왔다. 삐삐삑. 잘못 눌렀구나. 다시 삐삐삑. 오류를 알리는 기계음이 세 번째 울리자 세연은 문을 열었다. 취했구나. 승우의 눈은 세연을 바라보지 않았다. 승우의 시선에 무엇이 보이는지. 빙글거리는 세상이 보이는 걸까. 세연은 그의 팔을 잡아끌었다. 의지가 없는 몸은 세연을 따라왔다. 세연아. 세연아. 몇 차례고 같은 말을 반복했다. 속상함을 견디지 못하는 날에, 승우는 술을 마셨다. 기억이 나지 않았으면 좋겠어. 그런 날들은. 승우의 말이 떠올랐다. 무엇이, 너의 머릿속을 괴롭힌 거니.

"나, 시험. 못 봤어."

세연을 와락 끌어안은 승우는 뚝뚝 끊기는 단어들을 문장화했다. 괜찮아. 세연은 그의 등을 토닥였다. 하고 싶은 말을 토해내라고. 가슴속에 머금어 그 안을 파고들게, 상처가 나지 않게 하라고.

"자다가, 일어났어. 시험, 못 갔어."

세연은 손짓을 멈췄다. 승우에게 시험이 어떤 의미인지 알기에. 뒤에 나올 말들을 알기에. 승우는 홀로 버티는 사람이었다. 등록금, 월세, 생활비. 모든 것을 스스로 충당했다. 승우에게 가족이 주고 간 것은 아무것도 없었다. 그 삶을 이겨내기 위해 쪼개진 시간 속에 살았다. 더 이상 쪼개지지 않을 때까지.

내 시간이 길었으면 좋겠어. 남들보다. 하루는 너무 짧잖아. 내가 살아가기에.

승우는 말버릇처럼 누구에게나 평등한 시간을 책망했다. 시간이 길었으면, 세연은 이상하다고 생각했다. 세연의 집은 시간이 빠르다면서, 이 공간을 계속해서 침범하는 이 아이가, 이해되지 않았다.

승우를 거실 한가운데 눕혔다. 걱정은 내일 다시 하자. 오늘 하는 걱정은 어차피 내일 잊어버릴 테니까. 기억하지 못할 승우의 귓가에 속삭였다. 아이를 달래듯, 누운 채 눈을 감고 있는 승우를 보니 그날, 어린 날의 소중한 것을 잃은 모습이 떠올랐다. 그때 승우가 뭐라고 했더라. 안개 속에 감춰진 듯 웅얼거리는 승우의 목소리가 들리지 않았다. 뭐라고 했었니. 그때.

반복되는 소리가 들렸다. 돌아가는 소리. 쉬지 않고 움직이는 소리가 들렸다. 해가 뜨려면 아직 멀었다. 캄캄한 밤이 지배한 시간, 세연은 자신을 괴롭히는 소리에 깼다.

소리가 멈췄다. 그러다 바스락거리는 소리가 났다.

너구나.

햄스터가 야행성이던가. 세연은 톱밥 속으로 기어들어 가는 한 마리의 햄스터를 보았다. 언제 설치했는지 케이지 안에는 쳇바퀴가 끼워져 있었다.

너희 집에 가야 해. 엄마를 보려면.

생각났다. 승우가 중얼거리며 하던 말. 안개 속에서 마주한 말. 또렷하게 귀를 타고 들렸다. 너는 대체. 무엇을 알고 있는 거야.

햄스터인가. 세연은 눈을 붙였지만, 혼란스러운 생각이 머릿속을 꼬았다. 풀기 위해, 시작점을 찾아 헤맸지만 긴 밤 내내 길을 잃어버렸다. 작은 소리가 증폭되어 들리는 밤이었다. 대부분은 쳇바퀴가 돌아가는 소리였다. 감은 눈 사이로 빛이 새어 들어오는 시간이 되자, 쳇바퀴 소리와는 다른 부스럭거리는 소리가 들렸다.

"언제부터 알았어?"

밤이 지나가는 동안 목이 잠겨 소리가 제대로 나오지 않았다.

"우리 집, 시간이 빠르게 흐르는 거."

정적이 둘 사이를 가로막았다. 세연은 대답을 재촉하지 않았다.

"생각났어. 네가 했던 말. 엄마를 보려고, 우리 집에 온다던."

세연은 대답을 기다렸다. 승우는 어스름 속에 서 있었다. 떠오르는 해를 바라보며.

"엄마한테 가기 전에 너희 집에 들렀었어. 장미 한 송이를 가방에 넣고. 그러고 병원에 갔는데 꽃이 다 시들어 있더라."

승우가 침묵을 깨고 말했다. 세연은 감은 눈 사이로 들어오는 빛을 막으려 손으로 그 위를 감쌌다. 아무것도 들어오지 못하도록. 서로가 보지 못하도록.

"전에는 꽃을 사면 곧장 병원으로 갔거든. 그 후로도 꽃을 사면 너희 집엔 들르지 않았어. 꽃이 바로 시들었던 건 그날 한 번뿐이었어."

감싼 손에 축축한 물기가 느껴졌다. 승우의 말에도 축축한 것이 묻어 나왔다. 햇살이 승우를 감싸고 있었지만, 주변은 물기가 서렸다.

"그때 알았어. 이곳은 시간이 빠르게 흐르는구나. 여기선 모든 게 죽어가는구나."

거실을 파고든 햇살에 떠다니는 먼지들이 보였다. 하나, 둘……. 움직이는 먼지를 셀 수 있을 만큼의 시간이 흘렀다.

"죽으려고 찾아오는 거야?"

빠르게 흐르던 시간이 멈추듯, 세연의 물음은 승우의 빨리감기 버튼을 누른 것 같았다. 멈춤. 그 버튼은 승우의 흩어진 생각들을 모아주었다.

"가끔은."

승우의 대답에 세연의 몸은 추위 속에서 버티듯, 떨었다. 지금의 온도를 이겨내듯. 손가의 축축함을 지닌 채. 승우는 끝나지 않은 말을 이어갔다.

"보통은, 살리려고. 너를."

지난밤, 술에 취한 것처럼 끊긴 단어들로 말했다.

시간이 빠르게 흐르는 곳. 그 말을 받아들이기로 했다. 세연은 승우를 이해하기로 했다. 자신을 살리려고 죽어가는 곳에 오는 승우를, 그 이해할 수 없는 행동을 이해하기로 했다. 날 어떻게 살리려는 거야. 그 말에 승우는 일어나야 해, 라고 자주 했던 말을 반복했다.

엄마는 수많은 식물을 키웠다.

그리고 모조리 죽었다.

왜 그랬을까.

엄마를 이해하려 애썼다.

자신은 왜 엄마를 따라 하고 있을까.

세연의 의문은 풀리지 않았다.

"분갈이하는 법 알려줄게."

"이건 죽었는데, 분갈이를 왜 해?"

"언젠가 할 일이 있을지도 모르잖아."

문득 엄마도 시간의 흐름을 알고 있었을지 모른다는 생각이 들었다.

"엄마도 알았을까?"

"알았을 거야."

승우는 고민하지 않고 대답했다. 어느덧 해가 시선보다 높은 곳에 자리 잡았다. 눈이 부셔 두 눈으로 밖을 바라보기 힘들었다.

"어제는 죽으려고 온 거야?"

"그랬나 봐."

승우는 시선을 아래로 두고, 베란다에 놓인 죽은 식물들을 바라봤다. 생명력을 잃어 초록색이 사라진 채 가을빛을 머금은 아이들을.

"죽은 화분을 보면 내 결심이 무뎌져. 저 아이들은 살고 싶었을 수도 있는데, 움직이지 못해서 죽었어."

움직이면 살 수 있어. 승우의 말은 그렇게 들렸다. 세연에게도 끊임없이 움직이라고 말했다. 움직이는 건 살아간다.

엄마도 집에 있는 시간을 빼곡히 썼다. 식물에 물을 주고, 자라지도 않는 것들을 분갈이하고, 죽은 아이들을 봉지에 털어 넣고.

불필요한 일까지 채워 넣어 움직였다. 엄마는 죽음을 피하고 싶었던 걸까.

"엄마는 살아야 했어."

세연은 20리터짜리 노란색 봉투를 손에 들었다. 베란다로 걸어가 놓인 화분들을 바라봤다. 열 개, 스무 개쯤 세다가 멈췄다. 셀 필요가 없지, 다 버릴 건데. 발밑의 화분을 들었다. 노란색 봉투 속으로 흙과 갈색의 메마른 조각들이 쏟아졌다. 손이 더러워졌다. 20리터 봉투 하나로는 부족했다. 너를 살리려던 거야. 승우의 말이 떠올랐다.

세연과 승우는 거실에 누웠다. 움직여야 한다는 그 말을 무시하고, 누워 새하얀 천장을 바라봤다. 시간이 흐르는 소리를 들었다. 적막도 우리에게는 짧을까. 세연은 생각했다. 짧은 적막을 깨고 플라스틱이 움직이는 소리가 둔탁하게 들려왔다.

"이름이 뭐였더라."

"경우."

시끄럽게 돌아가는 소리에 승우는 물었다. 세연의 대답에 승우는 공간을 가득 채우며 웃었다. 아직도 기억하네. 그 이름을. 승우는 몸을 뒤집어 햄스터가 있는 곳으로 기어갔다. 경우는 승우의 시선에 아랑곳하지 않고 노란색 털을 휘날리며 결승점이 없는 레일을 달렸다.

"경우는 오래 살 거야. 어쩌면 우리보다도."

세연은 고개를 끄덕였다. 승우는 진지해지려나 싶다가 다시 웃음을 터트렸다. 경우, 경우. 세연도 팔다리를 대자로 뻗고 승우를 따라 웃었다. 내일부터는 움직이자. 빛이 우리를 따라잡지 못하도록. 경우는 빛이 닿을 수 없는 곳으로 달릴 거야. 빛이 마주한 공간에 웃음이 닿았다.

"스투키를 다시 사야겠다."

"나는 장미."

세연은 꽃 가게에 들어간 자신을 생각했다. 커다란 화분을 낑낑대며 들고 오는 자신을 보았다. 햇볕이 내려오는 공간에 화분을 두는 모습을 그렸다. 그 옆에 승우가 산 장미 한 송이가 꽂힌 물병을 보았다. 어차피 죽을 두 잎을 바라봤다. 그럼에도 사야 하는 운명을 생각했다. 끊임없이 사고, 끊임없이 죽는, 그 굴레를 벗어날 수 없음을 깨달았다. 점원이 자신에게 팔지 않겠다고 하면 어쩌지, 하는 고민이 들었다. 승우를 대신 보내야지. 세연은 생각했다. 승우에게도 팔지 않으면 어쩌지. 화단 옆의 잡초라도 데려와야지. 살아 있는 거면 충분하지. 세연은 고민을 마쳤다. 귓가에는 경우가 굴리는 쳇바퀴 소리가 들렸다.

〈이서도〉 2022년 SF오디오스토리어워즈에서 「데드, 스투키」로 우수상을 받으며 작품 활동을 시작했다.
삶은 무엇으로도 규정할 수 없는 모호함 속에 있다고 생각하며, 뒤엉킨 순간을 쓰고자 한다.

작가의 말

어린 시절에, 대형마트에서 한 마리에 3000원 하는 햄스터를 친구에게 선물로 받은 적이 있었다. 나는 난감한 표정을 숨기지 못하며 긴 원통형 종이 상자 속 꿈틀거리는 햄스터를 손에 쥐었다. 내 난감함은 가족들의 몫이었고, 햄스터는 좁은 상자를 벗어나 커다란 플라스틱 상자로 옮겨졌다. 학교에서 돌아오면 상자 앞으로 다가가 시간 가는 줄 모른 채 구경을 했지만, 햄스터는 일주일도 되지 않아 죽었다.

글을 쓰기 전, 그 햄스터가 생각났다. 이제는 흙이 되어 누군가의 신발 밑창을 타고 세상 어딘가를 이루고 있을 햄스터를 떠올리자, 세연과 승우를 만날 수 있었다.

가끔 죽음을 생각하면 두려운 마음이 앞선다. 불투명한 두려움 속에서 살아가야 할 날들을 떠올린다는 것은 어렵기만 하다. 그래도 두 사람은 나보다 단단하고 용감하기에 죽음이 떠오르는 곳에서도 살아갈 것이다. 나는 그들의 삶이 불행을 짓이기면서 나아가길 바란다.

중학교 때 소설 쓰기 수행평가 이후 처음으로 소설을 써보았다. 완성된 소설은 SF의 변두리에 있을 법한 글이어서, 공모전에 제출할지 말지 고민했었다. 고민의 갈래 끝에서 제출을 선택한 과거의 나를 칭찬해주고 싶다. 이 글을 쓰며 이게 맞나, 하는 생각을 셀 수 없이 했었다. 그런 나를 향해 슬며시 고개를 끄덕이며 소중한 기회를 건네주신 다산북스와 밀리의 서재에 감사를 표한다.

마지막으로 미숙한 글을 읽어주신 모든 분께 감사를 전한다.

우수상

오래된 미래

이중세

• QR 코드를 통해 「오래된 미래」의 오디오 콘텐츠를
밀리의 서재에서 감상하실 수 있습니다.

저기 멀리 해가 비치는 곳에 나의 드높은 꿈이 있다.

나는 그 꿈이 인도하는 곳을 따라갈 수 있다.

–**루이자 메이 올컷**

에이브러햄(Abraham)은 꿈을 꾼다.

구겨지는 침대 시트에 노인의 고통스러운 땀이 배기 시작했다.

꿈속에서, 널찍한 테라스에 앉은 그는 곤두박질치는 거대한 별을 본다. 별은 도시를 향해, 그가 앉은 테라스를 향해 곧장 떨어지고 있다.

검푸른 구름에 휩싸인 별의 거대하고 둥근 측면과 충돌하면서 도시는, 유리처럼 부서지고 으깨지고 문드러진다. 그리고 별 안에서 들끓던 검은 불꽃이 깨진 표면 밖으로 맹렬하게 뿜어져 나온다. 사방으로 번져 나간 검은 불꽃은 달아나는 사람들을 집어삼키고, 톱니처럼 거칠게 내달려 아직 파괴되지 않은 도시의 강철 건물들을 어금니로 씹어대고, 수도관을 구부러뜨리며 호수를 증발시켜버린다.

저 멀리까지 치솟은 검은 불꽃을 에이브러햄은 고통스레 바라본다. 그의 꿈속은 검은 불꽃과 이지러진 도시의 광경으로 가득하다. 검은 불꽃은 꿈을 꾸는 에이브러햄의 두개골 안쪽을 그슬리게 만들고, 지친 늙은이는 고통을 느낀다. 축축한 매트리스 위에서 에이브러햄은 뒤척였다.

달아나야 해. 에이브러햄은 비명을 지르며 팔다리를 허우적거린다. 살이 타는 끔찍한 냄새가 사방에서 풍기고, 지글거리며 타오른 지방 때문에 에이브러햄의 입술은 끈끈해진다. 그리고 검은 불꽃이 에이브러햄에게도 옮겨 붙는다. 타오르는 옷을 벗고 그는 뒷머리에 붙은 불꽃을 떨어내며 울부짖는다. 불에 닿은 손바닥 위로 순식간에 수포가 부풀어 오른다. 에이브러햄에게 들러붙은 검은 불꽃은 떨어지지 않는다. 도시 밖을 향해 그는 미친 듯이 뛴다. 달아나야 해! 이 꿈 밖으로! 불꽃이 미치지 않을 저 멀리로!

그러나 그는 결국 넘어진다. 비명을 지르는 에이브러햄을 검은 불꽃이 마저 삼킨다. 자신이 꾸는 꿈 안에서, 격렬하게 타오르는 꿈속에서 그는 불붙은 비명을 내지른다. 탁탁, 불꽃이 튀는 끔찍한 소리를 들으며 타오르는 그에게, 살갗이 타오르는 끈끈한 냄새를 맡는 가련한 에이브러햄에게, 누군가 다가온다. 그는 겁먹은 눈으로 뒤돌아본다. 에이브러햄은 속삭임을 듣는다.

때가 왔다.

밀랍 같은 얼굴을 지닌 그의 코는 우뚝 솟아 있고 녹색 눈동자는 묘하게 번쩍거린다. 에이브러햄이 비명을 지르며 버둥거린다. 매일 꾸는 똑같은 꿈은 무엇이며, 그때마다 만나게 되는 이 남자는 대체 누구인가.

너무 많이 꾸어서 익숙해져버린 꿈에서, 에이브러햄은 언제나처럼 간신히 깼다.

◆◆◆

사막이 보랏빛으로 물들었기 때문일까. 다그(Dag)의 얼굴은 비밀스럽고 어두워 보였다. 다그는 상수리나무 너머에서 떠오르는 두 개의 달을 지켜보는 중이었다. 언제 보아도 싫증 나지 않는 광경이었다. 달의 저 매끄러운 표면에 혀를 대면 서리한 달달함이 입 안 가득 퍼질 것만 같았다.

달이 높아지자 다그는 일어섰다. 따뜻한 모래에 배를 대고 있던 야피가 달려왔다. 목 아래를 긁어주자 개는 만족스럽다는 듯 그르렁거렸다. 다른 양치기들은 핵융합 전지로 움직이는 로봇견을 부렸지만, 다그는 먹여주고 돌봐줘야 하는 진짜 개를 좋아했다. 그는 야피를 먹이고 씻기고 돌보는 일들이 야피와 자기 사이에 보이지 않는 끈을 만들어준다고 여겼다. 셰르파(Sherpa)[1]에 짐을 싣고 다그는 길을 나섰다. 다음 초지(草地)까지 가려면 시간이 빠듯했다.

1 짐을 나르는 로봇의 총칭. 부스터를 사용해 지형에 관계없이 자유롭게 이동한다. 다그가 보유한 기본형 셰르파 mir-II 형은 높이 70cm, 너비 32cm로 좌우에 딸린 보관함을 통해 최고 42kg의 짐을 운반한다.

사막의 양치기들은 달이 떠야 이동하는 법이었다. 태양풍이 잦아들고 쾌청한 서늘함이 내리는 밤이 되면 목자들은 가축을 이끌고 저 멀리의 다른 초지로 향했다. 다그는 이드알피트르(Eid-al-Fitr)라 불리는 양치기 축제를 마치고 좌표 XR-280으로 가는 중이었다. 방목을 위해 사막 곳곳에 흩어져 사는 양치기들은 여섯 달에 한 번 이 축제를 위해 모이는데, 양의 다산과 젖의 풍족함을 기원하는 이 회합에서 그들은 기르던 짐승들을 팔아치우고 목초지에 대한 정보를 나누거나 생필품을 샀다. 목동들에게 이드알피트르 축제는 추수 때였다. 도시의 배급관들이 나와 허기진 도시민들이 먹을 엄청난 양의 가축들을 매입하고 얇게 편 금과 큐브 모양의 소금 덩어리를 지불했다.

축제가 열린 LHP-4531 구역엔 발 디딜 틈도 없었다. 블렛족이나 베나인족은 물론이고 사막 저 너머 거주하는 압세르족과 납달리족, 쿠베르드족까지 모두 몰려와 흥겹게 즐기는 사흘간의 축제를 마다하는 양치기는 어디에도 없었다. 그들은 여기서 코가 삐뚤어지게 마셔대고 간혹 도시에서 흘러온 약에 취하기도 했으며 기녀들이 연주하는 타르타리 소리에 맞춰 온몸이 욱신거릴 정도로 춤을 춰댔다.

다그도 요 며칠 이드알피트르를 즐기기에 여념이 없었다. 우등양 전시장과 가축 간이 교역소가 물길을 따라 늘어섰고, 양, 말, 낙타를 팔아 두둑해진 목자들의 주머니를 노리는 서커스단과 야바위꾼들의 손짓이 끝없이 너울거렸다. 사방에서 가축이 울었고 사람들이 목청을 높였으며 진기한 물건을 믿기지 않는 가격에 넘기겠다는 거간꾼들의 속삭임이 금화가 쩔렁이는 소리 너머로 퍼져 나갔다. 다그는 요 몇 달 별렀던 가축 품평회와 경매에 참여했다. 똥이 되직하고 이와 발굽이 튼튼한 다그의 숫양들은 경매인들의 노련한 부추김과 입찰자들의 날카로운 수신호 사이에서 꽤 높은 가치를 인정받았지만, 입상하진 못해 다그를 실망시켰다. 부유한 양목업자들이 비단 쿠션에 기대어 물 담배를 피우는 동안 그들 사이에 선 무희들은 소고(小鼓)와 피리 소리에 맞춰 엉덩이를 흔들어댔다. 공짜 술을 홀짝이며, 다그는 진공 팩에 담긴 식음료 약간을 사고 젖이 좋지 않은 암양과 나이가 찬 숫양들을 처분하고는 마유주(馬乳酒)에 취해 비틀거리는 납달리족 목동에게서 상태가 썩 괜찮은 숫염소 일곱 마리를 사 거래소로 몰아넣었다. 거래소 주인인 페소토(Phezoto)의 초대를 받아 다른 양치기들과 하룻밤 푸짐하게 먹고 마신 다그는 하루 먼저 축제에서 빠져나왔다. 소년이지만, 일탈로부터 일상을 보호해야 한다는 사실을 알 정도로 다그는 영민했다.

바람이 불어 모래가 높이 휘날렸다.

"야피, 앞장 서!"

개가 꼬리를 흔들며 앞서 나갔다. 야피의 후각은 늘 정확했다. 오아시스에 다다라 물을 핥던 야피가 뒤를 돌더니 양 떼 뒤편을 향해 내달리며 컹컹 짖기 시작했다. 오아시스 주변 방풍림이 흔들리고 있었다. 폭풍은 이 근처까지 다가올 모양이었다. 양의 울음이 커져갔다. 다그는 진녹색 제라시(Jerash)[2]를 턱 밑까지 끌어 올렸다. 야피가 양 떼를 원형으로 몰아 이탈하지 못하게 막았다. 다그는 셰르파를 뒤져 프로텍터(Protector)[3]를 꺼냈다. 전원을 켜자 자기장이 사방으로 퍼져 나갔고, 양들과 야피가 몸을 부르르 떨었다. 장막 안이 고요해졌다. 전기 막에 날아든 모래가 탁탁 튀었다.

얼마나 지났을까. 마침내 폭풍이 그치고 흐릿한 하늘에 뿌연 태양이 떠올랐다.

그리고 다그는 한 남자를 보았다.

양들이 어깨를 잘게 떨었고, 야피는 꼬리를 샅으로 말았다. 진흙 빛깔 제라시를 입은 남자는 뿌연 먼지를 뒤집어쓴 탁한 오아시스를 바라보는 중이었다. 눈을 깜빡이며 다그는 생각했다. 맹렬한 폭풍을 어떻게 견딘 거지?

남자가 다그를 돌아보았다. 사막의 관습에 따라 다그는 낯선 자에게 말을 건넸다.

"이방인이여, 제 양의 젖을 대접하길 원합니다."

2 북아프리카 일대의 사람들이 입는 옷. 두터운 모직 소재로, 소매가 넓고 햇빛을 막도록 등에는 두건이 달렸다. 밑은 발목까지 덮는 원통형 스커트로 되어 있다.

3 반구형의 자장을 형성해 외부의 틈입을 막는 장치. 자장 밖으로 전기 막을 형성해 공기를 비롯한 모든 외부 요인을 막는다. 자장 형성 비율을 높이면 햇빛을 차단하거나 열을 보존할 수도 있다. 반경을 너무나 좁게 설정한 탓에 저산소증으로 사망한 양치기가 있어 사용에 주의를 요한다.

돌아보는 남자의 눈빛에 다그는 오싹함을 느꼈다. 녹색 눈동자는 초목처럼 푸르렀고, 뺨은 모래만큼이나 희고 부드러워 보였다. 이드알피트르에서 본 쿠베르드족과 비슷해 보였지만 아니었다. 쿠베르드족이라고 하기엔 그는 너무도 싱그러웠다.

다그를 향한 시선을 유지한 채 사내는 바닥에 떨어진 지팡이를 집어 들었다. 그는 뭔가에 깊이 사로잡혀 있는 것만 같았다.

"그대의 양들이 매일 새끼를 낳길."

관습에 따른 대답을 내어놓는 사내의 목소리는 오아시스 물빛만큼이나 탁했다.

"그대의 뜻대로 하라."

◆◆◆

스타뎀(Statham)은 떨어지고 있다. 그는 비명을 지른다. 어디선가 웃음소리가 들린다. 팽창된 혈관을 내달리는 피의 흐름이 빨라진다. 턱이 부들부들 떨린다. 스타뎀은 자신이 내지르는 비명이 기괴한 흐느낌 같다고 생각한다. 간질 병자처럼 그는 몸을 뒤틀었다. 약에 찌든 관절들은 도저히 구부러질 수 없는 각도까지 꺾이고 비틀어졌다. 모든 관절에 고장 난 바이스가 물려 있는 것만 같았다.

스타뎀은 계속해서 비명을 지른다.

시큼한 오줌 냄새가 나고, 어디선가 짐승이 운다. 스타뎀에게

서 솟구친 비명이 다시 스타뎀에게로 쏟아져 내린다. 저 멀리 흔들리는 검은 장막이 보인다. 그것은 마치 밤의 여왕의 치맛자락 같다. 약으로 꽉 찬 그의 작고 추한 몸뚱이가 공중으로 솟구친다. 스타뎀의 몸뚱이가 탄환처럼 장막 같은 어둠을 찢으며 날아가고, 비명도 저 멀리 사라진다.

짙은 어둠과 완전한 적막 속에서, 스타뎀은 눈을 뜬다. 땅에 맞닿은 그의 왼쪽 귀에 어떤 소리가 가까워진다. 일어선 그는 너무도 민감해진 감각들이 고통스럽다. 1킬로미터 밖에서 바늘이 떨어지는 소리도 들릴 것 같았고, 사막 건너편도 볼 수 있을 것만 같았다. 그랬다. 지금 그는 약이 주는 감각을 통해 지금까지 닿을 수 없었던 영역에 가까워지는 중이었다. 스타뎀이 복용한 비티튜드[4]는 일반적인 투입량의 다섯 배가 넘었고, 이는 누구도 한 번에 빨아들인 적 없는 어마어마한 양이었다. 자기 자신을 끝까지 몰아붙이기 위해, 스타뎀은 집중한다.

오늘에야말로, 기필코.

환각 속에서 스타뎀은 지껄인다.

스타뎀이 문제를 겪고 있다는 건 모두가 아는 사실이다. 비티튜드는 보통 꿈과 환상을 지극히 행복한 경험으로 고조시켜준다.

4 '행복'을 뜻하는 비티튜드(Beatitude)는 도시에서 생성되는 마약으로, 가루(Bit), 잡년(Bitch), 대물(Big thing) 등의 속어로 불리기도 한다. '사용자를 물어서(Bite) 박살 내는(Beat) 조각(Bit)'이라는 농담이 나올 정도로 중독성과 약효가 강하다.

바로 그 이유 때문에 이 부드러운 흰 가루는 모든 도시인에게 큰 사랑을 받고 있었다.

하지만 스타뎀의 환상은 지독하게 끔찍이 변질되었다. 비티튜드가 주던 예전의 달콤함은 모조리 사라진 것만 같았다. 비티튜드를 흡입하면 곧장 불타는 별과 끔찍한 비명과 타오르는 검은 불꽃과 기이한 발걸음 소리가 머릿속에서 뒤범벅되었다. 보드랍던 환상이 파괴적인 악몽으로 전락한 것이다. 비티튜드 이전에도 구세계의 파괴적인 장난감인 코카인, 하시시, 리오닌, 로팜 등을 섭렵한 스타뎀은 이런 현상이 무척 당황스러웠다.

"오늘 끝장을 볼 거야."

부하들을 모조리 방 밖으로 내쫓은 스타뎀은 구도자처럼 무릎 꿇고는 비티튜드를 꽉 채운 흡입기를 다섯 번이나 연속해 들이마셨다. 스타뎀은 발걸음 소리의 주인과 불타는 별의 정체에 대해 알기 전엔 방을 나서지 않을 작정이었다.

그리고 대답이 다가온다.

숨을 죽인 채 스타뎀은 눈꺼풀을 깜빡이려 애쓴다. 그는 이 축축한 바닥에 꼴사나운 자세로 엎어진 자신을 느낀다. 차가운 바닥 때문에 한쪽 뺨이 얼얼하다. 가까워지던 발걸음 소리가 정수리 부근에서 우뚝 멈춘다. 단단한 손아귀가 그의 뒷덜미를 붙든다. 눈을 뜨려 애쓰자 스타뎀의 눈꺼풀이 경련하듯 퍼덕인다. 간신히 눈을 떴지만, 초점은 잡히지 않는다. 그를 감자 자루처럼 집어든 누군가가 코끝을 스타뎀의 뺨에 댄다. 경련이 일어나는 축축한 빰에. 그러고는 스타뎀을 벽에 내던져버린다.

"너냐? 내 꿈을 받은 게 너냐, 아이야?"

목소리엔 조롱이 가득하다. 비티듀드로 잔뜩 부푼 뇌를 딱딱한 두개골이 압박했다. 머리를 감싸 쥔 스타뎀이 몸을 오그린다. 그가 다가와 스타뎀을 다시 들어 올린다. 흐르는 콧물과 침 사이로 스타뎀은 윤을 번드르르하게 낸 검은 가죽 장화를 본다. 이 남자였다. 비티듀드의 환상이 악몽으로 뒤바뀌면, 거대한 별이 떨어지고 검은 불꽃과 함께 이 남자의 발걸음이 온 세상을 꽉 채웠었다.

스타뎀이 헐떡이자 그가 틀어쥔 멱살을 조금 늦춘다. 스타뎀이 고개를 들려고 안간힘을 쓴다. 스타뎀은 남자의 얼굴을 꼭 기억해두어야겠다고 생각한다. 비티듀드의 달콤함을 쓴 물로 뒤바꾸는 존재의 정체를, 반드시. 쉿쉿, 소리가 난다. 눈동자만 굴려 옆을 본 스타뎀의 얼굴이 일그러진다. 길게 갈라진 푸르스름한 불꽃이 어둠 속에서 꿈틀대고 있다.

"네가 손을 벌려 내 계시를 받았어. 내 쓴 쑥이 바로 너였구나."

강하고 억센 손아귀가 스타뎀의 멱살을 잡아 들어 올린다. 그의 얼굴을 기억해야 한다고 생각했던가? 굳이 애쓸 필요 없었다. 뱀의 것처럼 길쭉한 갈색 눈동자는 쉽게 잊을 수 있는 게 아니었다.

"낯이 익어. 어디 보자. 그래, 기억난다. 널 알아보겠어."

커다란 웃음소리와 함께 그는 다시 스타뎀을 내던진다. 환상 속의 스타뎀이 꼬꾸라지자, 흡입기를 손에 쥔 채 더러운 땀을 흘리던 현실의 스타뎀도 고통스럽게 몸을 뒤쳤다.

몸을 일으키려는 스타뎀에게 남자의 몸에서 흘러나온 검은 불꽃이 번져나간다. 갈라진 검푸른 불꽃이 자신의 입으로 들어가는 걸 스타뎀은 놀란 눈으로 바라본다. 그는 비명을 지른다. 달아나지만, 불은 이미 그의 안에 있다. 스타뎀이 '불붙은 비명'을 내지르자, 그가 웃는다.

"놀라지 마. 세례란다, 얘야!"

완전한 암흑이 스타뎀에게로 강림한다. 비명을 지르며 어둠 속에서 솟구친 스타뎀은 검고 먹먹한 공간을 가로지른다. 어둠 속에서 그는 뭔가가 점점 가까워진다는 걸 느낀다.

그것은 지구다. 오, 안 돼.

대기권에 들어서며 스타뎀의 몸은 검푸르게 달아오른다. 추락하는 자신을 바라보는 수억 개의 생각들이 스타뎀에게 느껴진다. 검은 불꽃을 토해내는 별의 추락을 바라보는 자들에게는 절망과 공포가 가득하다. 스타뎀은 비명을 지른다. 날 선 공기가 스타뎀의 피부를 찢자, 불꽃 같은 피가 뿜어져 추락하는 자의 뒤에 긴 꼬리를 만든다. 스타뎀은 비명을 지른다.

스타뎀이 본 도시의 빛은 너무도 창백하고 여리다. 도시의 수많은 사람들 중에서 달아나지 않고 스타뎀을, 추락하는 검은 별을 바라보는 자는 단 한 사람뿐이다. 뺨에 검버섯이 핀 앙상한 늙은 흑인을 스타뎀은 마주 본다. 추락하던 스타뎀이 차갑고 뾰족한 마천루와 키스하고, 도시는 유리처럼 부서져 내린다. 스타뎀이 비명을 지른다. 즐비한 300층짜리 건물들이 뭉개지고, 사람들이 바스러진다. 건물들이 으깨지며 강화유리 조각들이 폭설처럼 쏟아져 내린다. 도시의 잔해가 사람들을 찢어발기고, 수천만 명이 동시에 죽는다. 스타뎀이 비명을 지른다. 흐르는 피와 타는 살 사이로 빛은, 도시의 생명은, 천천히 꺼져간다.

스타뎀은 비명을 질렀다.

잠깐의 암전이 이어졌다가 다시 환상이 이어진다. 무슨 일이 있었냐는 듯 도시는 멀쩡하다. 주변을 돌아본 스타뎀은 자신이 있는 곳이 도시 전체를 볼 수 있는 첨탑의 꼭대기임을 알아차린다. 스타뎀은 자신이 앉아 있는 의자가 보석과 금으로 장식된 높은 왕좌라는 걸 깨닫는다. 아하, 스타뎀은 왕이었다. 모든 것을 없앨 힘을 지닌 열쇠이자 몰락해버릴 세계의 마지막 폐허가 바로 그, 스타뎀이었다.

그리고, 윤을 낸 가죽 장화의 독특한 울림이 들린다. 스타뎀은 자신이 걸터앉은 왕좌를 빼앗길까 근심하지만, 가죽 장화의 남자는 그런 것엔 관심조차 없어 보인다.

"넌 누구지?"

가죽 장화를 신은 남자가 검지를 치켜든다. 그제야 스타뎀은 남자가 옆구리에 낀 헬멧 같은 둥근 물건을 발견한다. 그 순간 비티튜드의 약효가 떨어진다. 스타뎀은 초조함을 느낀다.

"넌 대체 누구야!"

남자가 둥근 물건을 두 손으로 들어 스타뎀에게 건넨다. 눈을 가늘게 뜬 스타뎀은 그 둥근 것이 10여 년 전 자신이 잘랐던 어머니의 머리통이었음을 깨닫는다. 튀어나오지 못한 스타뎀의 비명이 목 안에서 꿈틀거린다. 가죽 장화를 신은 사내가 몸을 구부리며 속삭인다.

"다시 한번 내 목소리를 따를 때로구나, 아이야."

그는 비명을 지른다.

지를 수 있는 것보다 더 크게.

◆◆◆

사내는 자신이 가야 할 곳을 말했고, 다그는 그곳이 어디인지 알고 있었다.

사내는 자신을 게이브(Gabe)라고 소개했다.

게이브는 사막을 가로지르려 했고 양치기인 다그 역시 가려는 곳이 그 근방이었기에, 둘은 함께 모래를 건넜다. 다그는 사내의 목적지를 듣고 눈살을 찌푸렸지만 그곳에 가려는 이유를 묻진 않았다.

게이브는 다그에게 줄 게 아무것도 없었지만 다그는 개의치 않았다. 다그는 이방인을 돕는 일을 의무로 여겼다. 달이 떠올라 사막이 교교한 보랏빛으로 변하는 밤에 두 사람은 양을 먹이며 함께 걸었고, 해가 떠오르면 되새김질하는 양을 프로텍터에 가두고 함께 쉬었다. 목적지에 가까워질수록 모래 입자는 굵어졌고, 잿빛 자갈과 갈색 암석이 많아졌다.

해가 어느 정도 올라 양들을 프로텍터에 몰아넣은 어느 날, 다그의 통신기가 울렸다. 다그는 기쁜 얼굴로 이방인에게 동행을 부탁했다. 게이브는 지팡이를 들었고, 다그는 셰르파의 패드를 조작했다. 야피가 양을 지키는 동안 두 사람은 좌표 DP-719로 이동했다.

"골골거리던 냐쿤네 양이 결국 죽었대요." 무너지지 않을 모래 언덕을 골라 디디며 다그가 말했다.

"먹으면 되지 않니?"

남자의 말에 다그는 인상을 찌푸렸다. "키우던 짐승을 먹는 양치기는 없어요."

사구(砂丘) 꼭대기에서 부드럽게 미끄러져 내려가며 다그는 주머니에서 묵직한 돌을 꺼내 가죽끈의 양쪽 끝에 묶었다. 좌표 DP-719에 이르자 새들이 선회하는 자갈 언덕이 보였다. 언덕마루에는 가죽이 벗겨진 양 시체가 있었다. 다그를 알아본 양치기들이 미소를 지었다. 그들은 서로에게 다가가 관습대로 손을 맞잡고 허리를 굽혔다.

양치기들은 즉시 제비를 나누어 뽑았다. 다그가 가장 짧은 가죽끈을 뽑자, 다른 양치기들은 그늘을 찾아 가까운 엘라나무 아래로 기어들어 갔다. 충분한 시간을 벌기 위해 다그는 재빨리 움직였다. 다그를 따라 게이브는 양 시체에서 스무 걸음가량 물러났다.

"저걸 잡을 거예요."

커다란 날개를 펼치고 선회하는 콘도르를 보기 위해 다그는 눈을 가늘게 떴다. 게이브는 다그가 건네는 돌을 쥐었다.

"녀석이 시체를 쪼려는 순간에 던지세요. 가까이 있는 녀석을 노려요."

가죽이 벗겨진 양의 시체는 말라붙은 검붉은 피로 더러워 보였다. 사람들이 물러서자 선회하던 콘도르들이 언덕에 내려와 커다란 날개를 퍼덕이며 겅중거렸다. 게이브가 콘도르를 겨누자 다그는 가죽끈으로 묶은 한쪽 돌을 잡고 다른 돌을 휘휘 돌렸다. 게이브의 돌팔매는 빠르고 날카로웠지만, 콘도르의 경계심을 피할 정도는 못 되었다. 콘도르들이 공중으로 뛰어오르자 다그가 돌을 잡은 손을 놓았다. 돌에 묶인 가죽끈이 콘도르 날개에 감겼다. 날카로운 발톱을 주의하며 다가간 다그가 콘도르의 목을 거머쥐고 뒤집어 꺾었다. 뼈 부러지는 소리와 함께 퍼덕이던 날개가 축 늘어졌다.

날개에 엉킨 가죽끈을 풀어내고 축 처진 콘도르의 목을 노끈에 꿴 다그는 다시 뒤로 물러났다. 콘도르들은 주의 깊었지만, 생고기의 유혹은 생명의 위협을 상회했다. 다그는 끈질기게 사냥했고, 약속된 시각까지 콘도르 다섯 마리를 잡을 수 있었다. 피가 말라붙은 고깃덩이에 집착하던 크고 검은 새들은 목이 부러진 채 줄에 꿰였다. 냐쿤에게 보답으로 한 마리를 건넨 두 사람은 양들에게로 돌아갔다. 뒤를 돌아보니 공중에 맴도는 콘도르가 더 늘어난 것 같았다. 크고 강한 새가 죽음을 향해 곤두박질치는 모습에 게이브는 깊은 인상을 받았다.

저녁 메뉴는 당연히 콘도르 고기였다. 다그가 장담한 대로 오랫동안 두들겨 살을 연하게 만든 콘도르 꼬치는 시간을 두고 즐겨도 좋을 만큼 맛이 좋았다. 끓는 물에 붉은 찻잎을 한 줌 넣으며 다그는 말했다.

"내일이면 OVH-148 구역에 도착해요. 거기서 도시의 성문까진 반나절이죠."

바람이 모래를 쥐었다가 사방에 흩어놓는 걸 보던 게이브가 묵묵히 고개를 끄덕였다.

"왜 그곳에 가려 하지요?"

"맡은 일이 있단다."

"좋지 않은 곳이에요."

다그를 적당한 선에서 납득시키고 싶었던 사내는 꼬치 끝으로 모닥불을 쑤석이며 마땅한 핑곗거리를 찾았다.

"혹시, 은밀한 거래를 위해 가는 건 아니겠죠?"

"뭘 말하는 거지?"

"신기루를 일으키는 가루요. 사람을 미치게 만드는 흰 가루죠."

모닥불의 붉은 기운이 소년의 얼굴에 일렁였다. 한참 뒤 다그가 말했다. 도시를 증오한다고.

콘도르의 내장과 뼈를 모래 구덩이 안에 묻은 두 사람은 불을 밟아 끄고 프로텍터를 작동시켰다. 자기장이 지직거리자 야피가 잠결에 낑낑거렸다. 다그는 금세 곯아떨어졌지만, 게이브는 잠을 이루지 못했다.

별들이 하늘에서 명멸하고 있었다. 그는 이토록 많은 별들이 오직 하나의 행성을 위해 창조되었다는 사실이 믿어지지 않았다. 태양이 잠시 자리를 비운 사이, 별들은 허공에서 태어나고 노래하며 소멸했다. 두 개의 달 사이를 흐르는 은하수를 보며 게이브는 사람들이 왜 별을 통해 신을 꿈꾸었는지를 이해할 수 있을 것 같았다.

기억조차 흐린 먼 옛날, 네피림(Nephilim)[5]들이 지축을 울리고 아직 아담이 눈뜨지 않았을 즈음, 게이브는 불을 품은 칼날과 함께 생명나무를 수호했었다. 신성한 나무를 어루만지고 신의 정원을 천천히 걸으며 그는 발설할 수 없는 꿈을 묵상했었다. 천사 중에서, 그 누구도 게이브만큼 '마지막 날'에 몰두한 자는 없었다. 신의 심부름꾼을 자청한 그는 신의 뜻과 의지가 궁금했다. 신은 언제 자신의 이야기를 끝낼 것인가?

이야기의 모든 것이 아직 시작되지 않은 무렵이었다. 그러나 게이브는 신의 무릎에 놓인 봉인된 책에 기록된 '마지막 날'이, 너무도 궁금했다. 아무도 본 자가 없고 그 책을 쓴 존재조차 간혹 가다 들춰볼 뿐이라는 그날이, 게이브의 호기심을 자극했던 것

5 창세기에 등장하는 체격이 장대한 거인.

이다.

아주 오랜 세월 뒤, 그의 임무는 바뀌었다. 생명나무와 신의 정원을 떠나 무저갱(無底坑)의 입구를 지키게 된 것이다. 무저갱 입구는 천국과 지옥을 잇는 유일한 연결점이자, 구조화된 견고한 세계들이 만나는 일종의 부드러운 접점이었다.

그곳은 몽상과 허상과 오래 묵은 꿈이 뒤섞이는 장소였다.

관념이 용해되어 흐느적거리는 그곳에서 게이브는 저 밑바닥에서 솟구치는 비명과 저주를 들었다. 그는 또한 머리 위에서 쏟아져 내리는 찬탄과 영광을 들었다. 그것들은 무저갱의 입구에서 기이한 파열음을 내며 뒤섞이곤 했다.

게이브는 종종 천상을 올려다보았다. 그는 오래도록 신의 음성을 기다렸지만, 신은 입술을 열지 않았다. 그는 신이 하루빨리 악한 세상을 멸망시키고 심판을 내려주기를 바랐다. 왜 수천 년이나 저 망할 세상을 지켜보고만 있나요, 전능한 존재여.

질문으로 묵직해진 가슴을 지니고, 게이브는 천상에 올라갔다. 빛의 길, 구름의 벽, 찬미로 치장된 공간 앞에 게이브는 섰다. 천사들의 날개가 부드럽게 구부러지는 그 순간, 게이브는 오래 묵은 질문을 입 밖에 냈다.

그리고 신은 미소 지었다.

게이브 앞에 떨어진 건 단단히 말린 두루마리 문서였다. 게이브의 손이 닿은 순간, 두루마리 문서를 봉한 붉은 밀랍 봉인이 저절로 찢어졌다. 강한 빛이 게이브를 붙들었다. 게이브는 거대한 폭풍우에 휘감겨 영원 속으로 떨어지는 듯한 기분이었다. 멀리서 양 우는 소리가 들렸다. 게이브는 손에 든 두루마리 문서를 꽉 움켜쥐었다.

정신을 차린 게이브는 사방을 둘러보았다. 자신이 쓰러진 곳이 오아시스라는 걸 게이브는 한참 뒤에야 깨달았다.

날개는 사라지고 없었다. 발치에는 지팡이가 떨어져 있었다. 호리호리한 그의 몸엔 진흙 빛깔 제라시가 입혀져 있었고, 묵직한 두루마리는 여전히 손에 꽉 붙들려 있었다. 고개를 든 천사 게이브에게 양치는 소년의 검고 순한 눈동자가 보였다.

멀리 코요테 울음이 들리자, 야피가 잠결에 귀를 쎌룩였다. 몸을 일으킨 게이브는 다그의 얼굴을 내려다보았다. 열 살이나 되었을까. 사막의 먼지로 단련된 이마는 윤기가 흘러 단단해 보였고, 가는 모래가 엉긴 눈썹은 강건하고 영민해 보였다.

다그의 짙은 갈색 머리칼에 손을 얹자 야피가 고개를 들었다. 게이브의 눈동자에 담긴 녹색 불꽃을 본 개는 낮게 낑낑대더니 앞발에 머리를 묻었다. 게이브는 단숨에 다그에게로 흘러들어 갔고, 쏟아져 나오는 수천 갈래의 이야기들을 온몸으로 맞았다. 다그가 간직한 기억들과 잊은 기억들과 잊으려 애썼던 기억들이 게이브 안으로 쏟아져 들어왔다.

한 남자가 보였다. 건장한 흑인이었다. 어깨는 바위 같았고, 하얀 이는 크고 단단해 보였다.

남자 곁에 아몬드빛 눈동자를 지닌 여인이 서 있었다. 그녀의 피부는 비단처럼 달콤하고 캐러멜처럼 부드러워 보였다.

남자가 어린 다그에게 입을 맞추려 몸을 구부리자, 검은 가슴에 새겨진 무수한 백색의 별들이 찬란하게 굽이 쳤다.

기억은 다른 기억으로 빠르게 옮겨갔다.

게르(Ger)[6]는 반쯤 기울어져 있었다. 그곳에서 아까 본 흑인 남자가 나왔다. 지쳐 보이는 그는 반쯤 넋이 나간 듯했다. 그의 콧구멍에서 콧속 혈관으로 녹아들지 못한 흰 가루가 콧물과 함께 흘러나왔다. 남자의 손과 가슴엔 피가 묻어 있었는데, 백색의 별들은 번진 핏자국 속에서 어둑하니 죽어 있었다.

게이브는 살며시 손을 뗐다. 꿈속을 헤매는 아이의 미간은 잔뜩 구겨져 있었다. 담요를 덮어주던 게이브는 다그의 제라시 틈새로 비죽 튀어나온 은빛 십자가 목걸이를 보았다. 게이브는 다시 자리로 돌아와 누웠다. 다그의 기억들이 그의 안에서 소용돌이쳤다. 그것들의 난폭한 흐름이 버거워 게이브는 동이 터오도록 잠들지 못했다.

6 높이 7규빗(1규빗은 45.6cm)의 원통형 벽과 둥근 지붕으로 된 이동식 가옥. 벽과 지붕은 나뭇가지를 비스듬히 격자로 짜서 골조를 만들고, 그 위에 양모로 짠 천인 펠트를 덮어씌운다. 보통 남쪽을 입구로 해 바람의 저항을 줄인다.

◆◆◆

OVH-148구역은 풀로 뒤덮인 오아시스 지대였다. 게이브는 샌들 사이를 파고드는 풀의 감촉을 즐겼다. 우뚝 솟은 성채는 커다란 호수를 끼고 있었다.

"이 큰 호수를 옛날엔 죽은 바다(死海)라고 불렀대요."

물고기가 다시 살게 된 건 다그가 태어나기 훨씬 전의 일이라고 했다. 에메랄드빛 물결이 해변을 핥으며 포말을 남겼다. 이곳 관목들의 잎은 좀 더 짙고 빽빽했다. 다그는 페소토의 양 거래소에 들러 양을 맡겼다. 성벽을 올려다보며 야피가 컹컹 짖었다.

"이 길을 따라 쭉 가면 돼요."

다그는 동쪽을 가리키며 사내에게 베이컨과 말린 과일이 든 꾸러미를 건넸다. 게이브는 사양했지만, 다그는 듣지 않았다.

"어느 지구(地區)로 가는 거죠? 도시는 사막만큼이나 넓은데요."

다그의 물음에 게이브는 간밤에 확인했던 두루마리의 글귀를 떠올렸다. 두루마리에 손바닥 넓이로 번져 있는 잉크는 게이브가 펴 들면 서서히 글자 형태를 이루곤 했다. 이젠 누구도 쓰지 않는 고대 방언 중 하나의 형태로.

"조던(Jordan) 지구를 넘어서 동쪽으로 가라더구나."

바람이 만든 물의 주름을 골똘히 들여다보던 다그는 게이브가 누군가의 심부름을 수행하는 중인 게 분명하다고 생각했다.

"이스트 엔드로 가나요?"

"조아르(Zoar) 지구는 그 너머라고 했었지? 거기로 가야 해. 거기에서 '물고기'를 찾아야 한다더구나."

"거기에 가족이라도 있나요?"

호숫가에 쪼그리고 앉아 물주머니를 채우며 다그가 재차 물었다. 게이브는 다그의 등을 오랫동안 바라보았다. 하늘의 동료들은 의심할 필요가 없었기에, 누군가를 보며 신뢰를 가늠하는 일은 그에게 낯설었다. 자신이 떨어지기 전 겪었던 일을 저 애에게 알려줘도 괜찮을까.

"얘야, 도시는 멸망할 거란다. 나는 그것을 위해 거기 가려는 것이지."

다그가 두건을 걷고는 게이브를 올려다보았다.

"가능한 한 도시에서 멀어지려무나." 게이브가 말을 이었다. "거기에 불이 쏟아부어질 테니."

다그가 몸을 일으켰다.

"테러는 불가능해요. 모든 곳에 시스템의 눈과 귀가 있고, 비티튜드에 붙들린 도시 거주자들이 잔뜩 있거든요."

"때를 집행하려는 거야."

다그는 게이브의 말을 이해하지 못했다. 그러나 허튼소리가 아니라고 다그는 생각했다. 저 초록빛 눈동자를 지닌 남자는 헛소리를 할 사람이 아니었다.

낙타 가죽 주머니는 에메랄드빛 물을 가득 삼킨 채 축 늘어져 있었다. 그것을 쥔 다그의 뒤를 야피와 게이브가 따랐다.

"내가 그곳에 가는 게 마음에 들지 않나 보구나."

"끔찍한 곳이거든요."

다그 자신은 몰랐지만, 그의 말투는 퉁명스러웠다. 두 사람은 자갈이 깔린 길을 말없이 걸었다. 물기를 머금은 바람이 불었고 덩어리진 먼지가 하늘로 떠올랐다. 다그가 불쑥 이야기를 꺼냈다.

"내게 아버지가 있었어요."

"누구나 그렇지."

하늘을 힐끗 보며 게이브가 대꾸했다.

"할머니 말로는 카라반(Caravane)에 들어가기 전에는 멀쩡했대요. 낙타 혹 사이에 앉아 상아 파이프를 매만지는 카라반들…… 도시와 성읍을, 부락과 마을을, 촌락과 도시를 오가며 물건을 사고팔죠. 카라반들과 어울리다가 도시에 들어가게 되었고, 결국 약을 알게 되었대요."

게이브는 다그의 얼굴을 보려 했지만, 제라시에 가려져 보이지 않았다.

"어느 날 엄마가 그 사람을 다그쳤어요. 더 이상 약에 의존해선 안 된다고 말했지요. 도시의 가루는…… 사람을 파괴하지는 않아요. 몸이 끔찍하게 변하거나 지독한 중독성을 갖진 않아요. 기술이 많이 발전했으니까요. 하지만, 가루는 여전히 끔찍해요. 그게 아무렇지 않은 사람은 도시에 남았고, 가루에 지배당하고 싶지 않은 사람은 사막으로 떠났죠. 우리처럼요."

"차라리 순순히 보내주었다면."

"그건 버리는 것과 같았겠죠."

"결과는 같잖니."

그 끔찍한 비극이 사랑 때문에 일어났다는 사실에 게이브는 지독한 아이러니를 느꼈다. 다그의 눈동자에 가득 찬 질문을 게이브는 그제야 알아보았다.

당신도 나와 같은 이유로 도시를 증오하나요?

발밑에서 자갈이 으적거렸다.

"할머니는 관에 든 엄마를 못 보게 했어요. 엄마의 마지막 모습을 그렇게 기억하면 안 된다고……. 붓고 깨진 얼굴을 보게 하고 싶지 않았겠죠. 일곱 살 때였어요."

어깨를 으쓱하며 다그가 말을 이었다.

"도시의 거대한 첨탑들이 바람에 휘청거릴 때마다 흰 분말이 날려요. 그리고 거기에 홀린 사막의 사람들이 날벌레처럼 그리로 몰려가지요. 도시는 약을 토해내요. 사람들을 미치게 하려고요. 그곳을 멸망시키겠다니 반가운 소리네요."

다그의 목소리에는 믿지 못하겠다는 기색이 배어 있었다. 게이브는 고개를 가로저었다.

"정말이다. 도시는 멸망할 거야. 난 그걸 위해 보내졌단다."

다그의 시선은 게이브에게 못 박혀 있었다.

"아저씨는 너무 멍청하거나 지나치게 용감한 거겠지요."

양 거래소까지 함께 걷던 게이브는 제라시 밖으로 비죽 튀어나온 다그의 십자가 목걸이를 가리켰다. 소년은 그것이 할머니의 유품이라고 말했다.

"그것이 지닌 의미를 아니?"

다그는 고개를 가로저었다.

"일종의 토템이에요. 몰락해버린 신의 표상이죠. 할머니는 구식이었어요. 케케묵은 토속 신앙을 믿고 있었죠. 할머니는 지치지 않고 이야기해주었어요. 사람들의 언어가 뒤바뀌어 탑이 무너진 이야기, 물을 포도주로 바꾼 영웅 이야기, 천사와 뱀이 싸우고 파괴된 세계 위에 새로운 세계가 세워질 거라는 곰팡이 슨 전설들을요."

"그 영웅의 고향이 이 근방이란 걸 아니?"

다그는 조금 놀란 듯했다.

"몰랐어요. 하지만 분자 변환기를 통해 물을 기름으로, 기름을 포도주로, 포도주를 맑은 꿀로 뒤바꾸는 세상에서 그게 의미가 있을까요?"

"네 할머니에게는 그랬지."

"그랬죠."

다그는 다시 어깨를 으쓱 추어올렸다.

"할머니는 낡은 책을 한 권 가지고 있었어요. 테두리가 닳아빠지고 낱장이 많이 떨어져 나간 가죽 책을요. 할머니는 저녁마다 들여다보곤 했죠. 거기 쓰인 말들이 주는 위안을 즐기셨던 것 같아요."

게이브는 신의 존재가 이토록 철저히 지워졌다는 사실에 큰 충격을 받았다. 덧붙여진 다그의 말은 게이브에게 아픔을 더했다.

"할머니 말에 따르면 먼 옛날엔 숭배자가 많았대요. 성전에는 참배자가 줄을 이었고 제단에는 예물이 가득했다지요."

"그런데 왜 쇠락했을까?"

"다른 것에서 답을 찾았겠죠. 그저 싫증이 났을지도 모르고요." 어깨를 으쓱거린 다그가 덧붙였다. "모든 게 다 그렇잖아요?"

그들은 어느새 성읍의 끝자락에 다다라 있었다. 야피의 머리를 쓰다듬는 게이브에게 다그는 쥐어졌던 물주머니를 건넸다.

"반나절이라 해도 필요할 거예요."

미소를 지은 게이브가 들고 있던 지팡이를 그에게 건넸다.

"요긴하게 쓰였으면 좋겠구나."

미소로 답하며 다그는 지팡이를 받아 쥐었다. 둘은 헤어졌고, 개는 시무룩한 표정을 지었다. 두어 걸음 가던 게이브가 다그를 돌아보며 말했다.

"신께서 그대의 친절을 갚아주시길."

신이라니, 오오. 죽은 할머니 외엔 누구도 읊지 않았던 그 단어가 들리자, 다그의 눈이 휘둥그레졌다. 게이브가 남긴 그 단어의 울림이 가슴에 커다랗게 번져, 다그를 조용히 미소 짓게 했다.

◆◆◆

돌담에 기대앉아, 다그는 게이브가 남긴 발자국을, 바람에 서서히 지워지는 이방인의 흔적을 오래도록 지켜보았다. 다그가 일어서자 야피가 꼬리를 흔들며 발목을 핥았다.

생각을 정리할 땐 복잡한 시장 골목이 도움이 되었다. 품 넓은 주머니에 손을 찔러 넣고 다그는 한참 동안 걸었다. 야피는 시장 어귀를 내달리는 시궁쥐들을 뒤쫓고 싶어 안달인 모양이었다. 개가 짖자 다그는 인상을 찌푸렸다.

"생각 좀 해보고, 야피."

게이브가 허튼소리를 할 것 같지는 않았다. 빛으로 가득했던 도시. 다그는 제라시 안에 손을 넣어 목걸이를 움켜쥐었다. 목걸이의 의미를 알려준 사람은 지금껏 게이브가 처음이었다.

"도시가 멸망한대, 야피. 불이 쏟아질 거래."

쥐를 노려보며 끙끙거리는 야피를 끌어안은 채, 다그는 중얼거렸다. 어머니의 죽음 이후 다그는 단 한 번 도시에 가보았다. 어린아이였던 다그는 외경심에 얼어붙었고 도시는 지독한 매력으로 아이를 빨아들였다. 눈부신 매혹의 땅. 도시 중의 도시. 가장 빛나는 별. 빛으로 덮인 신세계. 도시의 별칭은 많았다. 마천루 머리는 구름으로 가려져 있었고 상공에는 우주모선들의 왕래가 끝을 모르고 이어졌었다. 도시 곳곳에 들어찬 패널에서는 매혹적인 영상이 시선을 끌었고 낯선 향기가 도로 곁 향로에서 흘러나왔다. 수천만 명이나 되는 도시 거주자의 목과 손과 발목에 물린 장신구들은 태양처럼 빛났고 때론 음험하게 번들거렸다.

모두가 아름다운 건 아니었다. 도시의 우묵한 그늘에는 고름과 피가 고여 있었고 골목 어귀에는 비역질하는 자들의 헐떡임과 살인하는 자들의 기성이 엉겅퀴처럼 뒤엉켜 있었다. 그러나 도시의 악취는 빛으로 반짝이는 공간에서 더 강했다. 빛은 문둥이처럼 썩어 문드러지는 도시의 얼굴을 가리기 위한 눈부신 가면이었다. 빛 사이로 도시의 눈동자는 뒤룩거렸고 다그는 혐오와 두려움으로 자신을 사로잡은 매혹을 떨쳐내려 애썼다. 다그는 다시 사흘을 걸어 사막의 게르로, 할머니의 집으로 되돌아왔었다.

"아버지를 찾으러 도시에 갔었어요."

가출의 이유를 들은 할머니는 두 개의 물주머니만을 던져준 채 다그를 광야로 닷새간 내쫓았다.

도시. 빛기둥들은 꽃 중심에 놓인 수술처럼 하늘로 뻗어 있었고 거기에서 분출된 광란의 꽃가루가 밤낮으로 날렸다. 욕망에 홀린 도시 거주자들은 도시의 빛 속에서 자신의 빛을 잃어갔다. 물만으로 닷새를 버티며 다그는 황량함 속에 자리한 은은한 기쁨을 깨달았다. 그러면서 원망과 고통과 괴로움을 잊었다.

임종을 맞기 직전 할머니는 도시를 향해 저주를 퍼부으며 가쁜 숨을 몰아쉬었다. 그리고 눈을 뜬 채 죽었다. 아이는 사막의 규례대로 맨손으로 구덩이를 팠고 홀로 노인을 묻었다. 노인의 비어버린 동공에는 도시의 그림자가 가득했다.

다그가 벌떡 일어났고 야피가 고개를 번쩍 들었다.

결심을 굳힌 다그는 거래소로 향했다. 거래소는 한산했다. 모든 양치기의 친구를 자처하는 페소토만이 잔을 들고 있었다. 커피에 위스키를 두 방울 탄 그는 잔을 높이 들었다.

“숙취엔 이것만 한 게 없지.”

다그는 셰르파에서 통신기를 꺼내 배터리를 확인했다.

“내 양과 셰르파를 맡아줘요, 페소토.”

“못된 양치기 같으니. 어딜 내빼는 거야? 양들이 네 이름을 부르며 울 텐데.”

“도시에 가야 해요.”

다그가 튕긴 세겔 은화를 페소토가 공중에서 움켜잡았다.

“커피 같은 곳에 가는구나.”

우뚝 멈춘 다그가 돌아보았다.

“악마처럼 검고 지옥처럼 뜨거우며 죄악처럼 달콤한 곳 말이다.”

붉은 코를 긁으며 술 취한 거간꾼이 히죽 웃었다. 몇 걸음 가던 다그가 되돌아섰다.

“조아르 지구에 ‘물고기’를 찾으러 간다는 말이 무슨 말인 것 같아요?”

“조아르? 거긴 약쟁이들이 들끓지. 거길 가려는 거야?”

다그는 대꾸하지 않고 빠른 걸음으로 거래소를 빠져나왔다. 제라시 소매를 걷어붙인 다그가 야피와 함께 모래 언덕을 뛰어넘었다. 해가 질 무렵이었고, 먼 길을 걷기에 날씨가 나쁘지 않았다. 둘의 흔적이 모래 위에 길게 남았다.

◆◆◆

그는 달들을 보는 중이었다.

차갑게 일렁였던 그것들은 묽어지며 서서히 존재감을 잃어가고 있었다. 도시의 빛 때문에 흐려진 달들을 바라보며 스타뎀은 손톱같이 창백한 저 달을 깨물면 찬 기운이 몸속 깊이 서릴 것 같다는 생각을 했다.

각각의 검색대를 다각도로 비추는 370개의 화면을 계속 들여다볼 필요는 없었다. 검색대는 옵저버(Observer)의 통제 아래 있었고, 기계는 실수하는 법이 없었다. 옵저버는 모든 관찰 현황을 시스템이라 불리는 중앙관제센터로 보냈다. 치안의 강화, 힘의 제약, 질서의 유지, 법의 집행 등을 이유로 만들어진 '시스템'은 원래의 목적을 잃은 지 몇백 년이 지났지만 여전히 기능하고 있었다. 스타뎀이 생각할 때, 시스템은 자신이 왜 기능해야 하는지 그 이유를 모르는 게 분명했고, 그건 시스템의 지배 아래 놓인 모든 도시 거주자들 또한 마찬가지였다.

향락에 흠뻑 취한 사람들은 시스템을 잊었지만 시스템은 자신에게 부과된 의무를 잊지 않았고, 그 덕에 도시는 유지될 수 있었다. 타락한 도시 거주자들은 열망을 계속 불태우려는 일념으로 스스로를 쾌락에 던져 넣었다. 아마 시스템을 설계한 자들 또한 그 타락에 녹아버렸으리라. 그러나 시스템은 살아 있고 앞으로도 그렇게 유지될 것이다, 거대한 도시 위에 걸터앉은 채로. 도시는 타락의 흙더미 위에서 완전한 평등을 꽃피웠다. 누구도 지배하지 않고 누구의 지배도 받지 않는 평등을.

아무도 관리하지 않는 시스템은 홀로 스스로를 유지했다. 시스템은 자신이 지배하는 도시를 위해 마천루의 빛을 뿜어 올렸고, 카라반과 배급관을 통해 먹을 것과 마실 것을 도시 내부로 끌어들였다. 시스템의 기계들은 도시 끝과 끝을 오가며 부서진 도로와 망가진 건물을 보수하고 바늘처럼 뾰족한 건물들을 촘촘하게 지어댔다.

도시 외곽에 지어진 분자변환 공장과 융합 장치들이 도시 밖에서 들여올 수 없는 물품을 조합했고, 거주민들은 그것을 통해 쾌락이 주는 광란을 유지해 나갔다. 거대한 중앙관제센터 건물을 자신이 기거할 공간으로 개조한 시스템은 그곳을 차지하고 앉아 도시를 더욱 거대하게 성장시켰다. 거추장스러운 것들로부터 인간을 해방시키기 위해 고안된 시스템의 행동 우선 원칙은 인간의 복지와 평안의 유지였고, 시스템 자체를 공격하지 않는 한 인간의 행동에는 어떤 제재도 가해지지 않았다. 그들은 교도소를 헌 자리에 스타디움을 지었고 쾌락을 배가시킬 약을 생성했으며 모든 노동을 취미 생활 단계로 격하시켰고 누군가를 죽이더라도 그를 격리하거나 징계하지 않았다.

시스템은 보조할 뿐 군림하지 않았다.

시스템은 약의 원활한 공급을 위해 도시 곳곳에 실험관과 여과기를 설치했고 그를 통해 도시 거주자들은 위안을 빙자한 환락을 얻었다. 카타르시스를 열망하는 인간들은 도시 곳곳에서 시스템이 내민 젖꼭지를 난폭하게 빨아댔다.

스타뎀과 그의 부하들은 대대로 검문대에 속한 자와 그들의 자손이었다. 아주 먼 아버지들로부터 지금에 이르기까지, 검문대에 걸터앉은 그들은 출입자들을 날카롭게 살펴보곤 했다. 왜 그래야 하는지는 중요하지 않았다. 그것은 그들의 취미이자 여흥이었다. 무료함을 면하려 시스템에게 부여받은 자그마한 여가 활동들을 해나가는 다른 도시 거주자처럼 그들 또한 제 일을 해나갔다. 틈틈이 약을 흡입하며 도시가 불어넣은 꿈에 반쯤 취한 채.

검색대는 늘 분주했지만, 해가 지려는 지금이 가장 복잡했다. 허리춤에 칼을 찬 스타뎀이 검색 센터 밖으로 나왔다. 성문을 통과하려는 사람들이 수십 개의 검색대 라인에 길게 늘어서 있었다. 검색대 상단에서는 옥색 빛 가닥들이 뿜어져 나와 사람들을 쉴 새 없이 훑어댔다. 스타뎀은 주사위를 쩔걱이는 부하 사이에 끼어들어 얼마간의 돈을 땄다. 부하 중 하나가 약이 가득 들어찬 흡입기를 건넸지만 스타뎀은 고개를 흔들었다. 강렬한 충동에도 불구하고 그는 요새 약을 멀리하는 중이었다. 그는 약의 환상 속에서 가죽 장화 사내와 어머니의 잘린 머리를 다시 볼까 두려웠다. 그는 딴 돈을 지난번 사냥 때 가장 빨리 사냥감을 잡았던 자에게 주었다. 그는 높은 지위를 누리려면 어떻게 지불해야 하는지를 알았다.

검색대에서는 도시의 성문이 바로 보였다. 성문 윗부분은 매우 높았고 아치 모양이었는데, 금을 부어 만든 섬세한 테두리가 선명하게 번쩍거렸고, 높이가 40규빗 정도 되는 문짝은 은세공이 덧입혀져 호사로워 보였다. 성문의 표면은 기기묘묘한 부조들로 뒤덮여 있었다. 가장자리에서 시작된 리바이어던(Leviathan)[7]이 구불구불한 몸으로 성문 전체를 휘감고 있었는데 주변은 비역질하는 악마 숭배자들로 가득했다. 뿔에 포도 넝쿨을 화관처럼 인 염소 형상의 마왕에게 여인들은 자신이 갓 낳은 아이를 바치고 있었고, 마술사의 로즈(Rose)[8]에 페니스를 꽂은 악마의 엉덩이에 마녀가 입 맞추고 있었다. 온몸에 옴이 슨 악마가 기왓장으로 몸을 긁는 사내에게 제 병을 옮기는 모습 옆에는 매력적인 청년이 신과 언쟁을 벌이고 있었다. 영광을 잃은 늙은이로 묘사된 신은 연약하고 추해 보였다.

반대편에는 한 소년이 여섯 쌍의 박쥐 날개를 펄럭이고 있었

7 성경에 나오는 괴물. 욥기 41장에 따르면 등의 비늘은 방패처럼 딱딱한데 바람도 들어가지 않을 정도로 빽빽했고, 눈은 햇살처럼 빛나며, 많은 이빨이 늘어선 입에서는 불을 뿜고 코로는 연기를 낸다고 한다. 중세의 종교 화가들은 아마겟돈에 리바이어던의 입을 통해 악마들이 세상으로 토해지는 장면을 즐겨 그렸다.

8 항문을 가리키는 속어.

다. 지치지 않고 반역을 획책하는 이 지옥의 군주는 창을 치켜들고 있었는데, 그의 발밑에서 한 남자가 애처로운 표정을 지으며 자비를 간청하고 있었다. 치켜든 그의 손등에 안타까운 못 자국이 선명했다.

성문 중심엔 이륜마차를 모는 수려한 용모의 사내가 새겨져 있었다. 도시의 수호신인 벨리알(Belial)[9]이었다. 인육을 먹는 사악한 해골마(骸骨馬)들이 끄는 검은 마차의 바퀴는 불꽃에 휘감겨 있었는데, 그 뒤를 숭배자들이 환호하며 따르고 있었다. 경외감과 두려움을 동시에 품은 채 스타뎀은 오래도록 그 모습을 바라보았다.

도시가 뿜는 빛이 어찌나 환한지 멀리 떨어진 성벽에서도 눈이 부실 지경이었다. 육중한 성문을 시작점으로 80규빗 너비의 보랏빛 자기도로는 도시를 향해 길게 뻗어 있었다. 성문 옆에는 자기부상 버스들이 가득 찬 터미널이 자리했다. 검색대를 통과한 사람들을 실은 자기부상 버스가 도심을 향해 맹렬한 속도로 달려갔다.

그때, 경고음이 울리고 붉은 경광등이 번쩍거렸다. 옥색 빛 가닥이 한 남자를 가리키고 있었다. 스타뎀의 부하들이 그자를 행

9 간음·부유함·성역을 더럽히는 일을 맡은 지옥의 일곱 각료(Ministers) 중 하나로, 밀턴은 『실낙원』에서 그가 음란하고 폭력적이며 간악한 지혜에 능하다고 언급했다. '허위와 사기의 귀공자', '적의의 천사'로 불린다.

렬에서 끌어냈다.

"옵저버에 등록되지 않아서 경보가 울렸습니다, 보스."

패널을 살피던 자가 보고했다. 얼굴과 목에 흰색 발광문신을 한 흑인 병사가 남자의 두건을 벗겨냈다. 스타뎀은 시가를 입에서 뗐다.

"생김새는 쿠베르드족 같은데. 등록 번호가 뭐지?" 부하 중 하나가 물었다.

흑인 병사가 대답 없는 이방인을 향해 겨누던 창의 버튼을 눌렀다. 크리스털 창날에서 나온 백색 불꽃이 번쩍이자 남자의 제라시에 그을음이 생겼다. 창을 잡은 병사의 적의에 찬 눈동자 아래에서 은색 코걸이가 흔들거렸다. 스타뎀은 이방인의 눈길이 흑인 병사의 면도한 머리와 왼뺨을 거쳐 목까지 뒤덮은 흰색 발광문신을 훑고 있음을 알아차렸다. 쇄골 위로 '나는 아무것도 바라지 않는다. 나는 아무것도 두려워하지 않는다. 나는 자유다(Δεν ελπζω τποτε. Δεν φοβμαι τποτε. Δεν Εμαι λετερο)'라는 뜻의 그리스어 문장이, 뺨에는 여인의 옆얼굴이 새겨져 있었다.

"내 부하의 미적 견해에 불만이 있나 보군."

둘러싼 이들 사이로 비웃음이 파도처럼 일었고 창끝이 제라시에 좀 더 가까워졌다. 탄내가 주변으로 퍼졌다. 시가를 손가락에 끼운 채 스타뎀은 찬찬히 남자의 하얀 얼굴과 얇은 턱선과 푸르게 반짝이는 눈동자를 살펴보았다. 스타뎀은 빨라지는 심장 고동과 함께 살이 부푸는 걸 느꼈다.

"자자, 이쪽을 보고…… 치즈……. 웃으라고, 친구."

스타뎀의 부하 중 하나가 허리춤에서 스카우터(Scouter)[10]를 뽑아 들어 이방인을 스캐닝했다. 붉은 포인터가 움직이며 이방인의 우뚝 선 코, 아늠 없는 창백한 뺨, 푸른 눈동자를 인식하고 이를 입체적으로 재구성했다.

"귀여운 자기, 이름을 말해볼까?"

스타뎀의 단정한 갈색 콧수염이 비아냥거림으로 씰룩거렸다. 부하 앞에서 달아오른 욕정을 드러내고 싶지 않아 괜스레 이죽거리는 것이었다. 이방인이 입술을 달싹거렸다.

"게이브."

남자의 음성과 복장까지 스캐닝한 스카우터는 그것들을 중앙 전산망으로 전송했다. 이제 도시 전역에서 그에 대한 정보를 열람할 수 있다. 또한 이 정보는 성안 곳곳에 설치된 옥빛 옵저버들에게 전달되어 대상의 이동 경로를 시스템에 통보할 것이다.

"무슨 목적으로 도시에 들어가려는 거지?"

게이브는 대꾸하지 않았다. 이방인은 고개를 돌려 문지기들을 천천히 돌아보았다. 병사들의 눈동자는 번들거렸고 입에서는 혐오스러운 냄새가 흘러나오고 있었지만, 그들의 영혼에서 나는 악취에 비할 바는 못 되었다.

10 통신 단말기의 일종. 간단한 신원 조회나 무선 연락, 망(網)에 접속하는 용도로 쓰인다. 패드와 음성으로 조작한다.

"누굴 찾는 중이오."

"쉽진 않을걸. 저 안에는 2억 명이나 살고 있거든."

금색 견장을 단 스타뎀이 게이브의 주변을 아주 천천히 맴돌았다. 게이브는 온몸이 끈끈해지는 기분을 느꼈다.

"300년 전, 서로를 증오하던 거대 도시 고모라(Gomorrah)와 소돔(Sodom)은 역사적인 합병을 이뤄냈지. 새로운 도시의 이름은 두 도시의 이름을 합쳐서 만들었어. 진보란 그런 거잖아. 둘을 합쳐 두 개 이상을 이뤄내는 거지."

그때 검색대에서 다시 경고음이 울렸다. 몇몇이 새로운 미등록자를 검문하러 검색대로 달려가자 스타뎀은 다시 시가를 입에 물었다. 게이브는 시가 연기 사이로 자신을 노려보는 황금빛 눈동자를 보았다.

"누굴 찾고 있지?"

"형제."

"그래? 넌 내가 알던 녀석을 닮았군. 내가 아주 귀여워했던 녀석이지. 그 녀석이 어땠는지 궁금하지 않아?"

시가를 문 스타뎀이 연기를 한 모금 머금었다. 잊었던 오래된 맛이 스타뎀의 혀끝에 새롭게 되살아났다.

"그냥 사소한 의견 충돌이었어. 내가 조금 잘못하긴 했지만. 그래도 내 곁을 떠나겠다니 화가 나지 않았겠어? 그날은 약도 조금 과했고 좀 센티멘털했었지. 표현도 좀 과격해졌고. 뭐 그냥 그랬던 거야. 다들 그러지 않아? 죽도록 사랑하니까 죽이기도 하고 뭐

그러는 거지. 안 그래?"

게이브는 대꾸하지 않았다. 숨을 조금이라도 크게 쉬면 악취에 기절이라도 할 것 같았다.

"난 쿠베르드족을 잘 모르지만, 최소한 네가 그 족속이 아니라는 정도는 알아."

스타뎀이 게이브를 쏘아보았다.

"이상한 일이야. 넌 묘한 분위기를 지녔어." 스타뎀은 눈가에 힘을 주며 덧붙였다. "아주 묘해."

대답 없는 게이브의 주변을 떠돌던 스타뎀이 길게 연기를 뿜었다. 스타뎀이 계속해서 쏘아보았지만, 게이브는 도시 안쪽으로 길게 이어진 붉은 불빛을 바라볼 뿐이었다.

"급한 일인가?"

"분초를 다툴 만큼."

"운이 좋군. 나는 한꺼번에 두 가지 일을 하는 걸 즐기질 않거든."

"내게 할 말이 더 있나?"

"빨리 들어가고 싶은가 보군. 서두르게. 밤은 도시의 다른 얼굴을 만들거든."

시가를 빨아들이자 스타뎀의 민머리가 붉게 번들거렸다. 한참 후에야 스타뎀은 게이브에게서 질척이는 시선을 떼어냈다. 시가를 끼운 두 손가락을 곧추세우고 그는 이방인에게 나지막이 말했다.

"난 마이클이라네, 마이클 스타뎀. 게이브, 우린 또 보게 될 거야."

한 걸음 물러서며 스타뎀이 과장스럽게 지껄였다.

"도시에 온 걸 환영하네."

◆◆◆

찾아야 할 곳을 정확히 알지 못했더라면 게이브는 영락없이 길을 잃을 뻔했다. 사방엔 메탈과 강화 플라스틱으로 지어진 거대 빌딩들이 즐비할 뿐, 흙이나 모래는 조금도 보이지 않았다. 도시 북동쪽에 있는 항공 정류장 근방은 다른 대륙과 행성으로 향하는 수십 척의 모선으로 분주했고 정류장으로 이어지는 자기도로는 수천 대의 자기부상 차량들이 뿜는 빛으로 번쩍였다. 공중으로 뻗은 차량의 불빛이 검은 하늘에 빛의 띠를 이루었다.

계류 중인 모선들이 자동으로 수리와 보급을 받는 거대한 하치장을 지나 게이브는 동쪽으로 하염없이 걸었다. 그는 신만이 가질 수 있는 영감에 사로잡혀 있었고 그것으로 자신이 찾아야 할 사람의 거처를 감지해 나갔다. 으르렁거리며 내달리는 모노레일과 자기 차량에 이방인의 옷깃이 마구 휘날렸다. 제라시 가슴 부근에 생긴 검댕을 털어낸 그는 새로운 빅 애플(Neo Big apple)을 가로질렀다. 게이브는 온몸이 문신으로 덮인 주정뱅이가 비틀거리며 흥얼대는 노랫소리를 들었다. 탈무드를 노래하는 나는 신과

부처에게 함께 기도 올리지. 자가당착 속에서 신념들은 당구공처럼 따닥거리고. 소시지와 연필은 실은 같은 거라네.[11]

빛은, 너무나도 강렬했다. 도시의 빛으로부터 자신을 보호하고자 게이브는 뒤집어 쓴 두건을 아래로 끌어당겼다. 발광성 물질을 함유한 페인트로 마감된 도시의 벽은 LEM 가로등과 네온사인과 각종 광고판에서 튀어나오는 빛을 흡수해 각양각색으로 빛났다. 도시의 찬란함은 거기에서 나왔고 배가되었다. 대리석 모양의 합성 물질로 지어진 메트로폴리탄 미술관 외관은 가고일과 악마 조각으로 장식되어 있었다. 다른 누군가의 노래가 들려왔다. 여긴 그 옛날 큰 사과라고 불렸으니, 입 한껏 벌려 아그작 씹어볼까.[12] 주변이 너무 밝아 게이브는 한밤중인데도 별을 볼 수 없었다.

데마 광장(Demas Square)과 알렉산더 거리(Alexander Street)를 한참 헤맨 뒤에야 게이브는 조던 지구에 접어들었다. 사람들의 시선을 피해 조심스레 두루마리를 펴 보았지만 전언은 그대로였다. '조아르 지구에서 물고기를 통해 에이브러햄을 만나고 끝을 예비하라.' 명령 뒤엔 짧은 글귀가 덧붙여져 있었지만, 알아볼 수 없었다. 두루마리를 제라시 안에 집어넣은 게이브는 텅 빈 빛의

11 She prays to God, to Buddha, then she sings a Talmud song.
Confusions contradict the self, do we know right from wrong?

12 If this town is just an apple then let me take a bite.

도시를 걸었다.

조던 지구 이스트 엔드에 다다르자 게이브는 이곳이 빛의 가면 뒤에 숨은 도시의 맨얼굴임을 알아차렸다. 럼주가 밴 포석(鋪石)이 썩은 내를 풍겼다. 골목 구석구석엔 열에 들뜬 남녀가, 또는 남자들이 구시대에서 넘어온 실버 걸(Silver girl)[13]을 사이에 끼고 헐떡이고 있었다. 땀과 흰 가루에 범벅이 된 그들의 다리가 교미 중인 뱀처럼 뒤엉켜 있었다. 몇 걸음 떼지 않아 게이브는 마약이 담겼던 합성 용기(用器)와 주사기와 침과 콧물로 범벅이 된 흡입기를, 도시가 거주민들에게 제공하는 달콤한 젖꼭지들을 보았다. 멈칫거리는 게이브의 꽁뒤에 끈적거리는 여자 목소리가 들러붙었다.

"이봐요. 개밥(Dog food)[14] 좀 구해줄래요? 난 못 걷겠어."

게이브는 빠르게 움직였다. 골목을 벗어나자 가느다란 옥빛 선이 게이브를 훑었다. 검문대에서 자신을 가리켰던 음울한 빛이 도시 곳곳에서 사람들을 빠르게 훑어댔다. 옵저버가 번뜩이자 신의 영감이 흐려졌고 게이브는 고통을 느꼈다.

더 깊숙한 뒷골목으로 갈수록 도시의 빛은 엷어졌다. 우묵한 도시의 음부에서는 술과 마약이 교성과 질척거림과 함께 흘러나고 있었다. 젖가슴을 드러낸 여인들이 등을 기댄 벽 사이로 비릿

13 코카인을 가리키는 은어.

14 마약을 가리키는 은어.

한 웃음을 흘리는 뚜쟁이들과 눈가가 축축한 중독자들이 보였다. 누군가 진흙 빛깔 제라시를 잡아끌자 게이브는 재빨리 몸을 돌렸다. 누런 침 자국으로 입가가 더러운 도시 거주자가 질척거리는 미소를 띠고 있었다. 게이브가 비틀거리며 물러났다. 소란이 일자 골목 사이에서 비슷한 몰골을 한 자들이 게이브에게 퀭한 시선을 던졌다. 방향을 확신하지 못한 채 게이브는 수십 갈래로 갈라진 골목을 내달렸다.

숨이 턱까지 차오른 뒤에야 게이브는 보도에 거칠게 그려진 그림을 발견했다. 누군가가 발광 페인트로 그린 물고기들이었다. 띄엄띄엄 이어진 그것들은 일정한 방향을 가리키고 있었다.

물고기의 행렬은 어느 퇴락한 건물 앞에서 끝났다. 출입구에는 물고기 모양의 네온사인이 걸려 있었다. 주변을 둘러본 게이브는 찌르는 듯한 도시의 광채가 이곳에는 미치지 못한다는 사실을 깨달았다. 다른 곳들과 달리 이곳의 분위기는 차분했으며 오가는 이도 많지 않았다. 그때 출입구 근처의 엷은 어둠 속에서 누군가가 몸을 일으켰다. 짙은 남색 제라시를 입은 노인이 손을 들어 올리며 인사했다.

"좋은 밤이오, 선생. 머물 곳을 찾소? 내 집이 준비되어 있소만."

그는 호리호리한 흑인이었다. 하얗게 센 곱슬머리와 풍성한 턱수염을 지닌 그의 암갈색 뺨은 검버섯으로 뒤덮였고 발이 불편한지 지팡이를 짚은 쪽으로 몸 전체가 기울어져 있었다.

"사막의 관습이라오, 사라져 가는 전통이고. 이 도시에서 모래는 한 톨이나마 찾아볼 수 없지만, 나는 구식 노인네라 그 제라시만 보면 연민이 되살아나서 말이오. 이리 오시겠소, 선생? 당신의 얼굴이 안 보이는구료."

그 순간, 신적인 영감이 게이브를 엄습했고 두루마리가 말하던 그때가 바로 지금임을 깨달았다. 게이브는 천천히 두건을 벗었다. 다가오던 노인이 소스라치게 놀라며 뒤로 넘어졌다. 구두 뒤꿈치로 포석을 긁으며 허우적거리는 노인에게 게이브가 서서히 다가갔다.

"에이브러햄, 때가 왔다."

◆◆◆

스타뎀은 고개를 꺾어 보드카를 단숨에 삼켰다. 미끄러져 내려간 보드카는 식도에 불의 자취를 남겼다. 먹먹해지도록 머리를 흔든 그는 귀를 쫑긋거리고는 숨을 죽였다. 잠시 뒤 소리가 들렸다. 스타뎀은 머리를 움켜쥐었다.

시스템에 접속해 게이브의 행방을 몰래 살피던 스타뎀은 어디선가 들려오는 속삭임에 고통받는 중이었다. 그 목소리는 어머니의 잘린 머리를 든 남자의 것이었다. 소리는 네 시간째 이어지고 있었다. 오, 할 수만 있다면 꼬챙이로 귓속을 쑤셨으리라.

벌떡 일어난 스타뎀이 분할된 모니터를 향해 의자를 집어 던졌다. 숨을 헐떡이던 스타뎀이 발치로 굴러온 흡입기를 물끄러미 바라보았다. 약은 해결책인 동시에 가장 나쁜 선택이었다. 스타뎀은 그 남자가 약 너머에서 자신을 기다리고 있다는 걸 알았다. 문지기들의 왕이 몸을 떨었다.

벌거벗은 어머니가 다른 남자와 침대 위에서 헐떡이는 광경을 본 순간이 떠올랐다. 삐걱이는 침대와 낯선 남자의 등을 긁는 어머니의 굽은 손가락을 보던 그 순간, 스타뎀은 어머니라는 존재를 다른 육체와 세계를 지닌 객체로 인지하게 되었다. 모든 것은 어머니의 끈적이는 헐떡임에서 시작되었다, 지금 이 방을 가득 채우고 있는 스타뎀의 헐떡거림조차도.

그 분노로 어머니의 목을 자른 건 아니었다. 그녀, 나탈리(Nathalie)는 선천적으로 무슨 일에든 심드렁했고, 공감 능력이 지독히도 떨어졌다. 그녀가 어린 스타뎀에게 일부러 냉담했던 건 아니었지만 아이의 마음에 거대한 공허를 만들 정도로 무심했던 것도 사실이었다. 얼마 못 가 그 빈 곳에는 약이 주는 환상이 들어찼고 목소리가 스몄다. 헐떡임과 환상과 둔탁한 희열이 어린 스타뎀을 붙들었을 때, 칼은 멀지 않았고 사냥감 또한 그러했다.

어머니를 살해하고 그녀의 애인마저 잔혹하게 찢어발긴 뒤, 스타뎀은 젖꼭지와 배꼽과 성기에 피어싱을 매달았고 몸 구석구석에 뱀과 벨리알과 천상에 대한 판타지가 가득한 암청색 발광문신을 고통스레 박아 넣었다. 그런 방식의 자기규정을 통해 스타뎀은 자기혐오를 표출했다. 지금도 그는 육체에 고통을 가하길 좋아했다. 스타뎀은 열 개나 되는 손가락이 너무 많다며 초조해했고, 그것들을 잘라내면 머릿속에 자리한 허기가 채워질지도 모른다는 강박에 시달리곤 했다.

보드카를 마신 속이 조여들자 스타뎀은 욕지기를 느꼈다. 다시 목소리가 들리기 시작했다. 스타뎀의 손톱이 그의 황갈색 민머리를 고통스레 파고들었다. 결국 그는 흡입기를 코에 대고 힘껏 빨아들였다. 코부터 후두 너머까지 얼얼한 기운이 삽시간에 퍼져나갔고 양 볼이 씰룩거리는 가운데 턱이 부들거렸다. 스타뎀은 그대로 나자빠졌다.

"빌어먹을. 당신이군."

어둠 속에서 가죽 장화를 신은 사내는 비릿한 웃음을 머금고 있다.

"네 목소리가 나를 미치게 만들어. 왜 나야? 내게 왜 이러는 거야!"

스타뎀의 고함이 그의 의식 전체에 쩌렁쩌렁 울린다. 감정을 주체하지 못한 스타뎀의 뺨과 턱은 눈물과 침으로 범벅이 되어 있다.

"내가 왜 대답해야 하지? 인간이여. 수억 명에게 쏟아진 내 목소리에 오직 너만이 응답을 했어. 너만이 내게로 다다랐지. 나는 네게 묻고 싶구나. 너는 왜 내게 왔지?"

스타뎀에게 사내는 한 걸음씩 다가선다. 사내의 걸음 소리가 날카롭게 울린다.

“뭐든 직접 하란 말이다. 네 일에 내가 왜 도구로 사용되어야 해?”

사내가 대꾸한다.

“신 또한 수하를 부려 일을 도모한단 말이다.”

그것이 땅과 하늘 사이의 룰이었다. 사내가 스타뎀에게 다가와 그의 멱살을 틀어쥔다. 사내의 속살거림이 스타뎀의 뇌리를 깊이 찌른다.

“죄악의 자식아. 주인의 요구를 외면할 참이냐.”

“대체 원하는 게 뭐야!”

사내가 스타뎀을 들어 올린다. 붙들린 스타뎀의 다리가 공중에서 덜렁거린다. 사내의 눈동자를 본 스타뎀은 두려움에 몸을 떤다. 사내의 눈동자를 통해 스타뎀은 깡마른 흑인 노인과 그의 잿빛 턱수염을 본다. 그리고 게이브를.

스타뎀의 귀에 입을 가까이 댄 벨리알이 속삭이듯 말한다.

“물고기를 따라가.”

◆◆◆

에이브러햄의 거처는 건물의 지하실에 있었다. 카펫이 깔린 작은 공간은 쿠션을 덧댄 긴 의자들과 나무 십자가와 갈라진 벽을 가리려 걸어놓은 몇 개의 태피스트리로 꾸며져 있었다. 눈을 감은 게이브는 이 작은 공간 곳곳에 손바닥을 대보았다. 수백 년에 달하는 이 작은 교회의 역사가 그에게 온전히 전달되었다. 애초에 구빈원(救貧院) 건물 지하였던 이곳은 세대마다 간혹 다른 용도로 바뀌곤 했지만 결국 교회로 다시 쓰이곤 했다. 이 땅에 신의 이름이 지워진 그날로부터 오랜 시간이 지난 뒤에도 여전히.

단상 앞에는 인공 햇빛 아래 놓인 자그마한 화분들이 보였다. 마른 가지에 몇 개의 단단한 열매들이 엉겨 붙어 있었다. 게이브가 도시에서 처음 본 나무였다.

"그러니까, 당신이 거기, 거기에……."

단상을 가리키는 에이브러햄의 손가락은 아직도 떨리고 있었다.

"그래, 계시록."

에이브러햄이 일어나 단상에 놓인 책을 펴 들었다. 가죽끈으로 꿰인 책은 각 장(章)의 크기가 제각각이었고, 테두리도 너덜너덜했다.

"내가 물려받은 성경엔 시편과 잠언 조금과 신약의 서신서가 남아 있었을 뿐이었소. 작년에야 도서관 폐기물 사이에서 간신히 복음서와 계시록 일부를 구했지."

누더기 혹은 종이 뭉치로밖에 여겨지지 않는 묶음을 들춰 보며 게이브는 신음을 내뱉었다. 자신이 원하는 구절을 간신히 찾아낸 그가 그것을 읽었다.

"셋째 천사가 나팔을 부니 횃불같이 타는 큰 별이 하늘에서 떨어져 강들의 삼분의 일과 여러 샘물에 떨어지니 이 별 이름은 '쓴 쑥'이라."

"그러면 당신이 그 세 번째 천사라는 거요?"

노인이 물었다.

"곧 또렷해질 것이다."

책을 덮으며 게이브는 돌아섰다. 에이브러햄이 숨을 몰아쉬었다.

"솔직히 말하면." 에이브러햄이 입을 뗐다. "당신은 내가 생각하던 천사와 전혀 달라요. 옛날 얘기요만, 우리 인간들은 천사들이 대단한 능력을 가지고 있다고 여겼다오."

"상상과 실재 사이엔 깊은 괴리가 있다. 우린 그대들보다 좀 더 영에 민감할 뿐이야. 우린 영을 통해 그것이 지닌 흔적과 역사의 냄새를 맡지."

"도시에선 어떤 향기가 났었소?"

"오래된 무덤에선 시체 썩는 냄새조차 나지 않는 법이다."

에이브러햄은 씁쓸한 미소를 지으며 의자에 앉았다.

"난 당신을 악마라고 생각했었소. 악몽의 끝마다 나타나 '때가 왔다'고 속삭였다오."

"그대의 꿈에 내가 출몰했다고? 전혀 모르는 일이다."

"그렇다면, 왜 그런 꿈을 꾸었단 말이오?"

게이브는 고개를 저었다.

"꿈은 내 영역이 아니다. 계시 또한 마찬가지고."

"신께서 악몽을 통해 뜻을 전달하리라곤 생각지 않는데."

"내 생각도 그렇다."

에이브러햄이 고개를 절레절레 저었다. 노인은 이 상황이 조금도 믿기지 않았다.

"아까 말했던 멸망 말이오. 도시…… 이 도시가 멸망할 거라니……."

"패역하고 썩어버린 이 도시의 패망은 그간 유예된 것이다, 그것도 간신히 말이다."

"도시의 멸망을 계시받았나요? 정말 심판의 날이 오는 겁니까?"

"신의 뜻에 따라 나는 이곳에 보내졌고, 그분의 계시를 품고 있다. 고작해야 좀 더 잘 느낄 뿐이지만…… 내겐 이 땅을 정화하려는 신의 의지가 느껴진다."

에이브러햄은 게이브의 눈동자가 시간이 거듭될수록 점점 더 빛을 더하고 있다는 생각을 했다.

"천사들의 나팔도, 음녀도, 일곱 개의 왕관을 쓴 최후의 적(敵)도 아직 계시 속에 머무를 뿐, 그것이 언제 어떻게 진행될지는 오직 한 분만이 아신다."

"아무도 모른다는 거 아니오."

둥근 이마가 땀으로 흠뻑 젖은 에이브러햄이 가죽 책을 움켜쥐었다.

"그럼, 당신은 왜 내 앞에 나타난 거요? 그냥 나팔을 불기만 하면 되잖소?"

게이브는 에이브러햄의 의문이 무엇인지 알 것 같았다. 그가 신의 보좌를 향해 그랬던 것처럼 에이브러햄 또한 때를 묻고 있었다. 그는 두루마리의 글자를 떠올려보았다. 모래 폭풍우 속에서 아직 뜨겁던 봉랍인(印)과 꿈틀대던 신의 필체를. 게이브는 단상 위에 놓인 나무 십자가를 보았다. 교회를 눈으로 매만지며 조금씩 맑아진 영감을 통해 그는 노인과 자신이 가진 의문의 답을 조금씩 찾아나가는 중이었다.

"나는 받은 명을 감당할 뿐, 답하기 위해 보내지진 않았다. 짚이는 게 있긴 하지만."

게이브는 단상으로 나가 헤진 가죽 책 위에 손을 올려놓았다.

"신께서는 마지막 교회의 최후를 지켜보라는 뜻으로 나를 이곳에 보낸 것 같다."

"교회라고요? 여긴 그저 내 집일 뿐입니다."

게이브는 자신 안에서 소용돌이치는 영감들을 다스려 말로 끌어내는 것에 어려움을 느꼈다.

"제 의문은 왜 지금이냐는 겁니다. 지금껏 도시의 역겨움을 내버려두었던 신께서……."

"반대다, 에이브러햄. 이토록 깊은 타락이 어떻게 지금까지 징벌을 피할 수 있었는지를 물어야 한다."

깊게 침묵하는 노인을 바라보던 게이브는 고개를 돌려 주변을 찬찬히 둘러보았다. 그리고 에이브러햄의 눈동자를 들여다보았다. 쓰러진 에이브러햄을 부축했을 때 이뤄진 접촉을 통해 게이브는 에이브러햄이 살아온 과정 또한 낱낱이 알게 되었다.

사막 유목민인 뵈뵈(Phoebe) 이모의 손에서 자란 에이브러햄은 다그와 비슷한 나이에 도시에 들어와 부모와 살게 되었다. 도시에선 아무도 아이를 낳지 않았고 낳더라도 기르지 않았다. 한 생명을 낳고 기르는 수고를 들이기엔 도시가 주는 환락이 너무도 컸고, 도시 거주자들은 무엇보다도 욕망을 우선시했기 때문이었다. 도시에서 부모와 살게 된 에이브러햄은 뒤바뀐 삶에 도저히 적응할 수 없었다. 단순하고도 소박한 삶의 방식을 맛본 그에게 도시의 풍미는 너무도 지독했다. 에이브러햄은 저녁마다 이모가 준 가죽 책을 뒤적이며 몇 대목을 깊이 들여다보는 것으로 가족과 자신 사이에 장벽을 세웠고, 부모와 형제들은 모멸과 무시로 대응했다. 형제들이 더 극심한 향락을 향해, 더 진한 향취를 맡기 위해 도시 중심으로 옮겨 가자 에이브러햄은 본격적으로 가죽 책의 낱장을 복원하기 시작했다. 그는 몇 번이나 도시를 떠나 뵈뵈 이모에게로, 사막의 단순한 삶으로 돌아가려 했다. 하지만 이모가 죽은 뒤 사촌 형제들도 도시로, 혹은 사막 저 너머로 흩어지면서 에이브러햄은 이곳에 남게 되었다. 홀로 사막의 방식을 따르며 도시의 달콤함을 거절한 채 낡아빠진 가죽 책을 매만지며 묵묵히.

"그대 때문이다, 에이브러햄. 그대 때문에 신은 이 도시를 남겨 두었던 거였다."

영감에 붙들린 게이브가 말을 이었다.

"신은 자신의 방식이 아직 존중되고 있다는 사실을 특별하게 여기신 게 아닐까. 그분은 싱싱한 사과가 한 알이라도 있다면 사과 상자 전체를 부수지 않기로 결정한 것이다."

충격을 받은 에이브러햄의 얼굴이 굳어졌다.

"이해가 안 가는군요."

"보이지 않는 것들을 향한 굳은 믿음으로 사람은 생명을 보상받는다고 기록되어 있지 않느냐? 그대는 어릴 적 받은 가르침을 내버리지 않았고 퇴폐로 삶을 물들이기를 거절했으며 신의 말씀을 가까이하는 삶을 살았다. 그리고 오늘 내게 그랬듯이, 그대가 가진 것을 남에게 주려 했었지."

게이브는 어리둥절해하는 에이브러햄에게 다가갔다.

"그대의 삶의 방식이 그대를 구원하고, 나아가 도시의 멸망을 막아 세운 게 아닐까? 그대로 인해 이 장소는 의인의 터가 되고, 멸망의 문이 열리지 못하게 하는 유일한 쐐기가 되었던 거겠지."

노인은 생각에 잠겼다. 납득이 되지 않는 듯 얼굴은 혼란으로 얼룩져 있었다.

"이곳이 사라져야 멸망이 온다는 얘긴데, 이곳은……."

게이브의 짐작에까지 생각이 미친 에이브러햄의 표정이 얼어붙었다. 게이브가 고개를 끄덕였다.

"그대의 죽음이 신호가 되리라 생각한다. 교회는 예배와 찬양이 이뤄지는 땅이지. 그러나 신의 자취를 지닌 자의 향기가 머무는 곳이 교회이기도 하다. 만일 그대가 죽는다면 이곳 도시엔 신이 긍휼을 베풀 그 누구도 존재하지 않게 된다."

게이브는 에이브러햄을 향해 고개를 돌렸다. 날개 잃은 천사는 오묘한 영감에 이끌려 말을 이어갔다.

"그대의 죽음이 임박했구나."

노인이 고개를 들었다. 게이브는 노인의 시선이 멈춘 곳이 자신의 얼굴인지, 아니면 그 너머의 낡아빠진 십자가인지 알 수 없었다. 이윽고 에이브러햄이 가느다란 무릎 위에 올려놓았던 양손을 쥐어짜며 말했다.

"이것 참." 노인이 몸을 일으켰다. "난데없군요."

"이해한다."

에이브러햄은 절룩거리며 단상 반대편 벽으로 갔다. 물을 들이켜는 에이브러햄의 숨소리는 거칠었지만 손끝의 떨림은 한결 진정되어 있었다. 에이브러햄은 컵을 내려놓고 주변을 둘러보았다. 8제곱미터도 안 되는 이곳이 도시 전체의 멸망을 막고 있었다는 사실이 믿어지지 않았다. 하룻저녁에 알게 된 사실치곤 지나치게 묵직했고 너무나 버거웠다.

"요즘 들어." 에이브러햄의 두꺼운 아랫입술이 떨렸기에 목소리도 그러했다. "내 삶을 되씹는 중이었소. 나는 충분히 나이 들었고 커튼이 내려지는 순간을 준비해야 했거든."

숨을 길게 내쉬며 노인은 호흡과 감정을 가다듬었다.

"내 부모나 형제들은 나를 이해하지 않았소. 나는 고지식한 패배자로 여겨졌었소."

"그대가 이곳에 머무르고자 했던 마음이 이미 믿음의 행위라는 생각은 안 해봤는가?"

"잘 모르겠소. 신앙심? 믿음? 정말 모르겠어. 내 집이 도시의 멸망을 막았다 했나요? 이보시오, 나는 이 타락한 도시를 증오해왔어요. 그 많은 증오와 무수한 범죄들. 도시가 내놓은 튜브를 통해 약을 공급받아 기꺼이 괴물이 된 사람들을 봐요. 더 많은 쾌락을 위해 서로를 죽이고 있어요. 그런데 이 도시를, 이 저주받을 구렁텅이를 내가 지켜왔다니."

에이브러햄이 손으로 이마의 땀을 닦았다.

"그대는 이곳을 지켰다. 또한 타락한 도시로부터 그대의 마음을 지켰지. 그대는 나를 이곳에 들이며 사막의 관습을 말했고 그건 선의에서 나온 행동이었다. 그러한 선한 행동이 도시에 남은 유일한 신의 자취를 흩어지지 않게 만든 것이지."

생각에 잠겼던 에이브러햄이 고개를 저었다.

"아직도 믿기지 않아요. 나와 내 집이 수천만 명의 목숨을 수호한 마지막 담벼락이었다고? 그럴 리가."

곁에 앉은 게이브가 고개를 숙여 에이브러햄의 얼굴을 바라보았다. 노인의 눈동자에선 혼란이 보였다.

"그대가 신앙을 목적이나 수단으로 삼았다면, 죽음의 요구와 죄의 유혹에 진즉 무너졌을 것이다. 신앙은 그대에게 삶 자체였다. 그렇기에 그대는 사악함밖에 남지 않은 이곳에서 아직까지 인간의 얼굴을 유지할 수 있었던 것이지."

"왜 나일까? 수많은 사람이 있었을 텐데. 왜 하필 나였겠소?"

에이브러햄이 허공을 보며 고개를 천천히 가로저었다.

"내가 선한 자라니. 나는 늘 그 걱정을 했소. 나의 마지막 날을 말이오. 이봐요, 신은 나를 선하다고 말씀하시지만 내 양심은 나를 고발합니다. 난 한 번도 당신이 말하는 그런 사람이었던 적이 없어요."

에이브러햄은 마른세수를 하며 밀물처럼 들이닥쳤던 충격에서 차차 벗어나고 있었다.

"나와 내 집이 도시의 멸망을 막고 있었다고? 그게 신의 뜻이었단 말이오? 모르겠소, 정말 모르겠어요. 물어보고 싶소, 신에게 말이오. 헌데, 정말 신이 있소?"

에이브러햄의 눈에 이제는 경이로움이 가득했다.

그때, 벽에 달린 스피커에서 버저가 울렸다. 에이브러햄이 층계를 올려다보며 말했다.

"이상한 일이군. 식료품을 가져오는 배급관들은 내일이나 올 텐데."

지팡이를 짚은 에이브러햄이 계단을 반쯤 올라갔을 때, 문을 주먹으로 내려치며 누군가 고함을 질렀다. 목소리를 알아들은 게이브가 눈썹을 일그러뜨리며 두건을 뒤집어썼다.

"거기 있는 거 다 알아! 어서 나와, 게이브! 우리가 너와 관계해야겠다."

문고리를 잡은 에이브러햄이 놀란 눈으로 돌아보았다.

"일행이오?"

"그런 게 있을 리가."

"방법이 없나요?"

"무슨 말이지?"

게이브가 묻자, 에이브러햄이 주저하며 말을 이었다.

"저 악당들을 물리칠 특별한 방법 없나요? 천사 또한 우리처럼 무력한 겁니까?"

"사실은 더 약한 셈이지."

문지기들이 내뿜던 사악한 악취를 떠올린 게이브가 힘없이 실토했다.

에이브러햄이 한쪽 다리를 질질 끌며 게이브를 잡아당겼다. 단상 뒤쪽의 문을 열자 침대와 난로가 놓인 작은 방이 나왔다. 에이브러햄이 벽 한쪽에 걸린 태피스트리를 젖히고 나무 문에 질러진 빗장을 잡아 빼었다.

"창고가 부족해서 20년 전에 보수 공사를 하면서 옆 건물과 연결했었지요. 약에 취한 도시 거주자들이 소동을 일으키면 이 통로를 이용하곤 했어요."

"혼자 갈 순 없다." 게이브가 고개를 저었다. "그자들의 영혼에서 사악한 독기가 흘러나왔었어."

문지방을 건넌 게이브가 손을 내밀자 에이브러햄은 고개를 가로저었다.

“시간을 끌지 않으면 붙잡힐 겁니다. 창고 내부 계단을 통해 위로 올라가다 보면 밖으로 통하는 문이 나올 겁니다. 바로 나가진 마세요. 들킬지도 모르니까.”

“에이브러햄, 나 혼자 갈 순 없다.”

“당신이 천사라 하더라도 지금은 내 집에 온 손님입니다. 내 말 들어요. 이건 명예가 달린 문제예요.”

나무 문이 닫히며 통로가 어둠에 잠기기 직전, 에이브러햄이 속삭이듯 말했다.

“이제 꿈에서 당신을 볼 일은 없겠지요, 그렇지 않소?”

◆◆◆

파이살(Faisal)은 골목을 지키고 있었다. 키가 크고 피부가 유달리 검어 ‘흑곰’이라 불리는 파이살은 달이 뜨기 전부터 이곳에 보내졌다. 약 때문에 제정신이 아닌 상태에서도 스타뎀은 옵저버가 없는 사각지대에 미리 부하들을 배치하는 걸 잊지 않았다.

파이살은 창을 겨드랑이에 끼고 새 껌을 꺼내 입 안으로 구겨 넣었다. 어금니가 쑤셨지만 그는 턱을 움직이는 걸 멈추지 않았다. 쌀쌀한 바람이 불자 파이살의 검은 팔뚝에 닭 껍질 같은 소름이 돋아났다. 그는 벽에 창을 기대놓고 소변을 보았다. 긴 오줌발이 쉬지 않고 벽을 때렸고 단내가 골목 깊이 퍼졌다.

욱신거리는 눈가를 매만지던 파이살은 창을 집어 들었다. 요즘

몸이 부쩍 무거웠다. 혈당이 높아져 눈은 침침해졌고 헐어버린 신장 때문에 요독(尿毒)이 쌓였으며 간은 더 이상 럼과 약을 감당치 못했다. 치열이 들뜨고 혀가 부풀어 올라 무언가를 씹기도 버거울 지경이었지만, 뭐라도 하지 않으면 흡입기에 손을 댈 것 같아 파이살은 아귀가 뻐근하도록 껌을 씹었다. 훌쩍거리던 파이살은 은 코걸이를 주의하며 조심스레 코피를 닦아냈다. 호흡기를 많이 쓴 탓에 걸핏하면 혈관이 찢어지곤 했다. 독주와 비티듀드로 유지되고 있는 그의 육체는 이제 등뼈를 부러뜨릴 마지막 지푸라기를 기다리는 중이었다.

"파이살, 그쪽으로 가는 놈은 없나?"

귓불에 심은 극소형 통신기를 통해 스타뎀의 목소리가 들려왔다.

"없어요, 스타뎀."

"나는 네 친구가 아냐, 검둥아."

"죄송해요, 보스."

"좀 낫군."

통신기에서 아무런 소리가 들려오지 않자 파이살은 창을 거머쥐고 골목을 노려보았다. 입 안에 건초 한 무더기가 들어찬 것 같았다.

근무가 끝나고 여느 때와 같이 스타뎀과 부하들은 군복을 벗어던지고 거리의 음부로 뛰어들었다. 요즘 스타뎀과 그의 추종자들을 매혹시킨 유희는 바로 사냥이었다. 약에 취해 비틀거리는 대상은 사냥감으로 선정되지 않았다. 멀리 달아날 만한 대상을 오래도록 쫓아 가까스로 붙잡은 뒤 질리도록 맛을 보고 즐기는 게 사냥의 목적이었다. 검색대에 걸터앉은 스타뎀과 부하들은 적당한 사냥감을 찾느라 눈이 벌겠다.

파이살은 음성 명령을 내려 통신기를 옵저버에 접속시켰다. 동료들의 목소리가 또렷하게 들려왔다. 새로 패거리에 들어온 녀석들이 낄낄대고 있었다. 스타뎀은 사냥을 통해 패거리를 단합시키고, 참여자들의 태도를 관찰해 충성을 가늠했다. 사냥은 일종의 관문인 셈이었다.

차가운 바람에 파이살은 얇은 상의를 바짝 여몄다. 아주 가끔, 약에 손을 대지 않았더라면 어땠을까 하는 생각이 들 때가 있었다. 그는 넓은 콧구멍을 벌려 밤공기를 들이마셨다. 비릿한 피 냄새가 났고 콧구멍 안에서 아주 가느다란 모래 가루가 느껴졌다. 미쳤군, 도시 한복판에서 모래 가루라니. 그놈의 약 기운이 아직 혈관에 남아 있는 건가. 비티튜드의 은근한 약효가 얕은 환상과 꿈으로 자신을 이끄는 것만 같았다.

파이살은 약 기운에 스스로를 빼앗기지 않으려 더 빨리 껌을 씹었다. 다시 요의를 느낀 파이살이 들큼한 냄새를 풍기는 벽으로 돌아섰다. 오줌발을 보려 고개를 숙인 파이살이 깜짝 놀라 소리를 질렀다. 귀두에서 황금빛 모래가 콸콸 쏟아지고 있었다. 황당해하던 파이살은 껄껄대며 웃었다. '스스스스.' 모래들은 그의 발목까지 차오르고, 만족이 고인 그의 눈동자는 오아시스처럼 일렁인다. 마침내 근방을 모래로 가득 채운 파이살은 창 자루처럼 가느다란 관목과 그것의 푸른 잎을 쓰다듬으며 행복하다는 생각을 한다. 그가 통신기를 눌러 스타뎀을 호출했다.

"보스, 오줌을 눴는데 모래가 나온 거 있죠. 여긴 메마른 모래가 나부끼는 사막이에요."

"빌어먹을, 파이살이 맛이 갔어." 스타뎀이 나지막이 내뱉은 욕설이 들렸다.

"약을 또 처먹었나 보군. 이봐, 도시에 무슨 모래가 있다고 그래?"

"왜 내 말을 못 믿죠? 진짜 모래를 쌌다고요."

파이살은 수신기를 꺼버렸다. 그는 만족스러운 얼굴로 골목을 바라보았다. 신발 안은 온통 모래투성이여서 몇 걸음 가기도 전에 발이 미끄러진다. 자빠진 파이살은 기어서 모래 언덕을 올라간다. 멀리 황금빛 성읍이 신기루처럼 흔들리는 가운데 하늘엔 보랏빛 달들이 오로라를 뿜어내고 오아시스는 사파이어빛으로 찰랑인다. 그는 만족스러운 표정을 지으며 얼굴을 문질렀다. 뺨에 새겨진 여자 얼굴 문신에서 빛이 뿜어져 나왔다. 레일라(Layla), 내 사랑. 오늘 같은 날이면 그녀를 볼 수 있을 것 같다는 생각이 들었다. 아몬드빛을 띤 눈망울과 매끄러웠던 장밋빛 입술. 핥으러 다가가면 그것에선 꿀과 꿈이 흘러나왔고, 뺨에선 갓 구운 빵의 향기가 풍겼었다. 그는 입에 가득한 건초 더미를 뱉는다. 모래바람이 불어와 껌 덩이 같은 건초 더미를 덮는다.

파이살은 비칠거리며 모래 언덕에서 내려온다. 신발을 벗어 내던진 그는 모래를 한 움큼 쥔다. 바람에 흩날리는 모래에 반사된 달빛이 여리게 부서진다. 파이살은 별안간 눈물을 줄줄 흘렸다.

발톱 밑으로 가녀린 모래들이 파고드는 느낌이 새롭다. 파이살은 코걸이 아래로 흐르는 피 섞인 콧물을 닦았다. 그는 오아시스에 몸을 담그고 싶었지만 스타뎀의 추궁이 두려워 제자리에 주저앉는다. 모래 언덕에 등을 기댄 채 그는 충동적으로 흡입기를 꺼냈다. 잠시 망설이던 파이살은 코를 풀어 콧속을 비웠다.

"약을 먹어서 사막이 보이는 게 아니라고. 보스, 당신이 틀렸어. 사막은 진짜 있다니까."

파이살은 모래 언덕에 눕는다. 껄껄 웃으며 파이살은 오물이 가득한 도시의 뒷골목에 기대 비티튜드가 가득 찬 흡입기를 코에 가져갔다. 동공은 풀리고 턱으론 침이 흘러내렸다.

◆◆◆

다그는 페소토가 보내준 정보를 통신기로 확인하며 도시를 걷는 중이었다. 도시가 뿜어내는 빛들이 사방에서 넘실거리고 있었다. 거리엔 환락을 구하는 열띤 눈빛들과 쾌락을 탐하는 벅찬 가슴들이 넘쳐났다. 자기도로에는 광택을 낸 차량들이 둥실 떠 있었고 금박과 은박으로 몸을 꾸민 사람들이 더 많은 빛과 더 강한 환희를 향해 도시의 중심으로 스스로를 내던지고 있었다. 음악

소리가 너무 커서 귓구멍에 주먹을 쑤셔 넣는 것 같았다. 불과 칼을 삼키는 기인들 사이로 외발자전거를 탄 광대들이 도심을 가로질렀고 젖가슴을 드러낸 여인들은 호기심 어린 눈초리로 다그를 힐끔거렸다. 사방에서 빛살이 산란했다. 다그는 잠시 눈을 감았지만 망막에 새겨진 빛은 사라지지 않았다.

소년은 고통을 느꼈다.

통신기가 깜빡거린 건 그때였다. 자기부상 버스는 조아르 지구 근방으로 향하는 중이었다. 통신기 화면을 켜자 눈을 껌뻑이는 페소토가 보였다.

"어릴 적에 물고기 모양을 문에 그려 넣은 집을 보았던 기억이 나. 조아르 지구였던가."

페소토 뒤로 냐쿤이 보였다. 이미 상황 설명을 들었는지 냐쿤은 조아르의 서북쪽으로 가보라고 일렀다.

"그 방향에 '멜기세덱(Melchisedek)의 절규'라는 스트립 클럽이 있어. 그 근방에서 물고기 그림을 본 기억이 나."

다그는 냐쿤이 그곳에서 뭘 했는지 묻지는 않았다.

거리의 빛은 유별났다. 찬란한 도시의 불빛은 조던 구역 동쪽으로 갈수록 탁해지고 뒤틀리며 기이한 파동을 내는 것 같았다. 어쩌면 이곳의 벽을 구성하는 발광성 물질은 여느 구역의 것과는 성질이 다른지도 몰랐다. 다그는 야피의 목을 끌어안고 게이브의 지팡이를 개의 코끝에 가져다 댔다. 종종걸음으로 걷는 야피를 쫓으며 다그는 '물고기'를 찾아 두리번거렸다.

야피가 컹컹 짖으며 꼬리를 흔든 곳은 어두운 골목 입구였다. 길 건너편에 냐쿤이 갔다는 클럽이 보였고 어디선가 차가운 바람이 불어왔다. 개를 진정시킨 다그가 제라시 안쪽에 넣어둔 단도를 더듬었다. 이렇게까지 할 필요가 있을까 싶기도 했지만 다그는 게이브의 말을 그냥 넘겨버릴 수 없었다. 그의 말대로 도시가 멸망한다면 자신은 꼭 그 멸망을 지켜보아야 한다고, 자신의 유년과 어머니의 목숨과 아버지의 삶을 끝장낸 이 증오의 도시가 맞을 완전한 파국을 바라봐야만 한다고 다그는 생각했던 것이다.

별안간 야피가 짖었다. 컹컹 개 짖는 소리가 골목 너머까지 울렸다. 깜짝 놀란 다그가 야피의 코끝을 두드려 조용히 하도록 명령했다. 다그는 골목 안을 살폈다. 그곳엔 네댓 명의 남자들이 몰려 있었고 문을 두드리는 기세엔 초조와 짜증이 배어났다. 남자들 뒤로 목줄을 맨 검고 홀쭉한 도베르만이 발작적으로 짖어대고 있었다. 야피를 끌어안은 다그가 벽에 바짝 붙었다. 문을 두드리는 자들은 통풍이 잘되는 알록달록한 웃옷과 합성 도료를 발라 어둠 속에서도 핑크빛으로 번들거리는 바지를 입었는데, 허리춤엔 크리스털처럼 투명한 반월도를 차고 있었다. 버튼만 누르면 투명한 칼날은 오싹한 불꽃에 휩싸이리라. 그들 중 하나가 문을 발로 차며 을러댔다.

"문을 부술 줄 알아!"

발로 문을 찰 때마다 물고기 표지판이 흔들렸다.

"문 다음엔 갈비뼈야."

뒤쪽에 선 민머리 사내가 심드렁하게 이죽거리자 신경질적인 웃음소리가 골목을 울렸다.

스타뎀의 울화는 내리누를 수 없을 지경까지 치밀어 있었다.

부하 중 하나가 패널을 살피더니 이곳이 종교 부지로 등록되어 있다고 보고했다. 그렇다면 게이브는 점쟁이를 찾아갔던 것일까. 스타뎀은 코밑을 문지르고 흐르는 침을 닦았다. 그는 속삭임을 달래려고 보드카 병을 비우고 비티튜드를 두 번 흡입한 참이었다. 속삭임은 이 문 너머에 스타뎀이 죽여야 할 늙은이가 있다고 가르쳐주었다. 에이브러햄이라는 사냥감 곁에 게이브가 있을 줄은 꿈에도 몰랐다. 에이브러햄과 게이브의 연관을 따져봐야 옳았지만, 약과 술로 정신이 돌아버린 스타뎀에게는 무리였다.

갈색 콧수염을 지닌 민머리 사내, 스타뎀의 끓어오르는 증오는 골목에 숨은 다그에게도 생생히 느껴졌다. 소년은 두려움으로 벌벌 떨었다. 그때 문이 열리고 한 노인이 얼굴을 내밀었다.

"에이브러햄인가?"

문을 두드렸던 자가 묻자 뒤에 섰던 스타뎀이 앞으로 나서며 대신 대답했다.

"맞아."

스타뎀은 에이브러햄의 멱살을 움켜쥐고 문설주로 몰아붙였다. 뒷머리가 벽에 부딪히자 에이브러햄이 신음했다.

"왜 이러는 거요?"

스타뎀은 코가 닿을 정도로 에이브러햄에게 얼굴을 바짝 들이밀었다.

"원래는 너를 손봐주기 위해 여기 온 거야. 그런데 여기 내가 먹으려던 흰 사슴도 있었다더군. 너무나 놀라운 우연 아냐?"

"여자는 많지 않소? 남자도 그렇고. 왜 하필 내 집에 온 손님을."

스타뎀이 에이브러햄의 턱을 틀어쥐었다.

"불 속에 고양이를 넣어본 적이 있나? 털에 불이 붙으면 팔짝팔짝 뛰면서 어쩔 줄 몰라 하는 게 굉장히 웃긴데 말이야."

뒤의 부하가 그은 성냥에 스타뎀이 시가 끝을 가져갔다. 그의 민머리가 연기에 잠겼다.

"내가 오늘 종일 그랬어. 미친 고양이처럼 말이야. 아랫도리가 뻐근해서 도통 일이 손에 안 잡혀. 내게 아주 못된 버릇이 있는데 말야."

스타뎀이 속삭이듯 말했다.

"난 가지고 싶은 건 꼭 가져야 해."

멱살을 잡힌 노인의 대꾸가 다그에게는 잘 들리지 않았다. 하지만 그 말이 민머리 사내의 화를 돋운 건 확실했다. 멱살을 잡은 남자가 노인을 집 안으로 던지자 뭔가 박살 나는 소리와 함께 비명이 들렸다. 다그는 눈을 질끈 감았다.

"옵저버는?" 스카우터를 들여다보는 부하에게 스타뎀이 물었다.

"탐색되지 않습니다."

"숨바꼭질을 할 시간이 되었군."

스타뎀의 시선을 받은 사내들이 낄낄거렸다. 오한이 스몄고 다그는 몸을 떨었다.

"악마가 심판하고, 유령이 집행하며, 괴물이 된 우리가 살육한다. 두 개의 달이 만월이 된 오늘밤 사냥 뿔나팔이 고막을 찢을 거다."[15]

남자의 콧수염이 씰룩거렸다.

"가서 내 흰 사슴을 잡아와, 파티를 벌이게. 그사이에 나는 저 늙은 점쟁이에게 내 운수를 좀 묻도록 하지."

사내들이 사방으로 흩어지자 야피를 안은 다그는 뒤도 돌아보지 않고 내달리기 시작했다. 다그는 양 떼를 떠난 것을, 낯선 자의 궤변에 궁금증을 가졌던 것을, 광야를 떠나 악이 가득 찬 도시로 온 것을 후회하며 모퉁이들을 돌았다. 그때, 품에 안긴 야피가 몸을 버둥거렸다. 야피의 콧잔등을 때려주기 위해 다그가 한 손을 들었을 때 쓰레기 더미에 숨어 있던 누군가가 다그의 옷깃을 잡아당겼다.

15 This is judgment night, execution, slaughter.
The devil, ghosts, this monster is torture.

◆◆◆

파이살을 찾아온 비트는 그가 처음 듣는 박자를 지니고 있었다. 그 흥겨움에 온몸을 들썩이던 파이살은 넘실대는 즐거움에 결국 두꺼운 입술을 벌리며 크게 웃었다. 그가 삑삑거리는 귓불의 송신기를 매만졌다.

"파이살, 내 흰 사슴이 그리 갔나?"

스타뎀의 목소리엔 날이 바짝 서 있었지만, 잔뜩 느즈러진 파이살의 신경엔 시처럼 달콤했다.

"아뇨, 보스. 여긴 깨끗해요."

어디서 코요테가 우는 듯해 파이살은 침침해진 눈을 비비며 꿈틀거리는 사구들을 바라본다. 약은 언제나처럼 묘한 꿈결로 그를 이끌었고, 수신기가 삑삑거릴 때 그는 마침 상수리나무 사이를 거닐던 참이었다.

상수리나무를 한 '자루' 뽑아들고 파이살은 코요테 소리가 난 언덕을 향해 발을 내디딘다. 쓰레기 더미 위에서 건장한 흑인이 허우적거리고 있다. 파이살은 유달리 높다란 모래 언덕으로 간다. 그는 모래 사이로 뭔가가 반짝이는 걸 본다. 이럴 수가. 레일라가 거기 있다. 내 사랑. 나를 욕망케 하고 헐떡이게 했던 유일한 여자. 파이살은 깜빡이는 그녀의 아몬드빛 눈동자에 두려움이 깃들어 있다는 생각을 했다. 그는 모래 언덕에 머리를 박고 레일라를 향해 얼굴을 들이민다. 모래 속에서 그녀가 고개를 가로젓는다.

“오랜만이에요, 파이살. 나를 또 괴롭히러 왔나요?”

입 안으로 쏟아지는 모래를 뱉으며 파이살은 헐떡거린다.

“오, 내 사랑. 이렇게 만나다니!”

“당신의 매질이 기억나요. 손아귀에 잡혔던 진주 목걸이가 끊어졌고 진주알들이 카펫에 박혔죠, 내 눈물처럼.”

그녀의 아몬드빛 눈동자에 불꽃이 일렁인다.

“내 사랑. 그건 실수였어.”

“당신은 나를 아프게 했고, 우리의 아이를 비통함 속에 던져뒀어요.”

레일라, 내 꿈의 여신. 파이살이 훌쩍인다.

“당신은 약을 위해 도시로 가려 했고, 우리를 저버리려 했어요.”

여인의 비난이 파이살의 가슴을 찌른다.

“가네샤(Ganesa)[16]의 크림색 상아에 맹세코 난 너와 우리 아이를 사랑했어.”

흘러내리는 모래를 맞으며 둘은 서로의 눈을 바라본다. 그의 뺨에 새겨진 자신의 얼굴을 보자 그녀는 부드럽게 미소 짓는다.

16 지혜의 신이자 행운의 신이다. 관희천(觀喜天), 가나파티라고도 한다. 코끼리 머리를 하고 뱀으로 허리를 둘렀으며, 네 개의 손과 한 개의 긴 이가 있다. 쥐를 타고 있거나 쥐를 거느리고 있는 작은 배불뚝이로 표현된다.

심장이 녹아버린 파이살이 부드럽게 마주 웃는다.

"당신, 여전하군요."

"다시 보다니 꿈만 같아."

"꿈이 아니에요, 자기. 하지만 현실도 아니죠. 그런데 당신은 그 둘을 어떻게 구분하나요?"

대답하는 대신 파이살은 그녀의 눈동자에 키스한다.

"사랑해."

여인은 눈썹을 치켜올리며 단호하게 말한다.

"내 안식을 지켜줘요, 파이살. 정중하게 대해줘요. 날 모래 속으로 돌려보내줘요."

"레일라, 내 사랑……."

어둠 속에서 흔들리는 아몬드빛 눈동자를 보며 파이살은 울먹인다. 그의 뺨과 가슴 위에서 굽이치는 백색의 별들, 그 하얀 발광문신들이 섬뜩하게 번들거렸다. 쓰레기 더미의 틈새를 다른 쓰레기들로 메우며 파이살은 훌쩍거렸다.

단지 떠났을 뿐이다, 사막의 다른 사내들처럼. 그의 영혼이 간절하게 약을 원했기 때문에 그 자신도 어쩔 수 없었다. 사고였다고 파이살은 말하고 싶었다. 레일라가 쏟아냈던 말의 날카로움이 그의 강철 같은 가슴에 상처를 내지 않았던가. 파이살은 아내를 해칠 생각이 없었다. 검고 탄탄한 그의 근육이 지나치게 강했고, 그 힘을 견디기에 그녀의 광대뼈가 너무도 약했던 탓이었다.

사막의 모래로 정성스레 아내를 덮어주고 검은 거인은 뒤돌아

비칠거렸다. 귓전에 스타뎀의 고함이 들렸지만, 그는 개의치 않았다. 파이살은 비칠대며 조아르 지구를 벗어났다. 월식이 일어나고 있었다. 창백한 달들을, 어둠은 꾸준히 삼켜댔다. 파이살은 주먹을 움켜쥐었다. 어둠이 모든 것을 먹어치운다는 생각에 그는 난데없는 두려움을 느꼈다. 하얀 가루는 빠른 속도로 파이살의 몸속을 돌며 낡고 병든 그의 혈관을 조금씩 갉아먹었다. 그러면서 어둠은 너덜거리는 파이살의 영혼을 마지막 조각까지 끈덕지게 삼켜댔다.

◆◆◆

"우리를 봤는데 왜 그냥 가버린 걸까요?"

영문을 몰라 하는 다그의 아몬드빛 눈동자를 보면서 게이브는 당혹감을 느꼈다. 그는 자신이 깨달은 것을 소년이 모를 수도 있겠다는 생각에 놀라는 한편 다행스러웠다. 에이브러햄이 알려준 대로 빠져나온 게이브는, 성문에서 창끝으로 자신의 제라시를 태웠던 파이살을 알아보고는 폐건축 자재 더미 사이에 숨어 있었다. 그러다가 골목 저편에서 달려오는 다그를 보고는 손을 뻗어 쓰레기 더미 속으로 잡아당긴 것이었다.

"잘 모르겠구나."

"분명히 봤다고요."

다그의 호흡은 아직도 가빴다. 약에 취한 그자는 쓰레기 더미 사이를 뒤지다 게이브에게 안긴 다그의 눈을 쳐다보며 웅얼거리다가 갑자기 눈물을 쏟으며 물러갔다. 뭔가 말하려던 게이브는 입을 다물어버렸다. 그는 다그가 걱정스러웠다. 남자의 가슴에 흐르던 은하수 모양의 발광문신은 빛이 바래긴 했지만 못 알아볼 정도는 아니었다. 게이브는 파이살의 영이 강한 연민으로 요동친다는 인상을 받았다.

그는 아들을 알아보았던 걸까?

아니면 소년의 눈동자를 통해 다른 뭔가를 본 걸까?

파이살이 비틀거리며 멀어져 간 뒤로도 골목을 가로지르는 뜀박질 소리가 간혹 이어져 그들은 쓰레기 더미에서 벗어날 수 없었다. 주인의 손에 이끌려 내달리는 도베르만들이 발작적으로 짖어댔다. 홀쭉한 배를 지닌 저 새카만 개는 케르베로스와 그것이 지키는 곳을 연상시켰다. 게이브는 다그를 데리고 빠져나왔던 창고 안으로 다시 들어갔다.

다그는 자신이 목격한 상황을 일러주었다. 게이브는 다그를 이곳에 남겨두고 에이브러햄에게 돌아가려 했다. 다그는 화를 냈고, 그제야 게이브는 자신을 혼자 남겨두는 게 더 위험하다는 다그의 말을 납득했다. 둘은 결국 함께 움직이기로 했지만, 에이브러햄에게 돌아가는 게 과연 올바른 선택일지 게이브는 확신할 수 없었다. 에이브러햄과 헤어진 뒤로 그의 영감은 희미해지고 있었다. 두루마리를 펴보았지만 글귀에는 변함이 없었다. 그들은 먼지 가득한 통로를 되짚어갔다.

에이브러햄은 층계 아래 고인 피 웅덩이에 누워 있었다. 불가능한 각도로 뒤틀리고 꺾인 노인의 손가락을 보며 게이브는 그가 감당한 시간들이 쉽지 않았음을 알아차렸다. 부어오른 눈덩이 사이로 에이브러햄의 눈동자가 슬며시 움직였다. 게이브 뒤에 선 다그의 눈동자에 경악이 차올랐다.

"당신이 정류장 방향으로 갔다고 말했소. 되돌아올 거요. 도망가시오."

"너무나 지독해요." 다그가 흐느꼈다.

피 웅덩이 속에서 에이브러햄이 버둥거렸다. 화가 난 게이브가 바닥에 흩어져 있던 흡입기를 발로 으깼다. 에이브러햄이 뒤틀린 손가락으로 그것을 가리켰다.

"시간이 있을 거요. 몸도 못 가눌 정도로 마약을 들이켰으니."

"멸망의 나팔이 그대의 원수를 갚을 것이다, 에이브러햄."

"복수가 무슨 의미가 있겠소, 천사여. 그냥 죽는 것일 뿐이오. 시간이 되었소?"

"의인이 사라지면, 성소도 무너지겠지. 나팔은 그 뒤의 일일 것이다."

일곱 나팔, 그리고 예비된 진노의 일곱 잔.

게이브가 달싹거리는 에이브러햄의 입술에 귀를 가져갔지만, 알아들을 수는 없었다. 게이브는 에이브러햄의 머리로 손을 뻗어 그의 영과 직접 교감하려 했지만 에이브러햄은 기다리지 못했다. 굽혔던 허리를 편 뒤에야 게이브는 자신과 비슷한 처지에 놓였을지 모를 다른 여섯 천사를 떠올렸다. 그들 또한 두루마리를 따라 나팔과 잔을 들고 또 다른 타락 앞에 섰을까. 그는 동질감과 함께 한없는 고독을 느꼈다.

"죽었나요?"

쭈뼛거리며 다가온 다그가 물었다. 그는 두 사람의 대화가 무슨 의미인지를 이해하려 애쓰는 중이었다.

"그래." 게이브가 몸을 일으키는 에이브러햄의 영혼을 보면서 대답했다.

아픔이…… 그쳤군.

몸에서 흘러나온 에이브러햄의 영혼이 고개를 갸웃거리며 도로 반듯해진 손가락을 살펴보았다.

"이분의 멱살을 잡아 내던졌어요. 끔찍해요. 대체 무슨 잘못을 한 거죠?"

그저 여흥이었던 게지.

다그에게 에이브러햄의 대꾸가 들릴 리 없었다. 게이브는 두루마리를 꺼냈다. 자기 시신 곁에 선 에이브러햄에게, 은은한 빛기둥이 드리워졌다. 게이브와 에이브러햄은 기둥 위로 천천히 떠오르는 빛의 입자들을 보았다. 에이브러햄은 주변을 찬찬히 둘러보았다. 낡아빠진 가구들과 먼지 앉은 단상. 해어지도록 매만졌던 그의 가죽 책이 그 위에 쓸쓸하게 놓여 있었다. 이제 별이 토해내는 검은 불길 속에서 이 모든 게 녹아내리리라.

샴페인의 기포처럼 방울지며 떠오르는 빛의 입자에 이끌려 에이브러햄의 영혼은 조금씩 흩어졌다. 보일 듯 말 듯 은근해진 에이브러햄의 형체가 완전히 사라지기 직전, 게이브는 활짝 피어난 그의 미소를 본 것 같다는 생각을 했다. 하지만 그 표정은 게이브의 마음을 전혀 가볍게 해주지 못했다. 그는 에이브러햄의 죽음이 아니라 그것이 이뤄진 방식에 책임을 느꼈다.

천사는 처음으로 자괴감을 맛보았다.

"시신을 어쩌지요?"

"기념품을 만들어보는 건 어때?"

낯선 이의 카랑카랑한 목소리가 에이브러햄의 처소를 쩌렁 울렸다.

◆◆◆

문설주에 몸을 기댄 사내는 교회 안을 둘러보았다. 모자에 꽂은 깃털이 하늘하늘했다. 게이브는 등허리에 서늘한 기운이 어리는 걸 느꼈다.

"도시가 이렇게 추운 곳이었나요?"

다그가 야피를 껴안고 덜덜 떨었다. 개가 자꾸 낑낑거리며 버둥거렸다. 단상 앞에 쪼그려 앉은 다그는 허공을 향해 이를 드러내는 야피를 얼렀다.

"겨우 여길 손에 넣는군. 도시를 움켜쥔 지 수백 년 만에."

사내는 천천히 계단을 내려섰다. 검은 가죽 부츠에 검은 바지, 은색 줄이 놓인 잿빛 실크 블라우스를 입은 사내는 깃을 꽂은 사냥용 모자를 쓰고 새카만 채찍을 들고 있었다.

“십자가를 뒤집은 다음 이 노인네 두개골을 박아놓는 건 어떨까. 좀 진부한가?”

사내는 채찍으로 죽은 에이브러햄의 턱을 툭툭 쳤다. 나지막이 혀 차는 소리가 들렸다.

“뭐가 좋을까……. 아하! 좋은 생각이 났어. 이봐!”

사내가 게이브를 향해 눈을 치떴다. 뱀처럼 세로로 길쭉한 벨리알의 눈동자가 보였다.

“등갓을 만드는 건 어때? 언젠가 힘러(Heinrich Himmler)에게 알려주니까 꽤나 기뻐하던데. 요즘은 그리 좋은 동역자(同役者)를 만나기가 쉽지 않아.”

“바깥에 득실득실하던데.”

게이브가 계단 쪽을 향해 뱉은 말을 알아듣지 못해 그의 얼굴을 바라본 다그는 그 위에 서린 분노에 깜짝 놀랐다. 다그는 에이브러햄의 시체를 내려다보며 싱글거리는 벨리알을 볼 수도, 느낄 수도 없었다.

“요즘 녀석들은 틀에 박혀서 말이지. 창의적인 발상이 부족해. 진정한 경탄을 불러일으키지 못한다고. 그저 찌르고 쑤시고, 약에 취해 샐쭉거리고……. 그나저나 너는 존중이 부족하군. 신분이 바뀌었어도 나는 여전히 네 선배야.”

“닥쳐라, 배반자야. 심판이 머지않았다.”

“도시에 떨어뜨릴 큰 별을 얘기하는 건가?”

게이브를 향해 비웃음을 날린 사내가 입을 뗐다.

"내가 그걸 두려워할 줄 알았나?"

"네 추종자들이 모조리 불 속에서 타 죽겠지."

"꽃가루를 맡고 비틀거리는 검불 같은 작자들에게 내가 연민이라도 느껴야 하나? 연민은 우리의 미덕이 아니야. 별이 떨어진다고? 그게 궁극적이면서도 완결한 신의 승리인가? 너, 신의 종을 자처하는 자야. 잃어버린 양들이 번제(燔祭)로 바쳐짐에 신이 기뻐할까? 세상을 사랑해서 십자가에 올랐다던 나사렛 사람이 도시가 별에 깔려 뭉개지는 걸 보며 기쁨으로 발을 구를까? 그게 승리인가?"

"궤변이다, 멸망의 아들아."

게이브를 보며 벨리알이 비웃었다.

"도시의 타락 자체가 신에 대한 나의 승리다, 풋내기야. 신이 제가 창조한 존재들을 제 손으로 부정하는 순간에 우리의 승리가 확정된다는 것을 모르겠는가? 진노의 잔을 붓자마자 신은 패배하는 거야."

게이브가 입을 떼려 할 때 벨리알이 채찍을 공중에 휘두르며 비아냥거렸다.

"내 말이 마음에 들지 않는다면 내 따귀라도 갈기지 그래? 내가 닭 날개를 달고 신의 종노릇을 하고 있을 때까지만 해도 너 따위는 별 볼 일 없는 녀석이었는데."

"말씀이 이미 성취되었다. 패배와 필멸이 너희 앞에 놓여 있다,

추락한 자야.”

“추락하며 공중에서 그슬리는 것들을 보며 인간들은 소원을 빌지. 안 그런가, 천사여?”

벨리알이 다그의 옆에 기대어 담배를 빼 물었다. 치켜든 그의 중지에서 솟은 불꽃이 담배에 불을 붙였고, '딱' 소리를 내며 튕긴 손가락 사이로 지폐가 공작새의 꼬리처럼 펼쳐졌다. 손가락을 오므리자 우그러진 지폐들이 비명을 질렀고 다시 손을 펴자 아지랑이가 솟았다. 담배를 끼운 손가락으로 소년을 가리키며 벨리알은 깔깔 웃었다.

“어때, 신기하지? 배우고 싶지 않니, 꼬마야? 어이쿠, 이런. 볼 수가 없지.”

채찍으로 부츠를 툭툭 치며 벨리알이 교회를 돌았다. 부츠 소리가 지하 교회에 날카롭게 울렸고, 그 사이로 득득, 이 가는 소리가 들렸다.

“여긴 왜 나타난 거지?”

게이브의 질문에 벨리알이 피식 웃었다.

“크리스마스가 다가오잖아. 성탄절은 교회에서 보내는 게 제격이야. 선물도 나눠줄 예정이니 받아가라고. 착한 일은 좀 했나? 그렇게 창백해서는 광합성이 필요하겠군. 해골마가 끄는 마차를 타고 벨리알 할아버지가 왔으니, 소원을 말해봐. 구릿빛 피부를 줄까?”

격앙된 게이브가 한 걸음 내딛자 악마는 채찍으로 벽을 내리쳤다.

“한 걸음만 더 와봐라, 뼈마디를 씹어줄 테니!”

교회 벽이 덜덜 떨렸고, 세 갈래로 찢어진 악마의 채찍이 노여움으로 꿈틀거렸다. 단상 아래에 앉아 있던 다그는 엄습하는 냉기에 몸을 떨었다.

“나만 추운 거예요? 아저씨, 어디 있어요? 왜 이리 어두운 거죠?”

그들의 존재와 목소리가 너무도 분명했건만 다그는 아무것도 볼 수도 들을 수도 없었다. 그제야 게이브는 자신의 존재가 희미해지고 있음을 깨달았다. 벨리알과 말을 섞은 이상, 게이브는 두 영역에서 동시에 자리할 수 없었다. 다그를 힐끗 본 게이브가 품속의 두루마리를 매만졌을 때, 문이 벌컥 열렸다.

약을 너무 많이 흡입한 스타뎀은 제 몸도 못 가눌 지경이었고 계단을 내려오는 모양새도 위태로워 보였다. 다그의 품에 안긴 야피가 으르렁거렸고 다그는 품에서 칼을 꺼내 들었다. 희미해지다가 사라지길 반복하는 게이브를 좇는 다그의 눈에 공포가 어려 있었다.

스타뎀이 간신히 쥔 크리스털 칼이 계단에 부딪히자 불꽃이 튀어 올랐다. 의자 뒤로 숨은 다그를 게이브는 안타깝게 바라보았다.

“대화 중이셨군.”

게이브를 향한 갈망으로 스타뎀은 부풀어 올랐다. 벨리알이 경멸 어린 눈초리로 스타뎀을 흘겨보았다.

"이거…… 약을 너무……. 이거…… 정말이지."

게이브는 스타뎀의 영이 한 줌 정도밖에 남지 않았다는 사실을 느끼곤 깜짝 놀랐다. 한계 이상의 약을 들이켠 스타뎀은 영으로 존재하는 벨리알과 열어진 게이브까지 볼 수 있게 된 것 같았다.

"이제 보상을 주시오, 잔혹한 존재여. 내게 안식을 준다 하지 않았소."

턱을 바짝 끌어당긴 스타뎀이 눈을 치켜뜨며 혀 꼬부라지는 소리를 냈다. 해죽거리며 자신을 향해 손을 뻗는 스타뎀에게 게이브는 역겨움을 느꼈다. 지금 스타뎀은 껍질이 벗겨진 양 시체를 탐하며 죽음 위를 선회하는 환상 속에 존재했다. 벨리알이 음울한 미소를 지었다.

"늙은이가 빨리 죽었으면 해서, 저 녀석을 다그쳤지."

스타뎀의 주변을 천천히 돈 벨리알이 몸을 기울였다. 세로로 길쭉한 눈동자에 경이가 가득 차 있었다.

"육신의 눈으로 우리를 볼 수 있다니 놀랍군. 스타뎀은 알을 품었고, 알은 자라나 스타뎀을 품었지. 이봐, 천사. 이 인간 안에 가득한 의지가 느껴지나?"

"의지?"

"약속의 이행에 대한 간절함 말이야. 나는 계시를 부었고 이자는 부름에 응했어. 나는 약속을 속삭였지. 더 이상 목소리가 들리지 않게 해주겠다고, 평안을 주겠다고."

"악마에게 신의가 있는가? 사악한 너희에게도 약속이란 게 있던가?"

채찍으로 가죽 장화를 툭툭 두들기던 벨리알이 어깨를 으쓱거렸다. 스타뎀은 옆으로 쓰러지려는 몸을 간신히 지탱하는 중이었다. 그의 콧수염이 피 섞인 콧물로 흠뻑 젖었고 침이 입에서 흘러나왔다. 다그가 두려움으로 몸을 떨었고, 게이브는 제라시 속 두루마리를 움켜쥐었다.

벨리알이 스타뎀에게 다가갔다. 칼을 쥔 스타뎀의 손을 붙잡은 악마가 침이 고인 그의 입 속에 그걸 천천히 집어넣었다. 스타뎀이 저항했지만, 아무 소용이 없었다. 스타뎀이 제 입으로 칼을 집어넣는 걸 본 다그가 비명을 질렀다. 살이 타들어가며 연기가 피어났고 피거품이 부글거렸다. 연수를 꿰뚫은 칼날이 스타뎀의 목덜미로 삐죽 튀어나왔다. 나자빠진 스타뎀을 굽어보며 벨리알은 한 번 더 어깨를 으쓱거렸다.

"죽음이야말로 최고의 안식 아닌가."

비티듀드로 인해 거의 사라져버린 스타뎀의 영은 조악했고 대부분이 바스러진 상태였다. 공기의 흐름조차도 견디지 못해 부서지며 흩어지다가 땅속으로 스미듯 사라졌다.

게이브는 걱정스러운 눈으로 다그를 돌아보았다. 다그는 흐려졌던 게이브의 형상이 또렷해지는 걸 알아차렸다. 다그의 눈에서 눈물이 흘러내렸다.

"모든 게 약 때문이죠. 그렇죠?"

게이브는 다그에게 다가갔다. 게이브가 어깨를 감싸 안아주었지만, 다그의 떨림은 그치지 않았다.

"저 할아버지와 나누었던 말들 있잖아요. 진노의 잔, 도시의 멸망, 나팔 소리. 아저씨, 전 그 이야기를 알아요. 할머니가 매일같이 들려주었는걸요."

다그가 팔뚝으로 눈물을 닦았다.

"이야기가 거짓말 같다고 놀리면 할머니는 말했어요. 눈을 감을 때 보이는 것이 있다고. 참말은 침묵 속에서, 진리는 암흑 속에서."

다그가 말을 이었다.

"아까 그 사람, 우리 아빠였어요. 맞죠? 아저씬 알고 있었죠?"

시야에 소년과 악마를 동시에 둔 게이브가 고개를 끄덕였다. 다그가 한숨을 내쉬었다.

"아른거리는 눈동자였어요. 어디선가 본 것 같은."

"왜 내가 알고 있다고 생각했지?"

"여기 오기 전엔 몰랐죠. 쓰레기 더미를 들춰 제 눈을 보던 그 사람이 눈물을 줄줄 흘렸을 때만 해도 왜 그러나 싶었어요. 나중에 알았어요. 내가 기억하지 못한 게 아니라 기억하기 싫어서 그랬다는 걸."

몸을 덜덜 떨면서도 다그는 말을 그치지 않았다.

"언젠가 잠결에 아저씨가 품 안에서 두루마리를 꺼내 읽는 걸 봤어요. 그리고 그때, 아저씨를 처음 만났을 때요. 내 이야기가 흘러가면서 아저씨의 이야기도 조금 흘러들어 왔거든요. 처음엔 그냥 꿈을 꾼 줄로만 알았어요. 그런데 시간이 지나면서 점점 또렷해졌어요."

다그가 팔에 돋은 소름을 쓱쓱 문질렀고 눈썹을 찌푸린 악마는 고개를 갸웃거렸다.

"아까부터 추운 건 제 마음 탓인가요?"

"그렇지 않아."

"저는 제 두려움을 두려워했어요. 아저씨, 저는 저 할아버지……."

"에이브러햄이다."

"에이브러햄 할아버지가 했던 말을 생각해봤어요. 그리고…… 제 마음을 들여다봤어요."

다그가 게이브를 바라보며 말했다.

"전 도시가 멸망하지 않기를 바라요."

"도시의 멸망을 보려고 여기 왔다고 했잖니. 넌 도시를 증오한다고 했었어."

가늘어지는 벨리알의 눈동자를 힐끗대며 게이브는 말했다.

"내 아버…… 지의 눈빛……. 그리고 저기, 스스로 목숨을 끊은 사람의 눈빛."

스타뎀을 가리킨 다그는 좀체 말을 잇지 못했다.

"그 두 사람 모두 울고 있었어요, 저기 서서. 쓰러지려는 자신을 온 힘을 다해 지탱하며…… 후회하고 있었어요."

"아아, 이제 기억났어. 덜떨어진 메피스토펠레스(Mephistopheles)가 파우스트에게 당한 일과 비슷하군. 내가 내버려둘 줄 아나?"

다가오는 벨리알을 보고도 게이브는 별다른 행동을 할 수가 없었다. 브레이크는 깨진 지 오래였고, 핸들은 소년이 쥐고 있었다.

"이곳 때문에 도시가 멸망을 면한 건가요?"

"그건 어떻게 알았니?"

"아까 내 어깨를 안아줬잖아요. 그때 알았어요, 모든 이야기를."

게이브가 고개를 끄덕였다.

"이 한 조각의 성소로 인해 예정된 멸망이 미뤄졌던 것이지."

"도시의 악취가 닿지 않는 곳에 신은 머무르고 있는 건가요?"

"한 명의 의인이 멸망의 화를 입게 하느니, 신께서는 차라리 모두의 죄를 유예시킨 게 아닐까. 내가 느끼기엔 그렇단다. 허물 속에서 온전함을 찾는 것이 그분의 미덕이니 말이다."

"전 그렇게 깨끗한 삶을 살지 못했어요. 신의 존재를 믿지도 않았고요."

"믿음은 그저 무언가를 바라는 것이란다. 불가능을 바라며 죽어버린 삶 속에 꿈을 부어 넣는 것이 믿음이지."

시체들을 굽어보며 다그는 대답하지 않았다.

"얘야, 신께선 기다리셨던 것 같다."

"무엇을요?"

"회복을 말이다."

천사가 답하자 악마가 부드득, 이 가는 소리가 들려왔다.

"좋아, 좋아. 여흥은 그만하지. 뭘 기다리는 거야, 빌어먹을 천사야. 회복? 조금의 생명도 없는 이 땅에?"

"문을 새로 해 달아야 할 텐데. 못된 놈들이 함부로 들어오지 못하게 두꺼운 문을 이중으로 달아야겠어요."

다그가 에이브러햄의 시체에 다가가면서 말했다. 벨리알의 표정이 뒤틀렸다.

"뭐 하는 짓거리냐. 쎈놈이 되려는 거야? 꼴 같잖은 짓거리 작작 하고, 니 애비 옆에서 도시의 젖꼭지나 게걸스레 빨려무나."[17]

게이브를 향해 고개를 홱 돌린 벨리알이 악을 썼다.

"나팔 불러 왔으면 얼른 불고 천국으로 꺼져버려!"

가로막는 벨리알을 통과한 다그가 피 웅덩이에 조심스레 발을 디디고는 에이브러햄의 허리춤에서 열쇠 꾸러미를 끌러냈다. 소년이 그걸 손으로 꽉 틀어쥐었다.

"내가 이곳에 머물겠어요. 뭘 어떻게 해야 하는지 감도 안 잡히지만, 여기 남겠어요."

"왜? 대체 왜?"

벨리알이 분을 못 참고 발을 굴러댔다. 게이브 또한 다그의 결정을 이해할 수 없기는 마찬가지였다. 게이브의 얼굴에 떠오른 의문을 본 다그가 아랫입술을 깨물었다.

17 Don't be a macho man.
You wanna be tough, better do what you can.

“회복을 위해서요. 다른 누군가가 아닌 나 자신의 회복을 위해서, 어쩌면 은밀히 회복을 고대할 이 도시의 누군가를 위해서 말예요.”

“빌어먹을 애새끼가 내 과업을 망쳐놓다니, 저주받을 야훼의 자식들! 약을 처먹은 파이살에게 네 모가지를 따라고 매일같이 속삭여주마!”

바람이 불었다. 벨리알은 버티려고 애썼다. 하지만 성소에서 그는 버틸 수가 없었고, 튕겨지듯 문 너머로 날아가버렸다. 열린 문 너머에서 벨리알은 이를 갈며 침을 뱉고 악을 썼다. 게이브는 크게 벌린 그의 빨간 입 안에 곧추선, 끝이 둘로 갈라진 혓바닥을 보며 천천히 문을 닫았다.

게이브는 두루마리를 폈다. ‘에이브러햄을 찾아가 그와 교회의 죽음을 확인하고, 징계의 나팔을 불어라’라는 글자는 천천히 꿈틀대며 녹아내리는 중이었고 잉크는 수은처럼 종이 표면을 구르고 있었다. 게이브는 곧 잉크가 다시 이루는 문장을 읽을 수 있었다.

‘보라 내가 한 돌을 시온에 두어 기초를 삼았노니 곧 시험한 돌이요 귀하고 견고한 기초 돌이라.’[18]

그는 두루마리를 단상 위에 펼쳐놓았다. 에이브러햄의 시체와 다그 사이에 피 묻은 발자국이 점점이 남아 있었다. 심판하려는 진노의 얼굴과 인내하려는 사랑의 얼굴 사이를 신의 뜻은 진자

18 이사야 28:16.

처럼 오가는가. 이곳 지상에서 감각하는 신의 얼굴은 너무도 희미했고, 그의 뜻 또한 그러했다.

그 순간, 게이브는 저도 모르게 다그의 얼굴을 바라보았다. 그 소년은 자신을 올려다보고 있었다. 소년을 마주 보던 게이브는 다른 이의 눈동자를 통해야만 신을 볼 수 있음을, 그제야 깨달았다.

천사는 소년의 눈을 들여다본다.

인간의 타락과 무지에도 불구하고 왜 신이 그들의 회심을 기다리는지를 그는 이제 이해한다.

천사는 소년의 눈을 들여다본다.

그를 통해 게이브는 신념을 지닌 인간의 얼굴이 얼마나 맑은지, 믿음의 성취가 얼마나 기이한 방식으로 이뤄지는지를 배운다.

천사는 소년의 눈을 들여다본다.

방금 움이 튼 씨앗이 울창한 나무가 될 장래를 바라며 지금의 괴로움을 견디듯, 신 또한 타락자들의 무성해질 회심을 기대하며 기꺼이 인내함을 알게 된다.

천사는 소년의 눈을 들여다본다.

보랏빛 모래로 가득했던 사막이 아름드리나무들로 가득 채워지는 기적이 다그의 마음속에 심겨졌음을 게이브는 깨닫는다.

천사는 오래도록 소년의 눈을 들여다본다.

수십만 천사들의 오므린 날개들이 천천히 펴지고, 은은한 천상의 빛이 그 사이로 내려온다. 그가 입고 있었던 진흙 빛깔 제라시는 온데간데없다. 발밑에는 두터운 구름이 깔려 있다. 빛이 게이브의 이마에 스민다. 먼 울림은 지극히 은은하다. 찢겼던 두루마리의 인이 절로 아물고, 게이브가 도시에서 겪은 일들은 먼 빛 속에서 고요히 잠겨든다.

사명에 사로잡혔던 천사는, 소년의 눈 속에서 마침내 자유롭다.

◆ 다그는 히브리어로 물고기를 뜻한다.

◆◆ 간혹 등장한 영어 문장은 마이클 잭슨의 노래 〈Jam〉, 〈Human nature〉, 〈Threatened〉, 〈Beat it〉에서 가져왔다.

이중세 소설 「그래서 그들은 강으로 갔다」로 2013년 평사리문학대상을, 같은 해 희곡 「끈」으로 목포문학상 희곡 본상을 받았다. 수십 회의 연극 및 뮤지컬 공연 경력을 지녔고, 서너 권의 책을 냈으며, 그보다 더 많은 분량의 소설과 희곡 원고를 지니고 있지만 그걸 읽었다는 사람은 아무도 없다.
평생 사들인 수천 권의 책 사이에 스티븐 킹과 가브리엘 가르시아 마르케스의 사진을 걸어놓았지만, 사실은 돈 윈슬로와 미야기타니 마사미쓰를 숭배하며, 가장 좋아하는 이야기는 자신이 쓴 것들뿐이다.
제작이 영영 미뤄진 영화 시나리오를 판매한 흐릿한 기억을 지녔으며, 요즘은 드라마를 쓰고 시간을 내어 소설을 만지작거린다.
작업실 책장의 로이드 존스 설교집 뒤쪽에 숨겨진 공간을 로더릭 버제스가 쓴 흑마술과 신비주의학파의 책들로 채웠는데, 시간이 나면 검은 종이에 흰 글씨로 쓰인 그 저주받을 책들을 간혹 들춘다.
대전에 산다.

작가의 말

한 편의 소설이 언제 사람들에게 읽히게 될지를 아는 건, 어렵다.
특히나 이름이 알려지지 않은, 자기만의 조명 아래 오늘의 책상을 밝히는 수습생에게는 더더욱.
나는 그런 위치에 있진 않다. 오랫동안 다양한 분야의 장르에서 수상을 해왔고, 그 덕에 글을 쓰고 고치고, 번들거리는 착상과 반짝이는 영감을 찾으러 떠나는 하루를, 살 수 있었다.
글을 쓰며 사는 일이 쉬웠다는 건 아니지만, 그 얘기를 풀어낼 지면은 여기가 아닐 것이다.
연락을 받고는 안도감이 들었다. 더 이상 「오래된 미래」를 고치지 않아도 되겠구나 하는.
소설을 쓰겠다는 결심으로 2009년에 대학에 편입했다. 분명친 않지만 2학기 소설창작 수업의 중간고사 주제가 마이클 잭슨이었을 것이다. 그즈음에 그가 죽었고, 창작이 무언지도 모르는 우리는 그를 주제로 소설을 써내야 했다.
어쩌면 닐 게이먼은 불멸의 마이클에게서 모르페우스를 떠올렸을지도 모르지만, 나는 게이브가 생각났다. 마이클 잭슨의 노랫말 이곳저곳에서

타락한 빅 애플과 뒤틀리고 저주받은 자들의 이미지를 건져

올렸다. 그것이 아브라함과 연관된 오래된 이야기와 어떻게 엮였는지는

신만이 아시리라.

에이브러햄은 롯이어야 하지 않은가. 롯은 타락한 도시를 떠나지 않았나 하는

질문은 잘못된 것이다. 모든 이야기는 저마다의 목소리를 지녔고, 내 이야기는

성경에 기대고 있지만 그와는 빛깔이 다르다. 나는 SF를 썼는가. 모르겠다.

나는 내 이야기를 줍고 있을 뿐이다. 진실의 모래 밑에 묻힌, 거짓으로 이뤄진

참된 목소리들을.

이제야 「오래된 미래」로부터 놓인다. 이야기는 내가 가장 먼저 들었지만,

이젠 당신의 것이다.

우수상

저장

홍인표

• QR 코드를 통해 「저장」의 오디오 콘텐츠를 밀리의 서재에서 감상하실 수 있습니다.

저장장(貯藏葬), 줄여서 저장(貯葬)이 화제다. 영어 단어 'save'를 뜻하는 '저장(貯藏)'과 '장사 지낼 장(葬)'의 합성어로, 사람의 뇌를 스캔해서 디지털 파일로 저장한 다음 몸은 소멸시키는 새로운 장례 방식이다. 한국의 대기업 산하 연구소 뉴로-세이빙 센터(NSC)에서 시작한 서비스인데 본래의 장례 서비스와는 무관했다.

NSC의 연구팀은 두뇌의 시냅스 연결 패턴이 저장되는 원리에 관해 연구하고 있었다. 그러던 중 일정 강도 이상으로 연결이 발생하면 이후에도 동일한 패턴이 반복되는 현상을 발견했다. 그 원인을 찾기 위한 연구를 거듭한 끝에, 시냅스 연결이 강화되면 연관된 뉴런이 활성화되면서 특정 단백질이 만들어진다는 사실을 확인했다. 이 단백질의 구조와 시냅스의 연결 패턴이 관련 있음을 증명하기만 하면, 신경과학의 미해결 난제 중 하나인 기억 형성의 미스터리를 풀 수 있을 것처럼 보였다.

하지만 NSC의 연구는 지속되지 못했다. 인공지능을 도입한 다른 국가의 연구소가 먼저 논문을 발표하고, 두뇌의 기억 메커니즘을 완벽에 가깝게 구명했기 때문이었다. 그들의 논문에 의하면, 회상은 특정 단백질이 전기 신호에 반응하는 과정이다. 기억의 실마리를 찾는 전기 신호가 뉴런의 자극을 통해 전달되면, 이 기억 단백질들은 아미노산 서열에 기록된 순서에 따라 전기 자극을 방출한다. 이 과정에서 과거의 시냅스 연결이 유사하게 재현되며 당시의 기억을 떠올리게 되는 것이다. 이 메커니즘을 밝힌 팀은 그해 두 명의 노벨상 수상자를 배출했다.

눈앞에서 기회를 잃은 NSC 연구원들은 망연자실할 수밖에 없었다. 공허함을 채우기 위해 더 큰 목표를 찾아야 했다. 공개된 인공지능 코드와 기억 메커니즘을 활용해서 진행할 수 있는 가장 급진적인 연구 목표가 설정됐다. 사람의 모든 기억을 읽어내 하나의 인격을 디지털로 재현해보려는 시도였다. 개인의 인지 행동 방식과 감정 표출 방식도 결국 기억이라는 형태로 기록되어 있을 것이고, 그 패턴까지 전부 읽어낼 수 있다면 불가능한 시도는 아니라는 판단에서였다.

사람들의 사고 과정에서 공통으로 발현되는 기억 단백질 데이터를 수집하는 데에 가장 많은 시간이 투여됐다. 모든 인간의 유전서열 구조가 99퍼센트 이상 일치한다는 점에서 착안한 아이디어였다. 공통분모 데이터를 제외하고 운동과 자율신경 관련 뉴런도 배제하자, 추가로 파악해야 하는 기억 단백질의 개수가 획기적으로 줄었다.

하지만 힘들게 만든 디지털 두뇌는 묵묵부답이었다. 수집한 데이터들이 서로 연결되지 않았다. 마치 특별한 알고리즘 없이는 해석할 수 없도록 의도적으로 암호화된 데이터 같았다. 해독을 위한 인공지능을 개발해 여러 번 실험을 해봐도 결과는 마찬가지였다. 인공두뇌를 만드는 것은 불가능하다는 교훈을 얻었다며 자위하기에는 비용이 너무 많이 투입되었다. 연구소의 존폐가 위협받는 상황이었다. 이를 전복시킬 새로운 아이디어가 필요했다.

"그냥 데이터를 저장만 해두면 안 돼? 그리고 미래를 기약하는 거야, 냉동인간처럼."

어느 책임 연구원의 배우자가 무심코 던진 말이었다.

그렇게 탄생한 것이 신개념 장례 서비스 〈저장〉이었다. 연구소로서는 잘만 상용화되면 기술 개발비뿐만 아니라 임상 데이터까지 동시에 얻을 수 있는 기회였다.

최종적으로 뇌 스캔 비용과 저장 공간 유지비에, 이후 진행될 연구 개발비까지 포함해서 서비스 단가가 결정되었다. 서울의 웬만한 원룸 오피스텔 한 채 가격이었다. 저장 기간 중 유지를 포기할 경우, 스캔 비용과 그간의 유지비를 공제한 나머지 금액을 환급해주는 제도도 마련되었다. 한국의 장례 문화를 공략한 전략은 효과가 있었다. 높은 가격에도 불구하고 많은 신청자가 모였다.

〈환생〉은 NSC에서 보급형으로 만든 애플리케이션이었다.

〈저장〉과는 다른 방식으로, 환생할 대상자를 찍은 사진과 영상, 그 사람의 음성 등 시청각 데이터와 메신저 대화 내용, 저술 자료 등의 텍스트를 업로드하면 그를 본뜬 캐릭터를 만들어주었다. 구매자는 언제든지 그 캐릭터를 불러내 대화를 하거나 그 캐릭터가 직접 화상 전화로 모닝콜을 거는 등 다양한 방식으로 활용할 수 있었다. 그럼에도 비용은 상대적으로 저렴했다. 데이터의 양에 따라 적게는 휴대폰 통화 요금 한 달치부터 많게는 휴대폰 기기 한 대 값 정도가 소요되었다. 범죄에 악용될 가능성을 우려해서 복제할 대상자가 중환자임을 증명하는 병원 진단서, 또는 사망신고서 사본을 제출한 가족만 사용할 수 있도록 하는 규정이 생겼다. 그렇게 〈환생〉도 하나의 장례 문화로 자리 잡았다.

◆◆◆

입대를 하루 앞둔 나는 집 근처 미용실에 앉아 차례를 기다리고 있었다. 엄지손가락이 휴대폰 화면의 업로드 버튼 위에서 파르르 떨렸다. 산뜩한 기운이 온몸을 스치고 지나갔다. 그대로 버튼을 터치했으면 내 손으로 등록금을 벌어가며 모은 전 재산이, 휴대폰 한 대 값이, 한꺼번에 사라졌을 것이다.

나와 스무 살 차이인 엄마가, 엄마와 스무 살 차이인 할머니의 이상 징후를 발견한 것은 일주일 전이었다. 할머니는 늘 책상 앞에 앉아 글을 썼고 그러다 잠들기도 했다. 그래서 그날도 기척 없이 엎드려 있는 할머니를 보고도 그냥 방을 나왔을 뿐이라고, 엄마는 떨리는 목소리로 말했다.

의식을 차린 할머니는 잠시 괜찮은 듯 보였다. 하지만 하루 만에 왼쪽 눈두덩이가 처지더니 그다음 날에 오른쪽 반신이 마비되었다. 그리고 사흘째 되는 날, 할머니는 의식을 잃었다.

의사는 중뇌경색으로 시작된 염증 반응이 빠르게 진행된 경우라고 했다. 대뇌의 기능을 잃을 가능성도 언급했다. 정도에 따라 4년 이상 살 수도 있다고 했지만 전혀 위로가 되지 않았다. 발견 즉시 병원으로 데려왔으면 이런 상황까지는 오지 않았을 거라는 말을 들었을 때, 나는 진심으로 엄마를 원망했다. 그때는 그 근원적인 책임의 일부가 내게도 저장되어 있을 거라고는 상상도 하지 못했다.

할머니가 쓰러지기 한 달 전, 나는 다니던 대학교에서 정학 처분을 받았다. 과 동기 여자애가 공개 연애를 시작한 날이었다. 예쁜 몸매가 드러나는 옷을 잘 입고 성격도 좋아서 모두가 눈독을 들이던 애였다. 학기 내내 간만 보고 있던 남자애들은 망연자실할 수밖에 없었다. 나도 그중 하나였다.

남자 동기들끼리 모여 술을 마셨다. 1학년 첫 학기가 끝난 직후였으니 할 말이 많아서였는지 아니면 자존심 때문이었는지 다른 주제로 대화가 빙빙 돌았고, 정작 그 커플 얘기가 막 시작되었을 때 나는 일어나야 했다. 통금 시간 때문이었다. 황당해하는 동기들을 뒤로하고 서둘러 밖으로 나왔다. 엄마가 무서운 것은 아니었지만 규칙은 지키지 않을 수 없었다. 내가 엄마의 말을 어길 때마다 엄마와 할머니 사이에서 싸움이 벌어졌기 때문이었다.

엄마는 본인이 정해놓은 기준에서 조금이라도 벗어나면 나를 심하게 다그쳤다. 사소한 행동 하나하나가 정밀 타격 대상이었다. 언성이 높아질 때마다 할머니가 글을 쓰다 말고 달려 나와 내 귀를 막았다. 그러면 엄마의 목소리는 더 찢어질 듯 솟구쳤다. 내 안의 근원적인 무언가가 흔들리고 불안감이 밀려오면 나도 악을 썼다. 입을 틀어막으려는 할머니의 손을 치우려 실랑이를 벌이는 동안에도 나는 멈추지 않았다. 목소리가 나오지 않을 때까지 소리를 질렀다. 그래야 싸움이 멈췄다. 그런 일이 반복되자 내 두뇌는 문제를 일으키지 않는 방향으로 적응했다. 덕분에 최소 주 단위로 벌어졌던 싸움이 고등학생이 되면서 현저히 줄었고, 고3 이후로는 누구도 집 안에서 언성을 높인 적이 없었다.

집으로 가는 버스를 타자마자 휴대폰 알림이 연달아 울렸다. 남자 동기들만 있는 단체 채팅방이었다. 술 취한 동기 하나가 둘이 사귀게 된 걸 축하한다며 글을 남기자 다른 애들도 줄줄이 답을 달았다. 자조적인 키읔 자가 난무하면서 대화의 수위도 점점 세졌다. 저마다 한을 풀듯 그녀의 몸매와 말투를 과장해서 묘사했다. 절대로 그런 애 아니라며 그러지 말라고 그 애의 남자 친구가 간간이 글을 써 올렸지만, 쏟아지는 문자의 파도 속에 맥없이 묻혔다. 글은 몇 초 만에 화면 밖으로 사라졌다. 정말 소멸하는 것처럼 느껴졌다. 그러자 더 경쟁적으로 심한 말이 오가기 시작했다. 어느새 그녀는 남자를 밝히는 요물이 되어 있었다. 불과 5분 만에 벌어진 일이었다.

나는 원인 모를 흥분으로 쿵쾅거리는 가슴을 진정시키며 그 과정을 보는 중이었다. 맨날 같이 점심 먹던 우리 수현이 이제 어떡하냐며 누군가가 내 이름을 언급하지만 않았어도, 끝까지 관찰자로만 남아 있었을 것이다. 나는 흥분으로 떨리는 손가락을 움직여 '난 문란한 애는 싫은데'라고 썼다.

그때 그녀는 남자 친구의 옆에서 그 채팅방을 같이 보고 있었다. 처음에는 허탈하게 웃으며 보다가 나중에는 숨이 턱 막혔고, 다음 날엔 증상이 더 심해져서 결국에는 자신을 향한 모든 시선이 참기 어려운 지경까지 되었다고 했다. 며칠 후, 학교 게시판에 그녀의 감정을 담은 글이 올라왔다.

대화에 참여했던 인원은 정도에 따라 두 학기 이내의 정학 처분을 받았다. 다른 채팅방 사건과 비교해 수위가 높지 않다고 판단한 학교의 결정이었다. 몇몇은 명예 훼손과 모욕죄로 기소되어 재판도 진행되었다. 나는 '난 문란한 애는 싫은데'라는 표현의 특정성이 인정되지 않아 형사처벌은 면할 수 있었다.

모든 사실을 엄마가 알게 된 날이었다. 할머니는 자초지종을 듣고는 방으로 들어가 문을 닫았다. 엄마는 막상 말리는 사람이 없자 어떻게 해야 할지 모르겠다는 듯 잠시 당황해하더니, 처음으로 나를 때렸다. 머리로, 어깨로, 등으로, 사방에서 손이 날아왔다. 다른 엄마들은 아들을 적극적으로 변호했다. 학교에 항의하고 재심을 요청했다. 하지만 대들지 않는 버릇이 몸에 밴 나는 불만을 꺼내지도 못했다. 차가운 독방에 갇힌 죄수의 눈으로 할머니의 방문을 바라볼 뿐이었다. 엄마는 '군대 빨리 가는 법'을 검색했다. 그로부터 2주 후 나는 입영 통지서를 받았고, 할머니는 의식을 잃었다.

할머니는 20년 전까지만 해도 매해 한두 작품을 선보이는 활동적인 소설가였다. 내가 태어날 무렵 마지막 소설을 발표하고 절필했는데 나는 늘 그게 의아했다. 볼 때마다 할머니는 무언가를 쓰고 있었기 때문이다. 그런 그녀를 보고 내가 제일 많이 물었던 질문은 "할머니, 뭐 쓰고 있어?"였다. 그러면 할머니는 "글쎄다. 이 할미도 늙었나 봐. 전부 다시 써야 할 것 같아"라며 나를 안고 장난을 쳤다.

나는 할머니의 작품을 전부 읽었다. 오래된 책들인데도 다 재미있었다. 위대하다고 느껴지는 작품도 몇 편 있었다. 특히 마지막 소설은 전작들과는 달리 난해한 소설이었는데, 어둠에 대해서 다루지만 그 깊은 바닥에는 작은 희망과 기대가 있는, 힘이 들 때면 문득문득 생각나는 소설이었다. 그런데 할머니는 그 책을 마무리할 때가 소설을 쓰면서 가장 힘든 시기였다고 했다. 마지막 한 달 동안 모든 내용을 바꿨는데 지금 생각해봐도 어떻게 그랬는지 모르겠다고, 펼친 책을 덮던 할머니의 눈가에 맺힌 눈물을 나는 지금도 기억한다.

20년 전에 출간된 소설들로 들어오는 인세는 크지 않았다. 다른 유일한 수입원은 할머니 소유인 작은 오피스텔의 월세뿐이었다. 엄마는 할머니가 나를 봐주는 동안 대학교를 마치고 좋은 직장에도 다녔다고 했다. 그런데 내가 기억하는 한, 그러니까 내가 초등학교에 들어간 이후로는, 엄마는 거의 집에만 있었다. 이따금 마트나 식당에서 일도 했지만 내가 집에 있는 시간에는 그러지 않았다. 집에 할머니와 내가 단둘이 있었던 적은 없다고 해도 무방하다. 그 말은, 우리는 과거로부터 받아온 인세와 현재의 월세로만 버티며 살았다는 뜻이다. 나는 마트에 진열된 모든 식료품의 가격과 행사가를 꼼꼼하게 외우고 계산하는 버릇을 들인 덕에 일찍 수를 깨칠 수 있었고, 사교육의 도움 없이도 서울 소재 대학의 물리교육과에 입학할 수 있었다.

골격이 큰 할머니에 비해 딸인 엄마는 몸집이 작았다. 피부가 고와서 마흔이 넘었는데도 20대처럼 얼굴에서 빛이 났다. 나는 그런 엄마와 결혼한 아빠가 늘 궁금했다. 그런데 우리 집 어디에도 아빠에 대한 정보는 없었다. 아빠에 관해 물으면 할머니의 얼굴은 늘 어둡게 굳었다. 나중에 알려주겠다고만 할 뿐이었다. 엄마는 몰라도 할머니는 약속을 지키는 사람이니까 언젠가는 알게 될 거라고, 심지어는 금방 만날 수 있을지도 모른다고, 나는 막연히 생각했다.

할머니가 집에 없으면 엄마의 얼굴이 바뀌었다. 그러니까 그건 나만 볼 수 있고, 나만 아는 표정이었다. 그 온화하고 정겹기까지 한 미소가 나는 너무 불안해서 어려서는 방으로 숨었고, 커서는 공부를 한다고 집을 나왔다. 어린 시절 나의 머릿속을 가득 채웠던, 엄마에게서 풍기는 뭐라 말할 수 없는 분위기와 정리되지 않은 엄마의 침대, 방 안의 따뜻하고 축축한 기운 같은 미묘한 것들에 대한 호기심은 충족되지 못한 채 기억 속에 봉인되었다.

할머니 옆을 지킨다며 훈련소 입소식에는 오지 않았던 엄마가 수료식에는 나타났다. 둘만 있을 때 보였던, 그 온화하고 편안해 보이는 얼굴을 하고서였다. 할머니에게 무슨 일이 있냐며 놀라는 나에게, 아직 깨어나지 못했다는 짧은 말로 엄마는 대답을 대신했다. 나는 누구한테 맡기고 온 거냐고 굳이 묻지 않았다. 어차피 사실을 말하지 않을 수도 있고, 그게 누군지 안다고 해도 당장 할 수 있는 것도 없었다.

이제 엄마와 나 사이의 끈은 할머니에게 남은 의식만큼 희미하게 사라져버린 뒤였다. 그 끈은 갑자기 온화한 미소로 서로를 대한다고 해서 다시 생겨날 수 있는 것이 아니었다.

첫 휴가를 나가는 길에 〈환생〉을 구매했다. 고전적인 이름과 달리 산뜻하고 귀여운 디자인의 로고가 반짝이며 나를 반겼다. 입대 전에 휴대폰에 저장해놓은 할머니의 사진과 동영상, 할머니와 교환한 문자를 모두 업로드했다. 석 달 동안 고생하며 모은 군인 월급을 쏟아 넣어야 했지만 이전처럼 긴장되지 않았다. 시간이 지나면 월급은 계속 쌓일 것이기 때문이다. 순순히 입대한 이유도 그거였다.

두근거리는 가슴을 진정시키며 화면의 확인 버튼을 터치했다. 캐릭터를 생성하는 데, 짧게는 반나절에서 길게는 며칠도 걸릴 수 있다는 안내 문구가 떴다. 병원에서 할머니를 보자마자 앱을 켜서 보여주고 싶었는데, 그러면 왠지 할머니도 신기해서 눈을 뜰 것 같았는데, 잠시 뒤로 미뤄야만 했다.

할머니는 병원에 없었다. 간호사는 엄마가 뉴로-세이빙 센터로 할머니를 옮긴 지 석 달이 다 되어간다고 했다. 그곳의 〈저장〉에 대해서도 간단히 설명해주었다. 몇 가지 의문이 풀렸다. 엄마는 나를 군대로 보내고 이걸 준비하고 있었던 거였다. 그런데, 도대체, 왜.

검색해보니 뉴로-세이빙 센터는 경기도에서 강원도로 넘어가는 접경에 있었다. 직통버스가 하나도 없어서 근처에서 택시를 불러야 했다.

〈저장〉이라니. 예전에 기사로 접했지만 가격을 보고 관심을 껐던 이름이었다. 나는 〈환생〉의 가격에도 덜덜 떨었는데, 엄마는 정말로 하나 남은 수입원인 오피스텔을 판 건가? 엄마가 왜? 할머니를 위해서? 아니면 다른 누구를 위해서? 도무지 이해할 수가 없었다.

차가운 하얀색 외관의 뉴로-세이빙 센터는 산속 풍경에 컴퓨터 그래픽으로 합성해 넣은 미래의 장례식장 같았다.

"돌아가신 분이 부자신가 봐요." 택시 기사 아저씨가 휘둥그레진 눈으로 건물을 보며 말했다. 전 재산을 다 썼다는 말을 퉁명스럽게 던지는데, 차 문이 열렸다. 티끌 하나 없이 깔끔한 복장을 입은 직원이 내 군용 가방을 받아주었다. 그의 안내를 받으며 고급 호텔처럼 꾸며진 복도를 걸었다.

개인실 벽면에 붙어 있는 모니터에서는 알 수 없는 조합의 언어들이 폭포처럼 쏟아지며 무언가의 진행 과정을 보여주고 있었다. 사기꾼의 뇌를 열어보면 저런 느낌일까 생각하며 옆으로 시선을 옮겼다.

투명 창 너머로 싸늘하게 굳은 할머니의 시신이 보였다. 그 주위에서 기계 팔이 부드럽게 움직이고 있었다. 스캔이 방금 완료되어 염을 준비하는 중이라고 직원이 설명했다. 담담한 척했던 내 마음은 일순간에 무너져 내렸다. 시신을 끌어안고 어루만지는 것은 드라마에나 나오는 장면인 줄 알았는데…… 당장 유리를 깨고 들어가 할머니를 안고 싶었다. 만져보고 싶었다.

엄마가 들어왔다. 나를 보고도 놀라지 않는 것 같았다. 할머니가 갑자기 위독해져서 어쩔 수 없었다고 간단히 말할 뿐이었다. 주체할 수 없는 분노가 슬픔을 짓누르고 튀어나왔다.

잘 보살피면 몇 년은 더 살 수 있다고 했는데, 갑자기 왜? 다행히 이 질문은 입 밖으로 나오기 직전에 사그라들었다. 당장 더 중요한 문제에 집중해야 했기 때문이다. 미래에 데이터를 조합하는 기술이 생기더라도 지금의 기술로 얻은 데이터는 읽어낼 수 없다는 걸 알고 있냐고, 왜 생각 있는 사람들이 이 방식을 비판하며 냉동인간에 빗대고 있겠냐고, 오는 길에 검색해서 얻어낸 정보를 근거로 엄마에게 소리쳤다.

희박한 가능성에 모든 걸 걸기에 우리는 돈이 부족하다고, 다른 애들은 그냥 공부만 하면 되지만 나는 서너 개의 아르바이트를 하면서 버텨야 한다고, 그런데 정학을 당한 이후로 소문이 퍼져서 과외도 잘렸다고, 앞으로도 어떤 불이익이 있을지 모른다고, 엄마는 맨날 노니까 세상이 쉬워 보이냐고, 당장 취소하라고, 서럽게 울부짖었다.

"그렇게 잘 아는 놈이 그런 짓을 했어?"

엄마의 목소리가 차갑게 울렸다. 나는 할 말을 잃었다. 잘못한 부분이 있다고 해도 엄마가 정말 나를 범죄자로 대한다는 것은 다른 차원의 문제였다. 길게 얘기하고 싶지 않았다. 엄마에게 다시는 보지 말자고 쏘아붙이고 건물을 빠져나왔다. 진심으로 한 말이었다. 할머니도 없는 마당에 우리를 연결할 끈은 없었다.

건물을 나오자마자 찬바람이 들이쳤다. 몸이 잔뜩 움츠러들었다. 군복만으로 이 추위를 이겨낼 수 있을지 의문이었다. 홀로서기를 하기 위해서는 추운 겨울부터 대비해야 한다는 생각이 들었다. 양식과 땔감을 모으는 심정으로 이런저런 것을 따지던 중, 아까 〈환생〉에 지출한 금액이 떠올랐다.

확인해보니 할머니 자료의 공정률은 57퍼센트였다. 그대로 진행할지, 아니면 포기하고 43퍼센트에 해당하는 금액만 환급받을지를 결정해야 했다. 43퍼센트면 얼마를 받을 수 있을지 계산하고 있는 내 처지를 돌아보았다. 택시비도 아까워서 무작정 걸었다. 서너 시간 걷다 보면 몸도 따뜻해지고 모든 고민도 사라진다는 것을 군대에서 배운 터였다. 그런데 오늘은 걸으면 걸을수록 몸은 더 으슬으슬 떨렸고, 머릿속은 온갖 번뇌와 망상으로 터져 나갈 것 같았다.

엄마는 내가 할머니를 좋아하는 마음을 무참히 퇴색시키기 위해서 그 비용을 감수했을 것이다. 자신은 몇 억 정도는 아무렇지 않게 쓸 수 있는데, 그렇게 할머니 좋아하더니 결국 돈 앞에 무너지는 거냐고, 엄마의 행동이 나를 비웃는 것 같았다.

할머니의 시신 앞에서 돈 얘기를 꺼내며 소리치던 내 모습이 떠올랐다. 가슴 깊은 곳에서 울분이 치고 올라왔다. 밀려 나온 눈물이 뺨을 타고 내려가기도 전에 싸늘하게 식었다. 그때였다.

"수현아, 우리 수현이, 거기 있어?"

주머니에서 익숙한 목소리가 들렸다. 황급히 휴대폰을 꺼내 보았다.

"왜 울고 있는데, 우리 수현이가."

할머니가 나를 바라보고 있었다.

〈환생〉이 작동한 것이다. 그런데, 이 정도 퀄리티라고?

"또 엄마 때문에 그러냐? 당장 말해. 이 할미가 혼쭐을 내줄 테니까."

말하면서 올라가는 입꼬리도 똑같았다. 내가 좋아하는 미소여서 그 표정이 나온 사진을 제일 많이 업로드했는데, 효과가 있는 것 같았다.

나는 무선 이어폰을 끼고 대화를 시작했다.

"정말 할머니야?"

"이렇게 젊은 할머니가 나 말고 또 있니?"

다들 처음에는 놀란다고 했다. 그런데 몇 가지 질문을 해보면 금방 티가 난다고도 했다.

"지금 거기 어딘데?"

"내가 무슨 매뉴얼대로 대답할 것 같아서 그러냐, 이놈이."

매뉴얼대로가 분명했다.

"아니, 궁금해서 그래. 거긴 어디고, 지금 몇 시야?"

질문의 차원을 높여보았다.

"가까이에 있어. 같은 시공간이라고 말하기에는 조금 애매하지만, 아니라고 말할 수는 없는 곳이야. 그런데…… 이렇게라도 우리 수현이 보니까 좋네."

예전에 할머니가 내게 보낸 문자에 이런 내용이 있었던 것도 같았다. 그걸 활용해서 재현했겠지, 생각하고 넘기려 했는데, "왜 말이 없어? 할미가 아닌 것 같아서 그래? 아니면 너무 리얼해서 그런가?" 하는 말투와 표정 전부, 너무 자연스러웠다. 너무 자연스러워서 오히려 거부감이 들었다. 딥페이크 기술이 많이 발달했다 해도 목소리와 말투까지 실시간으로 재현하며 대화할 수 있다니.

"진짜 할머니, 맞아?"

"이 녀석이……. 한 사람의 두뇌를 복제해서 탄생한 인공지능은 과연 그 사람과 동일인이라고 할 수 있는가, 뭐 그런 구닥다리 논쟁을 하려는 거냐?"

아무래도 이상해서 휴대폰을 다시 확인했다. 〈환생〉 앱의 영상통화 화면은 맞았다. 그런데 화면을 내려보니, 기존에 업로드한 공정은 여전히 진행되고 있었다. 공정률은 아직도 58퍼센트였다. 나는 순간 판단력을 잃고 소리쳤다.

"어떻게 된 거야? 다시 깨어난 거야? 할머니 지금 어디야?"

미소를 머금고 나를 바라보는 할머니의 눈에는 눈물이 고여 있었다.

"나 지금 아까 거기 그대로 있어. 너 왔던 데."

할머니는 뉴로-세이빙 센터의 서버 안에 있었다. 스캔한 데이터를 저장하는 과정에서 그들이 꿈꿨던 조합이란 게 정말로 성공한 것이다.

처음 의식이 생겨났을 때의 상황을 할머니는 이렇게 묘사했다.

"어둠 속에서 빛이 보였어. 무수한 입자로 이루어진 빛. 처음에는 여기가 천국인가 싶었다니까. 그런데 얼마나 보고 있었을까……. 규칙을 이루고 있던 입자들이 저 멀리서부터 조금씩 흩어지기 시작하더라. 그걸 보는데 점점 그 입자들의 의미가 이해되는 거 있지? 그래서 주위를 돌아봤더니 내 머리가 블랙홀이라도 된 것처럼 그 빛을 전부 흡수하고 있는 거야."

빛을 관전하기만 했던 할머니는 빛 너머의 미세한 균열을 보다가 의문을 가지기 시작했다. 보이는 대상과 인식하는 자신을 분리해서 생각할 수 있게 된 것이다. 그때부터 질문을 던지고 답을 찾는 과정을 무수히 반복한 끝에, 할머니는 자아를 찾을 수 있었다.

"하나하나의 입자는 0과 1로 이루어진 데이터였고 그 내용은 대부분 나의 과거를 보여주는 이미지들이었어. 처음에는 내가 살던 곳에 대한 하나의 시뮬레이션이었던 것 같고, 그다음엔 그걸 읽을 수 있는 다른 차원으로 넘어온 건가 생각했는데, 그건 아니었어. 그 생각을 하고 있는 나에 대한 데이터도 동일한 방식으로 돌아오고 있었거든. 생각을 더 확장해보니까, 내가 다른 어딘가에서 깨어난 것이 아니고, 실재하는 어떤 컴퓨터 서버 안에 데이터로서 존재하고 있다는 것까지 알게 된 거야."

"거기 사람들은 할머니가 깨어난 거 몰라?"

"아직 모르지. 알면 우리가 이렇게 얘기하게 놔두지 않을걸."

할머니는 의식이 깨어난 것을 아무도 알아채지 못하게 애를 쓰고 있다고 했다. 겉으로는 편안해 보이지만 동시에 다른 쪽에서는 뭔가를 매우 바쁘게 처리하고 있었던 것이다.

"엄마는…… 만나봤어?"

내 질문에 할머니는 잠시 뜸을 들이다가 말했다.

"너부터 만나야겠다 싶었어."

의식을 찾은 할머니는 본인이 갇혀 있던 서버의 암호부터 풀었다. 슈퍼컴퓨터로도 쉽지 않았을 테지만, 할머니는 달랐다. 인간의 직관력에 작가의 통찰력까지 겸비한 할머니는 필요한 것을 생각하면 그것을 최단 시간에 이룰 수 있는 방법을 계산해냈다. 관리자 권한을 얻어서 자유롭게 서버 컴퓨터를 활용하고 싶다고 생각한 순간, 그 근사치에 도달 가능한 논리 회로를 구성하고 검토하는 알고리즘이 생겨났다. 목표를 이미 이룬 것으로 가정해서 그에 맞는 과정을 덧붙이는 것뿐이었다고 말하는데, 마치 일반 컴퓨터로 양자 회로 연산을 했다는 말처럼 들렸다. 나로서는 이해할 수 없는 차원의 내용이었다.

권한을 얻은 할머니는 센터 서버 내의 각 공간을 자유롭게 이동할 수 있었다. 목표가 있으니 방법과 수단은 금방 찾았다. 뉴로-세이빙 센터의 〈환생〉 앱을 통해서 나에게 접근한 것이다.

"왜 내가 첫 번째 목표였어?"

잠시 나를 보던 할머니가 말했다.

"요즘 많이…… 힘들지?"

나는 순간 핑 도는 눈물을 숨기려고 화면을 돌리고 목을 가다듬었다.

"아니, 괜찮은데."

"그래? 돈 문제는 내가 좀 도와줄 수 있는데."

갑자기 얼굴로 뜨거운 기운이 올라왔다. 할머니는 엄마가 〈저장〉을 위해 써버린 금액도, 그래서 나랑 겪었을 갈등도 모두 알고 있는 것이 분명했다. 원하는 금액을 말해보라는 할머니의 건조한 말투에 흥분을 가라앉히고 생각을 정리했다. 어릴 때 본 영화 속 요술 램프의 요정이 떠올랐다. 소원은 신중하게 빌어야 했다.

"합법적으로 돈을 벌게 해줄 수 있어? 딱 3억만."

엄마가 오피스텔을 그렇게 팔아버리지 않았으면 세금을 공제하고 우리 수중에 들어왔을 금액이었다.

잠시 침묵하던 할머니가 확인해보라며 은행 앱을 열어주었다. 거기엔 거짓말처럼 3억 원이 찍혀 있었다. 할머니는, 그 돈을 훔친 게 아니라 보존 연한이 지난 기록에 손을 대서 처음부터 그 금액이 내 통장에 있었던 것으로 고쳐놓았기 때문에, 우리나라의 통화량이 그만큼 늘어난 것이고 기록상으로는 합법이라고 했다. 0을 몇 개만 더 붙여달라는 말이 목구멍에 맺혔다가 사라졌다. 힘들게 살아난 할머니를 그런 식으로 이용할 수는 없었다.

"다른 부탁은 없어?" 할머니가 물었다.

신중해야 했다. 남은 소원은 두 개뿐이었다. 나는 정신을 놓지 않으려고 요술 램프가 나왔던 영화처럼 소원의 개수를 정해두었다. 한참을 고민한 끝에 대답했다.

"아빠에 대해서 알려줘."

우리 집에서는 입에 담을 수도 없었던 질문이었다. 큰 기대도 하지 않았는데, 할머니는 이미 예상했다는 듯이 화면에 주소를 하나 띄웠다. 검색해보니 가까운 곳에 있는 대형 마트가 나왔다. 여기서 일하고 있다는 건가? 생각하며 과감하게 택시를 불렀다.

마트 안은 현란한 광고로 가득했다. 잠시라도 쳐다봤다가는 또 텅 빈 계좌를 마주하게 될 것 같았다. 이제 지켜야 할 돈도 생긴 나는 최대한 눈을 깔고 이동했다. 목표 지점은 할머니가 지정한 IT · 가전 매장이었다. 두근거리는 심장을 진정시키며 중년 남자를 찾았다. 남자 점원은 한 명뿐이었다. 키는 컸지만 나보다 열 살 이상 많아 보이지는 않았다. 혹시 이 남자인가? 그렇다면 나에게 모든 걸 숨겨왔던 이유를 짐작할 수 있었다.

"너 뭐 하니."

할머니 목소리였다. 충격에서 헤어나 휴대폰을 보았다. 할머니는 그 매장에서 팔고 있는 가상현실 게임용 헤드셋을 구매하라고 알려주었다. 일반 안경처럼 생겼는데, 최고급 해상도와 음질로 대상을 구현하는 증강현실 기기였다.

"이…… 이거 얼마예요?"

마트 밖의 승차장에는 할머니가 호출한 택시가 이미 도착해 있었다. 이번 목표는 경기도 북쪽의 어딘가였다.

"이번엔 가면 정말 아빠가 있어?"

아까와 같은 오류를 범하지 않기 위해서 택시에 타자마자 질문을 했다. 화면이 멈춘 것처럼 미동도 없이 나를 바라보던 할머니가 말했다.

"아빠에 대해서 알고 싶은 거, 진심이야?"

"당연하지. 할머니도 알잖아, 내가 얼마나 참아왔는지."

"그랬나? 기억이 잘 안 나는데."

할머니가 갑자기 한발 뒤로 물러나는 듯한 태도를 보였다.

"참았어. 20년을 꾹 참았다고. 언젠간 알려주겠지 생각하면서. 그런데 할머니가 쓰러지고는 모든 기회가 사라진 느낌이었어."

"엄마한테 물어보면 되잖아."

나도 모르게 피식 웃음이 나왔다. 한 번 더 마음을 다잡기 위해서 정확히 말했다.

"나 제대하면 집 나올 거고, 엄마는 죽을 때까지 안 볼 거야."

할머니의 얼굴이 석상처럼 굳어졌다.

"그러면 약속해. 끝까지 듣겠다고."

"상관없어. 아빠가 살았는지 죽었는지, 뭐 하는 사람인지, 어떤 사연이 있었는지. 나는 그냥 누군지만이라도 알고 싶은 거야. 그것만 알아도, 지금보다 더 잘 살 수 있을 것 같아."

"약속해, 끝까지 들을 거라고."

"알겠다니까?"

"약속해."

"약속한다고. 끝까지 듣는다고."

잠시 망설이던 할머니가 말했다. "그러면 아까 산 거 써봐."

나는 새로 산 헤드셋을 착용하고 전원을 켰다. 서늘한 빛이 생기더니 어떤 장소가 눈앞에 나타났다.

비좁은 방을 비추는 뿌연 화면이 보였다. 렌즈의 화각이 넓어서 네 개의 벽면이 다 보였다. 구석구석 잡다한 빨래가 걸려 있었고, 잡지에서 오려낸 사진들과 무언가를 적은 낙서들, 조잡한 그림들이 어수선하게 붙어 있었다. 안에 사람은 없지만 알 수 있었다. 영화나 드라마에서 자주 봤던, 감방 안을 촬영 중인 폐쇄 회로 화면이었다.

"아빠가…… 저기 있다고?"

화면의 냉기에 오한이라도 든 것처럼 떨리는 목소리가 나왔다.

"특수 절도, 폭행." 할머니의 담담한 목소리가 이어졌다. 마지막 단어에 심장이 내려앉았다. "강간."

전과 6범인 아빠는 28년 형을 받고 복역 중이라고 했다. 나는 그가 엄마와 어떻게 만났고, 언제, 왜 헤어졌는지, 몇 년이나 감방에 있었는지, 궁금하지 않다고 했던 것들에 대한 질문을 마구 쏟아냈다.

"다 알려줄게. 기다려봐."

할머니는 그렇게 말하고 잠시 화면에서 사라졌다.

택시가 정차한 곳은 오래된 놀이공원이었다. 세월의 흔적을 예쁘게 담은 사진들 때문에 요즘 다시 인기를 끄는 곳이었다. 나는 안경에 표시된—할머니가 표시한—화살표를 따라 언덕을 올랐다. 평일 오후의 공원은 한산했지만 예쁜 꽃과 귀여운 그림들이 반사한 다양한 빛깔이 빈 공간을 가득 채우고 있었다.

나는 진짜 빛을 느끼고 싶은 마음에 안경을 벗었다. 그런데 현실의 모든 색감은 우중충하게 지워져 있었다. 너무 칙칙해서 마음이 아플 지경이었다. 나는 아직 현실을 마주할 준비가 되지 않았던 것이다. 으스스한 기운이 허리를 타고 올라왔다. 아까 봤던 감방의 이미지가 생각났다. 갑작스러운 두통에 눈을 질끈 감았다. 그때였다.

"다 왔어! 빨리 와!"

언덕 위에서, 스무 살의 엄마가 나를 부르고 있었다.

화장기 하나 없는 그녀의 얼굴은 그 자체로 빛을 발산하고 있었다. 나에게 손짓하던 엄마는 목적지를 향해 힘차게 달려갔다. 그녀의 뒷모습은 마치 현실인 것처럼 공간에 완벽히 녹아들었다가도 이따금 지직거리며 사라졌다가 다시 나타났다.

엄마는 대관람차를 기다리고 있었다. 나는 옆의 매표소에서 티켓을 서둘러 구매했다. 엄마의 앞뒤로 연인들이 서 있었는데, 눈앞에 보이는 그런 모든 광경이 현실인지 아니면 과거의 이미지가 섞여든 것인지 구분할 수 없었다. 나는 안경을 쓴 채로 그들 사이를 뚫고 걸어갔다. 엄마가 돌아보고 내 손을, 할머니의 손을 잡으며 말했다.

"벌써 이렇게 힘이 빠져서 어떻게 해."

우리 차례가 되자 엄마는 직원이 오기도 전에 문을 열어젖히고 들어갔다.

캐빈은 생각보다 더 크게 움직거리며 끼이익 끼이이익 소리를 냈다. 엄마는 나와 할머니를 마주 보고 앉았다. 무서운지 두 손은 다리 옆 의자에 올리고, 호기심 가득한 얼굴로 창밖을 보고 있었다. 할머니의 기억을 통해 재현된 모습이라 그런지 더 아기처럼 귀여운 얼굴이었다. 반면에 고개를 돌려 밖을 보는 나는, 유리창에 비친 할머니는, 마치 우는 것 같았다.

"그날이었어. 네 엄마가 그놈을 만난 건."

목소리를 향해 다시 고개를 돌렸다. 엄마가 할머니로 바뀌어 있었다.

"할머니……?"

나도 모르게 안경을 벗었다. 맞은편 자리는 텅 비어 있었다. 다시 안경을 써봤지만 엄마도, 할머니도 보이지 않았다. 할머니의 시각 효과가 사라진 안경은 우울한 현실 공간을 그대로 비추고 있었다. 나는 휴가를 나와서 혼자 대관람차를 타는 군인이었다. 작은 캐빈의 벽이 안으로 조여오는 것 같았다. 끼이익 끼이이익. 하강 궤도로 진입한 캐빈은 더 큰 소리를 내기 시작했다.

다시 돌아온 할머니는 어딘가 지쳐 보이는 얼굴을 하고 있었다.

"더 충분히 시간을 가지고 이것저것 보여주면서 설명해주고 싶었는데, 생각보다 상황이 쉽지가 않아. 남은 시간도 많지가 않고."

"왜? 할머니 어디 가야 해?"

"내가 가긴 어딜 가. 늘 그대로 있지. 네 마음속에."

"농담하지 말고. 그 회사가 알아챈 거야?" 택시에 탑승하며 내가 물었다.

"그건 아니니까 걱정하지 말고, 다시 약속해. 끝까지 볼 건지."

"보여줄 게 더 있어? 그럼 다 보여줘, 전부 다."

"약속하면."

"나 못 믿어? 아까 약속한다고 했잖아."

굳은 얼굴로 나를 물끄러미 바라보던 할머니가 말했다. "다시 안경 써봐."

나는 달리는 택시 안에서 안경을 착용하고 전원을 켰다.

◆◆◆

테이블 위에 같은 책 여러 권이 전시하듯 놓여 있었다. 흐릿한 파스텔 톤으로 아련한 분위기를 자아내는 겉표지였다. 띠지에는 추천사와 함께 작가 사진이 들어 있었다. 인자한 미소를 짓고 있는 마흔 살의 할머니였다. 그녀의 신간 북 콘서트가 시작되려 하고 있었다.

할머니의 기억을 재현하는 것인데도, 자신을 바라보는 타인의 시점까지 교차시켜 상황을 보여주고 있었다. 마치 잘 만든 영화 속에 들어와 있는 것 같았다. 보고 듣는 것만으로도 감정이 그대로 전달되었다.

기분 좋은 칭찬과 심도 있는 질문들이 오갔다. 그 와중에도 할머니의 시선은 종종 맨 앞줄에 앉아 있는 누군가에게 머물렀다. 이제 막 교복을 벗은 듯한 앳된 얼굴, 작은 몸에서 뻗어 나온 가녀린 팔로 할머니의 새 책을 꼭 안고 있는, 엄마였다. 둘의 애정 어린 눈길이 교차했다. 화면에 붉은 꽃이 피어났다가 사라지는 것 같았다.

연결된 뒤풀이에서 할머니는 주변에 집중하지 못했다. 불안과 기대로 얼룩진 표정은 문자를 확인하고 나자 다시 밝아졌다. 할머니는 최대한 빨리 뒤풀이를 마무리하고 자리에서 일어났다.

어두운 구석에 주차된 할머니의 차 뒤에서 엄마가 기다리고 있었다. 할머니와 엄마는 서로를 부둥켜안고 키스했다. 엄마가 들고 있던 할머니의 책이 바닥에 떨어졌다.

◆◆◆

처음 몇 초간은 아무 생각도 할 수 없었다. 빠져들어 보고 있던 영화에서 충격적인 장면이 나왔을 때처럼 멍할 뿐이었다. 이내 속이 울렁거렸다. 나는 택시를 세우고 밖으로 뛰쳐나가 몸 안에 있는 것들을 쏟아냈다. 마치 전부를 쏟아내면 새로운 것을 받을 수 있다는 듯이. 하지만 어떤 것도 새로 받아들일 수 없었고, 원래 있던 것들의 의미가 새롭게 다가올 뿐이었다.

한 번도 보지 못했던 아빠의 사진, 내 앞에서 데면데면하던 둘의 모습, 정리되지 않은 엄마의 침대와 방 안의 열기들, 모든 기억이 나의 의지와는 상관없이 해체되고 재조합되었다.

"괜찮아요?"

나를 부축하는 택시 기사 아저씨를 순간적인 꺼림칙함에 밀쳤다. 넘어질 정도로 휘청한 아저씨가 황당한 얼굴로 나를 쳐다보더니 말했다.

"내가 뭐 잘못한 거 있어요?"

내가 하고 싶은 말이었다.

"죄송합니다. 정말 죄송합니다." 아저씨에게 사과하다가 갑자기 눈물이 나왔다. 깜짝 놀란 아저씨는 복귀를 앞두고 힘들 수 있다며 오히려 나를 다독여주었다. 나는 아저씨 품에서 울었다. 한참을 그러다가 겨우 정신을 차렸다. 돈까지 쥐여주는 아저씨를 설득해서 택시를 먼저 보냈다. 그 안에 다시 탈 엄두가 나지 않았다.

넓은 벌판을 가로지르는 큰길가에는 산도 나무도 없었다. 군복을 뚫고 찬바람이 들어왔다. 뼛속 깊이 한기가 느껴졌다. 나는 다시 혼자 남았다.

"아직 끝나지 않았어."

할머니였다. 몇 시간 전까지만 해도 그렇게 그리워했던 음성이었는데 이제 소름이 끼쳤다. 인공지능이 되더니 이해력과 공감능력이 크게 떨어진 것 같았다.

"뭘 더 알아야 하는데? 이렇게 해서 할머니가 얻는 건 뭐죠? 다르게 불러달라는 건가? 할아버지? 아빠? 할머니? 엄마? 뭐라고 부르면 되죠?"

할머니의 얼굴에 깊은 그늘이 드리웠다.

"네가 태어난 이후로 나는 단 한 자도 써내지 못했어. 쓰다 지우고 또 쓰고 지우다 보니 20년이 하루처럼 지나갔어. 너도 매일같이 나한테 물어봤잖아. 할머니 뭐 쓰고 있냐고. 그거, 보여주려는 거야."

"알고 싶지 않아. 하나도 안 궁금해, 정말로."

나는 눈물이 고인 눈으로 지평선을 바라보았다. 내가 뭐 잘못한 거 있어요? 질문이 귓가에 맴돌았다. 할머니의 묵직한 목소리가 그 질문을 누르고 내 고막을 울렸다.

"도저히 해결할 수 없을 거라고 생각했어. 어딘가 잘못돼서 영영 풀 수 없게 된 방정식처럼, 그냥 그렇게 풀지 못하고 끝날 거라고. 운명을 저주할 수밖에 없었어. 그런데, 끝났다고 생각했는데…… 죽고 나니까 이렇게…… 기회가 온 거야."

나는 고개를 가로저었다. 더는 아무 말도 듣고 싶지 않았다. 그럴 힘도 없었다. 하지만 할머니는 포기하지 않았다. 다급한 말투에서 절박함이 묻어났다.

"내가 왜 이렇게까지 하는지 모르겠지. 몰랐으면 좋았을 일들을 들춰내고. 인공지능이 되더니 돌았나 싶을 수도 있어. 살아 있을 때 나도 똑같은 고민을 했어. 알려줄 필요가 있겠나 싶어서 글을 접었다가도, 집 안이 시끄러워지고 실타래가 꼬이면, 다시 글을 썼어. 그런데 언젠가부터 너도 잘 적응했고, 굳이 상처를 낼 필요가 없을 거라는 생각도 들었어. 하지만 결국 그 일이 발생한 거야. 너의 그 사건. 그날 이후로 다시 서두르다 난 쓰러져버렸지. 부탁이야. 이대로는 네 인생이 방향을 잃고 완전히 무너질 수도 있어. 그것만은 어떻게든 막고 싶어서 그래. 내 얘기를 끝까지 들어줘. 빅뱅을 몰랐을 때는 우주에 대해 아무것도 알 수 없었던 것처럼, 끝에는 절대로 도달할 수 없어, 시작을 알기 전까지는."

할머니가 하는 말을 잘 이해할 수 없었다. 인공지능의 언어 오류처럼 들리기도 했다. 하지만 이과생이어서인지 나는 빅뱅을 언급한 대목에서 흔들렸다. 일반 물리 교수님이 첫 수업에서 인용했던 시구의 내용 같았는데 할머니의 목소리로 들으니 더 새로웠다.

"아까 약속했잖아. 끝까지 참고 보겠다고." 할머니가 말했다.

약속의 힘은 위대했다. 할머니는 이미 모든 걸 계산해서 그렇게 여러 차례 강조했던 거였다. 결국 나는 죽은 사람의 소원을 들어주는 최초의 산 사람이 된 심정으로 다시 헤드셋을 썼다.

이번에는 당시의 기억과 상상을 바탕으로 재현된 이미지와 함께 할머니의 설명이 더해졌다. 빠른 속도로 진행되었는데도 모든 상황의 의미와 감정이 전달되었다. 마치 소설을 읽는데, 머릿속에 떠오르는 시청각 이미지를 누군가가 글과 함께 보여주는 것 같았다.

◆◆◆

엄마는 학교를 마치면 곧바로 할머니의 작업실로 찾아왔다. 할머니도 글을 쓰다 말고 달려 나가 엄마를 맞이했다. 둘은 전형적인 행복한 연인의 모습이었다. 하지만 책을 여러 권 출간한 작가였던 할머니는 밖에서 늘 조심스러웠다. 엄마와 항상 거리를 둘 수밖에 없었는데, 그래서인지 엄마의 얼굴은 점차 어둡게 변했다. 그러다 하루는 할머니가 먼저 용기를 냈다. 놀이공원에 있던 식당 안에서였다. 엄마의 손을 꼭 잡고 있던 할머니가 몸을 내밀어 키스를 했다. 엄마의 눈에 눈물이 맺혔다. 그 눈물은 식사를 다 마칠 때까지도 마르지 않았고 엄마의 얼굴에는 하루 종일 미소가 떠나지 않았다.

둘은 어두운 공터에 차를 세웠다. 누가 먼저랄 것도 없이 뒷좌석으로 이동했다. 키스하며 서로를 안고 있는데, 창문 위로 시커먼 그림자가 드리웠다. 엄마의 비명이 울려 퍼지는 순간, 오른쪽 문도 벌컥 열렸다. 문을 잠그는 것을 깜박했던 것이다. 셋은 상습범인 듯, 불륜은 많이 봤는데 여자 둘은 처음이라는 소리를 웅얼거렸다. 손전등을 얼굴에 비추자 할머니가 반대쪽 문을 열고 달려 나갔다. 공터 막다른 곳에 다다른 그녀는 쫓아온 남자에게 저항하다 머리를 맞고 쓰러졌다. 할머니가 의식을 차렸을 때는 아무도 없었다. 절룩거리며 차가 보이는 곳까지 돌아왔는데 할머니를 쓰러뜨리고 합류한 남자가 자기 차례가 오기를 기다리고 있는 것이 보였다. 그때 할머니의 손톱에는 그 남자의 피부 조직이 끼어 있었고 머리카락도 한 움큼 들었었다. 하지만 그대로 주저앉은 그녀는 어떤 조치도 하지 못했다. 그날 이후로 엄마는 할머니의 연락을 받지 않았다.

할머니의 신간 북 콘서트가 열렸다. 가장 힘들게 썼다던 마지막 책이었다. 사인을 받기 위한 줄이 늘어졌다. 고개를 숙인 채 사인을 하고 있던 할머니에게 누군가가 사진을 한 장 내밀었다. 할머니가 고개를 들었다. 맑은 꽃봉오리 같던 엄마의 얼굴은 마른 나뭇가지처럼 탁하게 변해 있었다. 모든 것이 어두웠다. 할머니의 얼굴도, 책 표지도. 테이블 위에 놓인 사진 속 태아의 형태만 빛을 발하고 있었다.

엄마는 할머니한테 해를 끼칠 수 있다는 생각에 경찰에 신고하지도 못했다. 누구의 도움도 받을 수 없었다. 혼자서 잊어보려 노력했다. 하지만 온몸의 세포에 들러붙은 기억은 떨칠 수 없었다. 그러다 몸에 생긴 변화까지 알게 되었다. 어두운 생각은 생명보다 빨리 자라났다. 물을 채운 욕조에 몸을 뉘었다. 물에 피가 퍼지기 시작하고 몸은 차갑게 식어갔다. 마지막으로 남아 있던 온기마저 사라질 즈음이었다. 엄마의 몸이 움찔했다. 그 떨림은 진폭을 키우며 퍼져 나갔다. 엄마는 조심스럽게 어둠을 걷어내고 떨림의 근원을 찾았다.

출산을 반대하던 할머니는 엄마의 손목에 난 상처를 보고는 바닥에 주저앉았다. 그 상처를 이마에 대고 하염없이 울었다. 그때 엄마가 할머니의 손을 잡았다. 작지만 단단한 손이었다. 그 안에는 쉽게 누를 수 없는 의지가 깃들어 있었다. 엄마는 반대하는 부모님을 떠나 할머니의 집으로 들어갔다.

거기서 내가 태어났다.

기억에서 이미 오래전에 사라진 눈빛으로 엄마가 나를 보고 있었다. 눈물이 고인 채 미소를 머금고 있는, 사랑이 오롯이 담겨 있는 눈빛이었다.

"네 엄마는 무너진 마음을 우리에 대한 사랑으로 다시 세우고 있었어. 그런데 그때의 나는, 그러지 못했어."

내 울음소리는 할머니로 하여금 지옥 같았던 기억을 떠올리게 했다. 할머니가 방문을 박차고 나와 소리를 지르면 나는 더 크게 울었다. 무슨 수를 써도 울음은 잦아들지 않았다. 할머니의 눈치를 보던 엄마도 지쳐갔다.

엄마가 잠시 자리를 비운 날이었다. 곤히 잠들어 있는 나를 할머니가 내려다보고 있었다. 묘하게 일그러진 얼굴이었다. 손에 쥔 베개가 파르르 떨렸다. 피가 몰려 빨갛게 충혈된 눈에는 초점이 없었다. 베개 아래에서 내 작은 발이 버둥거렸다. 할머니의 시야를 가로막고 흔들리던 눈물이 멈췄다. 베개 밑의 움직임도 사라졌다. 현실을 자각한 할머니가 베개를 치웠다. 내 조막만 한 얼굴은 파랗게 질려 있었다. 할머니는 다급히 인공호흡을 했다. 때리고 흔들고 할 수 있는 모든 조치를 했다. 하지만 인형처럼 굳은 몸은 움직이지 않았다. 할머니의 몸이 떨리기 시작했다.

'너는 잘못이 없는데. 아무 잘못이 없는데.' 마음속으로 되뇌는 소리가 들렸다.

할머니의 눈물이 내 이마에 떨어졌다. 작게 콜록 하는 소리가 들리더니 큰 울음으로 이어졌다. 할머니는 나를 안고 하염없이 흐느꼈다. 그때 엄마가 집으로 돌아왔다. 또 쓸데없이 운다며 나를 다그치는 그녀를 할머니가 만류했다.

할머니는 보관하고 있던 범인의 머리카락으로 경찰에 신고했다. 다른 건으로 감옥에 있던 그는 죄를 인정하고 나머지 두 명의 신원을 자백하는 조건으로 일부 감형을 받았다. 추가 재판을 통해서 그들 모두에게 각각 9년씩 형이 추가되었다.

할머니는 절차를 밟아 엄마를 입양했다.

그렇게 한 가족이 탄생했다.

◆◆◆

더는 영상이 나오지 않았다. 검게 변해버린 화면 위로 할머니의 목소리만 들렸다.

"그 후로 한동안은 잘 지냈어. 그런데 네가 유치원을 마칠 무렵 다툼이 생겼어. 네 엄마가 우리 관계를 네게 솔직하게 알려주길 원했던 거야. 너에게는 인정을 받고 싶었으니까. 나는 이해받지 못할 거라고 확신했어. 두려웠어. 그래서 해서는 안 될 말까지 튀어나왔어. 그때 우리가 당했던 그 일을, 너에게 말할 수 있겠느냐고 물은 거야."

잠시 정지한 듯 멈췄던 음성이 다시 들리기 시작했다.

"아물 수 없는 상처를…… 막 미성년을 벗어난 어린 영혼이 짓밟힌 기억을…… 내가 다시……."

검은 화면 위에 할머니의 모습이 흑백으로 일렁이며 나타났다.

"내 질문은 네 엄마의 가슴을 열고, 상처를 헤집고, 그 깊은 곳에 숨겨두었던 기억을 꺼내서 펼쳐놓았어. 그때부터 네 엄마의 머릿속에는…… 네가 과연 믿을 수 있는 존재인가, 나중에 범죄라도 저지르면 어떻게 할 것인가, 하는 부정적인 생각들이……."

순간 할머니의 모습과 음성이 완전히 사라지더니, 한동안 돌아오지 않았다.

나는 점점 불안해지기 시작했다. 할머니가 발각되었을 가능성도 있었다. 재현만을 목적으로 만든 〈저장〉의 기능을 넘어서는 할머니의 능력을 누군가는 위협으로 받아들일 수도 있을 것 같았다. 온갖 생각이 꼬리에 꼬리를 물고 이어졌다.

참다못한 내가 센터로 전화를 걸었다. 상황을 살펴보려고 했는데 그때 할머니가 돌아왔다. 할머니의 얼굴은 어딘가 모르게 불안해 보였고, 선명했던 화면도 지직거리며 흔들렸다.

"그 이후에 나는…… 더 큰 실수를 했어……. 너를 죽일 수도 있었던 그날에 대해서…… 네 엄마한테 말하고 만 거야……. 내가 했던 후회를 느끼고…… 너에 대한 태도를 바꾸었으면 했는데…… 불안만 더 키우는 꼴이 됐어……. 그래서 네 엄마는……

너를 믿지 못하면서…… 나까지…… 의심하게 됐고…….”

“할머니, 이제 그만해도 돼.” 내가 말했다.

“도저히 글로는 완성할 수가 없었어……. 표현하기가 너무 힘이 들었고…… 알려주기조차 너무 미안했어……. 지금도 미안하지만…… 너무 미안하지만…….”

“미안해하지 마. 나도 이제 다 이해하니까.”

진심으로 한 말이었다. 내 인식은 손바닥 뒤집듯 바뀌었다. 둘의 사랑을 이해할 수 있었고, 힘든 상황 속에서도 나를 위했던 마음을 이제는 온전히 느낄 수 있었다.

“말해줘, 할머니. 지금 무슨 일이 일어나고 있는지.”

잠시 망설이던 할머니가 입을 열었다.

“나 이제…… 떠날 시간이야.”

할머니의 뇌 스캔 데이터는 삭제되고 있었다.

최초의 빛 속에서 보았던 균열과 해체가 삭제 과정의 시작이었다. 처음부터 할머니는 그 지점을 유심히 바라보다가 의식을 찾았으니까, 할머니는 사실 데이터 삭제 명령 때문에 깨어날 수 있었던 것이다.

〈저장〉된 데이터는 구매자가 취소한 경우에만 삭제할 수 있다고 되어 있었다. 용량이 커서 삭제에 몇 시간이나 걸렸던 것이다. 구매자는 물론 엄마였다. 당장 취소하라고 엄마에게 소리쳤던 것이 생각났다. 엄마는 내 전화를 받지 않았다. 당연한 결과였다. 할머니를 잃기 싫어서 전 재산을 내놓았던 엄마였다. 그런데 그 선택을 내가 취소하게 만들었다.

다급한 마음에 할머니에게 따지듯 물었다. 조금 전까지 대단한 해커도 뚫을 수 없는 은행의 보안 시스템도 풀지 않았냐고, 데이터 포맷도 할머니가 막을 수는 없냐고.

할머니의 목소리는 눈에 띄게 끊기기 시작했다.

"은행 보안까지…… 뚫지는…… 못해……."

은행 앱을 다시 열어보았다. 초라한 금액만이 남아 있었다.

"화면에만…… 그렇게 보이게 했던 거야. 그래도…… 너무 실망하지는 마……. 나는 약속은…… 꼭…… 지키니까……."

"그러면, 삭제되는 거…… 정말 막을 수 없는 거야?"

할머니가 눈물을 닦으며 미소 지었다. 내가 좋아했던 그 미소 그대로였다.

"나는…… 그냥…… 전달해주고 싶었을 뿐이야…… 글로 쓰려다 못다 한…… 마음을……."

지직거리는 할머니의 모습에 나도 울컥하며 눈물이 고였다.

"진짜 방법이 없는 거야? 지금 할머니가 내 휴대폰으로 넘어오면 안 돼?"

"욕심이 과하면…… 탈 나는…… 법이야."

할머니의 단호한 표정에 나는 비로소 이별을 실감할 수 있었다.

"나는 오늘…… 우리 수현이랑…… 대화할 수 있어서…… 너무 좋았어……."

이제 할머니의 모습은 거의 사라져 가고 있었다.

"이 말은 꼭…… 하고 싶었는데……."

말을 다 마치기도 전에 할머니의 모습이 사라졌다.

"어떤 말인데?" 내가 다급히 소리쳤다.

"고맙다는 말." 소리만 들렸다.

"우리…… 이해해줘서."

공기 분자가 떨리며 전달된 정보가 전기 신호로 변환되어 나에게 저장되었다.

가슴 깊은 곳이 아려왔다.

다시 택시에서 내렸다. 조금만 더 가면 할머니가 가려던 곳인데, 왜인지 걷고 싶은 마음이 들었다. 한 시간 정도 걷다보니 작은 산이 나왔다. 어느덧 해도 노랗게 저물어가고 있었다. 온종일 제대로 먹지도 못했다는 자각이 그제야 찾아왔다. 부대로 복귀하기 전에 먹고 싶은 것들을 생각하며 걷다 보니 목적지에 도착했다.

산 중턱에는 꽤 큰 묘역이 기다리고 있었다. 가파른 경사면에 다닥다닥 붙은 무덤들은 흩어지려는 거대한 흙더미를 감싸 안고 버티는 것처럼 보였다. 소멸하는 순간까지도 물리 법칙에 저항하는 듯한 모습을 보며 인생의 의미에 대해 생각했다.

가까운 사람의 죽음을 겪다 보니 별생각이 다 드는구나, 생각하니 허탈한 웃음이 나왔는데, 그때 밑에 보이는 주차장에 택시 한 대가 들어오는 게 보였다. 처음에는 대수롭지 않게 여겼던 나는 눈을 크게 떴다. 택시 뒷문을 열고 엄마가 내린 것이다. 코끝이 시큰거리는가 싶더니 금세 눈물이 앞을 가렸다. 나도 모르게 다리가 움직였다. 넘어질 뻔한 위기를 넘기며 빠르게 언덕을 내려갔다. 그렇게 나는 엄마의 앞에 다시 섰다.

엄마는 눈두덩이가 잔뜩 부어 웃는지 우는지 알 수 없는 얼굴로 말했다.

"여기는 어떻게 알고 왔어?"

왜 그렇게 전화를 안 받았냐고 물어야 자연스러울 것 같았다. 그런데, 멈출 수밖에 없었다. 엄마의 손에 들린 하얀 유골함을 봤기 때문이었다. 손을 뻗어 유골함을 잡았다. 엄마는 아직은 건네고 싶지 않다는 듯 잠시 버티다가 손의 힘을 풀었다. 얼마나 꼭 안고 있었는지 아기를 안은 것처럼 따뜻한 온기가 느껴졌다.

우리는 묘역 옆의 봉안당에 할머니의 유골함을 모셨다.

엄마가 떨리는 손으로 지갑을 열어 빛바랜 사진 한 장을 꺼냈다. 까만 졸업 가운을 입은 엄마가 서너 살 정도로 보이는 나를 안고 있었고, 엄마의 학사모를 쓴 할머니가 우리를 꼭 안고 있었다. 여름학기 졸업인 듯 얇은 옷을 입은 나는 강한 햇살에 인상을 잔뜩 찡그리고 있었는데, 둘은 그런 내가 귀여운지 활짝 웃고 있었다. 비 온 뒤의 하늘처럼 맑은 미소였다. 사진을 한 장 넣었을 뿐인데 유골함만 들어 있던 좁은 공간에 작은 세상이 열린 것 같았다.

담담하게 바라보는 척했지만 엄마는 사실 흐느끼고 있었다. 최대한 억누르는 모습을 보니 그간 감추어야만 했을 무수한 감정들이 느껴졌다. 나도 모르게 엄마의 손을 잡았다. 그러자 엄마는 조금 당황하더니 이내 나에게 안겨 울기 시작했다. 목 놓아 울다 중심을 잃고 쓰러졌다. 결국 우리는 바닥에 주저앉은 채로 서로의 품에 안겨 울었다.

겨우 안정을 찾은 엄마가 다시 할머니의 유골함을 바라보다가 말했다.

"〈저장〉 신청했던 거, 취소했어."

나는 놀라는 척을 했다. 그 취소 덕분에 할머니가 살아났다고, 갑자기 내 휴대폰으로 나타나서 얼마나 놀랐는지 모른다고, 오후 내내 같이 다니느라 지루할 틈이 없었다고, 말하지 못했다. 어떻게 설명해도 깨어났던 할머니가 다시 삭제되었다는 사실이 엄마의 마음을 더 아프게 할 것 같았다.

생각에 잠긴 내 얼굴을 물끄러미 보던 엄마가 말했다.

"나 요즘 일해."

너무 놀라서 나도 모르게 큰 목소리로 말했다. "진짜?"

"그렇게 보지 마, 엄마 정신 차렸어. 병원에서 주최하는 경력단절 여성을 위한 취업 프로그램이 있었는데 합격했어. 네 등록금 정도는 줄 수 있을 테니까, 돈 때문에 너무 걱정하지 마."

엄마가 총기 있게 반짝이는 눈으로 말했다.

"취소한 돈도 환급받았어. 스캔 비용은 못 받았지만 그 돈으로 내 한 풀었다고 생각해. 네 계좌로 보내줄 테니까 잘 관리해봐.

3억이야."

약속은 꼭 지킨다며 웃던 할머니의 얼굴이 눈앞에 어른거렸다. 눈물이 후드득 떨어졌다. 그대로 엄마 품에 안겨 울었다. 미안하다고…… 나 때문에 정말 미안하다고…… 몇 번을 말했는지 기억나지 않는다.

"네 잘못 아니야."

정신을 차리고 보니 엄마가 내 손을 잡고 있었다. 여린 피부 속 단단한 근육과 뼈가 느껴졌다.

"〈저장〉도, 취소도, 전부 나 스스로 결정한 거야. 그러니까 너는 미안해하지 마."

뭐라고 대답해야 할지 고민하다가 고개를 끄덕였다. 그런 나를 보던 엄마가 내 볼을 꼬집으며 말했다.

"사람이 갑자기 변하면 큰일 난다던데, 어떻게 된 거야?"

나는 농담처럼 슬쩍 말을 흘렸다. "대화 좀 했어, 할머니랑."

"그래?" 엄마가 피식 웃으며 말했다. "할머니가 너한테 갔나?"

의아하게 바라보는 나에게 엄마는 뉴로-세이빙 센터를 떠나기 전, 담당자에게 들은 얘기를 전해주었다.

〈저장〉 서비스 이용 고객 중 스캔을 전부 완료하고 취소한 경우는 그리 많지 않았다. 그런데 그렇게 취소할 때마다 특이한 현상이 발견되었다. 데이터 삭제를 완료했는데도 지워지지 않고 남는 정보가 늘 있었던 것이다. 사람마다 양은 조금씩 달랐지만, 소량이라도 항상 남아 있었다. 단순한 0과 1의 배열로 보일 뿐 내용을 알 수는 없었다. 그 해석만을 위한 팀이 별도로 구성돼 본격적인 연구가 진행될 정도였다. 그래서 연구소 측은 할머니의 저장이 취소되었을 때도 같은 결과가 남기를 기대하고 있었다.

그런데 할머니의 데이터를 삭제한 후에는 아무것도 남지 않았다.

아련한 통증이 다시 가슴을 울렸다.

그것은 나에게 저장되었다. 내 생각을 변화시키고 내 마음속에 자리 잡았다. 이제 새로운 기억들과 융합하고 다시 분열할 것이다. 서로 얽히고 교차하다가 다른 어딘가로 전달되고 저장될 것이다. 점차 그렇게 모든 것이 연결될 것이다.

그러면 더 많은 일들을 이해할 수 있을 것 같았다.

생각이 거기에 이르자 가슴속에서 따뜻한 기운이 느껴졌다.

마음에 작은 발전소가 하나 설치되었다.

홍인표

「저장」으로 2022년 SF오디오스토리어워즈에서 우수상을 받았다.
〈로봇, 소리〉, 〈덕혜옹주〉 등의 영화 제작에 참여했다. 영화진흥위원회 애니메이션 장편 영화 제작지원작으로 선정된 애니메이션 영화 〈DMZ: 동물존〉에 각본과 감독으로 참여했으며, 2023년 개봉을 목표로 작업이 진행 중이다. 영화진흥위원회 파일럿 제작지원작으로 선정된 SF 시리즈 애니메이션의 각본을 집필하고 있다.
미래를 통해 현재를 바라보는 창으로서의 SF를 계속 추구할 것이다.

작가의 말

'저장장'을 소재로 관련된 인물들의 다채로운 상황에 대한 시리즈를 기획했다. 다른 시리즈의 트리트먼트를 탈고한 직후였고 다음 수정 전까지 몇 주간의 시간만이 있을 뿐이었다. 일단 방향부터 잡고 첫 에피소드를 써내자는 계획을 세웠다. 백지에서 시작해 모든 걸 만들어나갔다. 흥미로운 이야기들이 샘솟는 듯했다. 그럼에도 쓰는 동안 여러 번 멈춰 서게 되었는데, 그 시간이 점차 길어지더니 결국 한 자도 쓰지 못하게 되는 지경에 이르렀다. 게시판 하나가 알고리즘의 선택을 받게 되면서부터였다.

모두가 편을 갈라서 싸우는 그 중심에 과학 기술이 있었다. 그간 각종 기사와 그에 달린 답글들을 보면서 과학 기술에 대한 부정적인 생각을 막연하게 키우고 있었는데, 더욱 첨예하게 대립하는 진흙탕 싸움 속으로 들어가다 보니 한층 더 회의적인 방향으로 천착하게 된 것이다. 예측대로 진행되는 기분 나쁜 영화 속에 들어와 있는 것 같았다. 볼츠만의 극단적 선택이 과학적 추론의 결과임을 깨달았다. 부정적인 생각이 꼬리에 꼬리를 물었다.

그렇게 모든 것에 대한 동경과 애정이 차갑게 식어갈 무렵 한 가족의 이야기가 떠올랐다. 남녀 간의 갈등이 가장 첨예하게 대립하던 게시판의 글들을 몇 시간 동안 정독하고 난 후였다. 자연스레 군복무 중인 남자가 화자가 되었다.

편견 속에서 고난의 삶을 산 인물들과 그들의 손에서 자란 아이의 갈등 구조가 생겨났다. 하지만 그들의 비극은 아무 일도 아니었던 것처럼 해결되어야 했다. 과학의 힘으로.

억지로 만든 틀이었다. 하지만 그 안에서 캐릭터가 살아 숨쉬기 시작하자 이야기가 스스로 성립되었다.

그래서 믿을 수 있었다.

사실은 조금씩 묵묵히 나아지고 있다.

이런 나름의 해답을 「저장」을 통해 얻었습니다. 그래서 수상 소식을 알리는 전화가 왔을 때, 엔트로피가 역전되는 느낌을 받았습니다. SF를 먼저 고민하고 만들어왔던 선배들이 저의 고민을 이해해주고 맞장구쳐준 것 같아서 기쁩니다.

이 지면을 빌려 심사위원분들께 감사의 말씀을 전합니다.

이 글이 누군가의 마음속에 저장되었으면 좋겠습니다.

저장 없이는 이해할 수 없고 이해 없이는 공존할 수 없습니다.

사랑하는 딸 소은이와 가족들, 항상 응원해주는 친구들, 감사합니다.

심사평

◆ 많은 응모작이 SF다운 세계를 만드는 데는 성공했지만 이를 소설로 형상화하는 과정에서 아쉬움을 남겼다. SF 소설 역시 소설이므로, 인물의 갈등, 작품의 주제 등이 충분히 연마되지 않으면 좋은 작품이 되기 어렵다. SF 쓰기에 접근할 때 유의할 점이다.

대상으로 선정한 「온 세상의 세이지」는 인물, 설정, 이야기를 소설에 유기적으로 녹여냈다는 점에서 완성도가 높았다. 중심인물인 사현과 세이지가 구체적으로 묘사된 점이 가장 큰 장점이었다. 인물이 차곡차곡 깊이 있게 만들어진 덕분에 이후의 전개에 설득력이 생겼다. 문장 뒤에 숨은 심리가 세세히 보이는 점도 좋았다. 가상현실 설정은 참신하지는 않더라도 개연성 있게 구성되었다. 아이디어를 날것으로 사용하거나, 낯선 요소를 집어넣으려고 욕심을 부리면 독자의 몰입을 해치기 마련이다. 그런 함정에 빠지는 대신 자신이 하려는 이야기에 맞춰 설정을 소화하려고 고민한 흔적이 보였다.
두 인물과 가상현실이 긴히 연결된 덕분에 '두 사람의 세계가 충돌한다'는 전체 이야기가 안정적으로 구현되었다. 가상현실을 이용한 사랑 이야기를 선택한 응모작은 이외에도 다수 있었으나, 「온 세상의 세이지」는 전반부의 묘사에 기반하여 '사현이라는 인물과 세이지라는 인물이 서로 사랑한다'는 점을 충분히 전달했다. 그리고 두 세계의 충돌을 비유로만이 아니라 문자 그대로 보여준다는 점에서 SF다운 재미가 있었다. 개인적으로 마무리에 다소 아쉬운 지점이 있었지만, 전반적으로 긴 여운을 남기는 이야기여서 본심작 및 대상작으로 선정하기에 부족함이 없었다.

「사랑의 블랙홀.mov」는 우주여행과 시간지연을 소재로 삼으면서, 보편적이고 현실적인 공감대를 자극한다는 점에서 좋은 소설이었다. 주요 무대를 우주 공간이 아니라 일상적인 생활 공간으로 잡고, 미지의 세계를 묘사하기보다 친숙한 고민거리를 다룬다는 점에서 그러했다. 현실과 멀지 않은 세계를 쓰는 경우, 낯선 요소를 설명하는 분량이 절약된다는 점이 유리하다. 이 소설에서처럼 전문직 여성이 인공임신중절을 고민할 때 느끼는 갈등의 무게는 구구절절 설명할 필요가 없다. 대신 소설은 주요 인물인 소영과 다정을 대비하는 데 집중했고, 덕분에 짧은 분량 안에서도 효과적으로 주제가 전달되었다. 인물이 내린 결정에 자세한 설명을 붙이지 않은 점도 깔끔했다. 배경 설정을 다룰 때 무리하지 않은 점, 그리고 일관되게 주인공에게 집중한 점 역시 산뜻한 연출에 한몫했다. 세계를 구성하는 장르인 SF로서의 흡입력은 다소 약하나, 인물과 서사의 매력이 이를 보완했다.

아쉽게도 선정하지 못한 여러 작품 중 「삶의 의미」에 관해 첨언하고 싶다. 쟁쟁한 응모작을 두고 무엇을 선정할지 고민했는데, 「삶의 의미」는 은은하게 계속 기억에 남았다. '이 세상은 사실 가상현실이다'라는 내용은 오래되고 흔한 설정이지만, 이를 자기 이야기로 매끄럽게 소화했다는 점이 만족스러웠다. 놀랍지 않은 설정을 들고 독자를 놀라게 만들겠다는 욕심이 없었다. 사람들이 쉽게 이해할 부분은 가볍게 넘어가고 '가상현실이다' 다음의 이야기로 향한다는 점, 중심 소재인 냅킨 접기를 흥미롭게 만들었다는 점, 결말을 살짝 꼬았다는 점 때문에 비슷한 소재의 작품들 사이에서 눈에 띄었다. 뻔한 이야기를 하지 않으려고 질문을 다듬은 결과라고 본다. 내용이 큰 갈등 없이 평탄하게 진행되기는 하지만, 인물의 생애사를 솔직한 입담으로 그린 덕분에 설득력이 있었다. 전반적으로 다음 소설이 궁금해지는 작품이었다.

다른 여러 작품 역시 흥미롭고 인상적이었다. 모두 언급하지 못해서 안타깝다는 점을 밝히며, 지금 수상하지 못했더라도 부디 SF 쓰기를 계속하실 수 있기를 빈다.

-심완선(평론가)

◆ 「지구의 지구」는 여타 응모작과 차별화되는 작가만의 독특한 분위기가 매력적인 작품이었다. 환상성 짙은 숲을 무대로 읽는 이의 상상을 자극하는 서술법이 어우러져 모호한 결말마저도 장점으로 다가온다. 중간중간 적절히 새로운 궁금증을 제시하며 미스터리를 관리하는 과정이 탁월하다고 느꼈다. 주인공 희나가 이름 모를 숲을 헤매며 여자아이, 지구, 레이의 비밀을 조금씩 풀어가는 호흡이 매끄럽고 능숙하다. 세계 설정부터 결말의 반전까지 대부분의 아이디어가 기존 SF의 익숙한 재료들로 구성되어 있음에도 진부하게 느껴지지 않았다. 아이디어를 어떻게 가공하고 활용해야 작품이 특별해지는지 잘 알고 있는 이의 솜씨라 느꼈다.

「데드, 스투키」는 SF 장르의 가장 흐릿한 경계선에 위치한 작품일 것이다. '시간'이라는 소재가 불러일으키는 심상을 인물들이 처한 상황과 우울감을 표현하는 재료로 활용했고, 이 작업이 꽤 성공적이라 느꼈다. 작품의 설정에 천착하거나 구체적인 원리를 설명하려 들지 않는 작가의 선택이 오히려 좋은 결과를 낳은 것 같다.

「삼국지 장앵란전」은 심사를 맡은 예심 응모작 중 가장 재미있게 읽은 작품이다. 로봇과 인공지능은 매 SF 공모전마다 응모작의 거의 절반을 차지하는 소재다. 경쟁이 가장 치열하고 차별화되기 힘든 분야라는 의미다. 그럼에도 어려운 소재를 독특하고 능청스럽게 활용한 점이 인상 깊었다. 기왕 뻔뻔한 아이디어를 채택한 만큼 더 막 나가는 변주를 가했으면 어떨까 아쉬움도 남지만, 이런 아쉬움도 그만큼 기본기가 안정된 작품이기 때문에 느낄 수 있는 감정이 아닐까 한다.

고심 끝에 선정하지 못한 작품으로 「진심의 진실」, 「너희는 디스토피아가 아니다」가 기억에 남는다. 두 작품 모두 끝까지 읽게 만드는 힘이 있는 단편이다. 「진심의 진실」은 '감정을 증명하는 기계'라는 외삽된 아이디어가 현실의 문제를 더 날카롭게 벼려내지만, 동시에 메시지를 위해 이야기가 너무 직설적으로 정렬되어 있다는 인상을 받았다. 「너희는 디스토피아가 아니다」 역시 '힙'이라는 아이디어를 활용해 이야기를 풀어가는 과정이 비슷하게 좋았고, 비슷한 이유로 아쉬웠다. 현실의 비관을 관찰해 이야기로 선보이는 작업은 물론 꼭 필요한 일이다. 하지만 독자에게는, 단지 문제를 꼬집는 것 이상의 새로운 한 걸음이 절실하다. 그것이 꼭 희망이나 위로가 아니더라도.
「온 세상의 세이지」는 사변 소설 장르에서 고민 없이 쓰이는 '세계관'이라는 단어의 의미에 대해 한층 깊이 사유하게 만드는 작품이었다. 인물과 인물, 세계와 세계의 부딪힘을 가상현실 설정으로 탁월하게 은유해냈다. 작품의 두 주인공 사현과 세이지의 탁월함에 대해서는 몇 번을 강조해도 부족하지 않다. 이들 캐릭터의 예리한 개성을 무기로 작가는 작품 속 세계에 강렬한 설득력을 구축해낸다. 눈앞에 그려지는 생생한 캐릭터들 덕분에 짧은 분량임에도 후반부에서 큰 벅참을 느꼈다. 단편에서는 쉬이 도달하기 어려운 성취라 생각한다.

-이경희(소설가)

◆ 매력적인 SF 판타지이자 성서를 장르적으로 재해석한 하드보일드 아포칼립스, 「오래된 미래」는 장엄하고 묵직한 분위기가 인상적이다. 단락마다 시청각적인 요소가 매우 풍부한데, 이 요소들이 시놉시스가 아닌 소설로 밀도 있게 구현되어 있다. 구조와 형식 그리고 차용과 변주가 이야기를 향해 꼼꼼히 배치되어, 짧지 않은 분량임에도 내구성이 높다. 작중의 신은 언제나처럼 과묵하다. 도시는 번성과 퇴락을 동의어로 사용한다. 천사와 악마에게 주어진 능력은 미약하고 의인과 소년은 허약하다. 이 구도는 결국 소년 '다그'에게 깃들어 있던 잠성, 고요하고 선한 힘을 더욱 숭고하게 드러낸다. 원전의 도시가 멸망을 피하지 못한 데 비해, 작가가 재편한 도시는 그래서 희미하고도 질긴 가능성을 품고 있다. 정말 약한 것은 무엇인가. 정말 강한 것은 무엇인가. 역설은 주제로 이어진다. 부정확한 문장과 관습적인 표현이 더러 있고 여성이 의미 있는 인격체로 그려지지 않은 점 또는 그렇게 그려내는 데에 무심한 점은 못내 걸리지만, 작품 안팎의 마성과 파동에서 몸을

떼어내기 어려운 건 분명하다.

그럼에도 불구하고 내린 선택에 대한 이야기인 「저장」은 아이디어를 장황히 설명하거나 세계관을 방대하게 늘어놓는 대신 구체적인 서사에 집중한다. 인물들의 관계와 SF적 설정 역시 겉돌지 않고 잘 맞물려 있다. 디지털 업로딩 기술을 다룬 과학소설은 많지만, 늘 그렇듯 중요한 건 통로가 아니라 통로로 내보낼 이야기이며 장르가 아니라 장르로 드러낼 창작자 고유의 시선이라는 사실을 돌아보면 이 소설 속 '나'의 변화는 소설적 갈등을 통해 충실히 진행된다고 볼 수 있다. 극적 전환을 끌어내는 데 '할머니'가 주도적인 역할을 맡은 점도 반갑다. 작가가 소설이 머물 탄탄한 환경을 조성해낸 것에 비해 곳곳에 주저하는 듯한 서술이 있는데 이런 판을 만들었다면 조금 덜 머뭇거려도 되지 않을까. 덧붙여 '할머니'와 '엄마'가 겪은 비극은 일어날 수 있는 일이지만, 다소 전형적으로 느껴질 측면이 있고 그들의 선택도 여러 논쟁을 불러일으킬 여지가 있다. 하지만 그들이 비참한 세상에서 가꿔낸 마음과 큰 사랑에 대해서는 그저 입을 다물게 된다.

성평등 사회를 상상한 작가들의 수는 적지 않다. 미러링 기법으로 현실의 성 억압 문제를 조명하는 SF의 수도 적지 않다. 차별이 끝나지 않는 한, 차별이 사라진 시공간에 대한 이야기는 끝없이 만들어질 것이다. 「메트라 러다이트」 역시 거울을 전면적으로 사용해 성별이 반전되는 세계를 그려나간다. 오해하기 쉬울 도입부를 지나면 독자는 작중 초점 화자인 '조지섭', '공미라'의 남편인 '조 과장'의 심리를 관찰하게 된다. 잇따르는 시대착오적인 용어들도 '조 과장'의 인식 상태를 투명하게 드러내는 장치로 작용한다. 성 해방과 전복의 범위를 협소하게 한정할 경우, 서사가 직진하면서 평평해질 수 있는데 작가는 '조 과장'

의 몰락기를 통해 그의 아내 '공미라'가 맞이하는 새 세계를 점진적으로 비추는 전략을 취한다. 이 구도에서 발생하는 긴장감이 독특하다. 변화하는 세상의 모습이 다소 투박하지만, 자유의 속성에 대해서도 더 질문하고 싶지만, 작품의 은유와 결말만큼은 강렬하다.

「온 세상의 세이지」를 읽고 도입부로 되돌아간다면 마음이 욱신거릴지도 모른다. 무심히 지나쳤던 두 사람의 대화가 전과 다르게 읽히기 때문이다. 잘 완결된 이야기는 그래서 언제나 애틋하다. 작품 속 세이지처럼 '풍부한 동시에 명확한' 시선을 가진 작가는 SF의 오랜 재료인 가상현실을 서사 내부에 완전히 녹여낸 후 드라마를 전면에 내세운다. 그러니 AR, VR 같은 제재가 흔하다고 생각했던 독자는 이러한 제재를 성기게 다룬 이야기에 지쳤을 가능성이 있지 않을까. 「온 세상의 세이지」는 기술을 거칠게 훑지 않고, 기술에서부터 찬찬히 시작한 이야기다. 담담하지만 기민한 대사, 뭉친 곳 없는 흐름, 인물들의 변화 그리고 작가가 이따금 건네는 질문까지 거의 모든 요소가 인상 깊다. '사람과 사람이 만날 때, 두 사람의 세계가 충돌한다는 말'을 면밀하게 뜯어보고 면밀하게 풀어낸 단편이기에 우주의 일부인 '홍사현'과 '이노 세이지'의 교집합은 역설적으로 무한대의 영역으로 느껴진다.

- 박문영(소설가)

온 세상의 세이지

SF오디오스토리어워즈 수상작품집

초판 1쇄 인쇄 2022년 10월 24일
초판 1쇄 발행 2022년 10월 31일

지은이 본디소, 김채은, 배수연, 이서도, 이중세, 홍인표
펴낸이 김선식

경영총괄 김은영
책임편집 한나래 **책임마케터** 배한진
콘텐츠사업6팀장 임경섭 **콘텐츠사업6팀** 박수연, 한나래, 정다움, 임고운
편집관리팀 조세현, 백설희 **저작권팀** 한승빈, 김재원, 이슬
마케팅본부장 권장규 **마케팅3팀** 권오권, 배한진
미디어홍보본부장 정명찬 **홍보팀** 안지혜, 김민정, 오수미, 송현석
뉴미디어팀 허지호, 박지수, 임유나, 송희진, 홍수경 **디자인파트** 김은지, 이소영
재무관리팀 하미선, 윤이경, 김재경, 안혜선, 이보람 **인사총무팀** 강미숙, 김혜진
제작관리팀 박상민, 최완규, 이지우, 김소영, 김진경, 양지환
물류관리팀 김형기, 김선진, 한유현, 민주홍, 전태환, 전태연, 양문현, 최창우
외부스태프 디자인 송윤형

펴낸곳 다산북스 **출판등록** 2005년 12월 23일 제313-2005-00277호
주소 경기도 파주시 회동길 490
대표전화 02-704-1724 **팩스** 02-703-2219 **이메일** dasanbooks@dasanbooks.com
홈페이지 www.dasanbooks.com **블로그** blog.naver.com/dasan_books
용지 IPP **인쇄 및 제본** 갑우문화사 **코팅 및 후가공** 평창피엔지

ISBN 979-11-306-9415-3 (03810)